坐看云起时

苗福生 著

经济科学出版社

图书在版编目（CIP）数据

坐看云起时 / 苗福生著. —北京：经济科学出版社，2016. 5

ISBN 978-7-5141-6907-2

Ⅰ. ①坐…　Ⅱ. ①苗…　Ⅲ. ①随笔 - 作品集 - 中国 - 当代　Ⅳ. ① I267. 1

中国版本图书馆 CIP 数据核字（2016）第 095691 号

责任编辑：高进水　刘　颖
责任校对：曹　力
责任印制：潘泽新

坐看云起时
苗福生　著
经济科学出版社出版、发行　新华书店经销
社址：北京市海淀区阜成路甲 28 号　邮编：100142
总编部电话：010-88191217　发行部电话：010-88191522
网址：www. esp. com. cn
电子邮件：esp@esp. com. cn
天猫网店：经济科学出版社旗舰店
网址：http：//jjkxcbs. tmall. com
北京季蜂印刷有限公司印装
710×1000　16 开　18.5 印张　320000 字
2016 年 5 月第 1 版　2016 年 5 月第 1 次印刷
ISBN 978-7-5141-6907-2　定价：47. 00 元
（图书出现印装问题，本社负责调换。电话：010-88191502）

序 生命奥秘的智性探索

石英

石英，著名作家。中国散文学会名誉副会长，《人民日报》原文艺部副主任。出版散文、诗歌、小说等作品70余部，达1000多万字。

我一读苗福生先生的散文，便为之深深地吸引。原因首先是：如今散文作者纷至沓来，散文作品铺天盖地，在这种情势下，读者渴望读到破陈出新，少些一般化的大路货，多一点儿有特色有新意有热情的篇章。而福生先生的散文正是以新的面貌、新的内涵，鲜明地亮在我的眼前。对这样的散文作品集，我最真实的感觉就是有话可说。

首先，福生先生的散文是智慧的散文。毫无疑问，只有智者的笔下才可能流淌出智性之文。从书中收录的散文（包括随笔）中，不难看出：福生先生的思想很深邃，也很透明；很犀利，却也很朴厚。他总是在追求不惑，却又总是觉得还有惑而不解的问题；而始终不会终止思想的进取，面前总是仍有探求的天地。他说："我发现一切人类的思想大师，都是人生困惑的大师。痛苦的大师。"但本书的作者是一位真正的智者，他不想使自己一味地深陷"困惑"而不能自拔，他在探索与体验冲出困惑的甬道，在写作时发现了超乎写作通常用途的灵感："我个人的一部分写作，就是希望这是一个发现的过程，发现人性弱点的过程，就是不断修正自己的过程，更是为了每一天的生存更有意义而找到意义的过程。"（《为自己找一个写作的理由》）。

然而，思考、探索、追寻，总归还不仅是一个无休止的过程，绝不仅以从困惑到另一个困惑为满足。不是的，从福生先生的另外一些散文中可以清楚地看出：他还是在寻求答案，使充满哲理的思考落点于比较明澈的实践中。譬如，他在《教育，中国父母的集体焦虑》一文中，提出一个事关中国未来的重要课题："有时候，我也奇怪，和我们这些出生在上世纪60年代的人相比，今天的孩子真不知道比我们那时候的条件好多少倍，不仅生活条件好，教育条件也好很多，几乎可以说，今天城市里最差的学校，也比我们那时候最好的学校办学条件要好许多。但是，今天的孩子为什么不快乐？父母为什么对教育不满意？为什么对自己的孩子未来充满焦虑？”作者在经过剥蚕抽丝般的思考和探寻之后，得出这样的答案：“中国父母对教育的集体焦虑，不过是一个表面现象，其病根是社会分配这个大的制度环境。换句话说，分配制度不做大的调整，中国教育走不出集体焦虑这个困局。”可见，尽管作者不那么赞同以浅近的“使命感”作为散文写作的原动力，但社会道德，本真的良心以及他人的人文关怀，仍然不能使他在事关未来的重大课题面前而不见不闻。真正的智慧是不可能打水漂的，真正的智性散文当然会以作者震耳发聩的答案促人警醒。天生我才必有用，而智性之文也必定不会是空对空的。

一个充满哲思的作家，几乎随时随地都会由于与客体事物的触发而迸射出思想的火花：“直到如今，虽然城里人都爱吃红薯（有些地方叫白薯或地瓜等），而且能说出红薯的若干好处，但我大哥至今是坚决不吃红薯的，吃伤了，从生理到精神都伤了。我们那边的很多人都吃伤了。”（《肉滋味》）这一个“伤”字，道出的不是对一个物种的好恶，而是蕴含着一个时代的“痛”。另如，“汽车社会曾经是现代文明的一个重要标志，一个社会平均多少家庭拥有一辆小汽车，似乎也是衡量一个社会发达程度的指标。但是，汽车社会所带来的一系列弊端正逐步为人们所认识。所谓‘后现代’，不妨可以看做是人们对环境保护、城市管理、人与自然等多方面有了足够的理性认识，并付诸行动的全民自觉选择。”（《阿姆斯特丹的自行车》）一个真正的作家，就是在一般人蜂拥而上追捧某一事物时却看到事情的另一面。这可能是“够不够”格的标准之一。如果只会人云亦云，充其量只能称之为“家作”。

与“智性”相联系的是，福生先生的散文还可以称为生命的散文。也就是说，它与作者对生命的感悟与探索，息息相关。

无疑，作者对生命是珍重的，强调“活着就要珍惜生命。”然而，“一旦面临苦难，乃至死亡这样的人生灾难，也不要害怕，人生不管遇到什么，这都不过是大自然生生不息的一部分，不过是生活瞬息万变的一部分，因此生活中不管发生什么，也不过是正常不过的事情，一切都是正常，一切无常也是正常，不管遇到什么，都要坦然面对。”（《走过温暖旅程》）显然，作者在涉及“生命”这个大课题时，不只是强调“珍惜”，而是重在“面对”，面对周折，面对灾难，面对一切可能碰到的负面的东西。这是一种勇气，也是生活的真实。作者将重心置于此，本身就体现出一种积极的人生态度。

不同的人有不尽相同的模样，也有各自的人生观和价值观。本书中作者将人生的道路大致定位在这个人生观和价值观上，这从本质上说，无疑是正确的。他说："人类其实是一种很奇怪的动物，追逐利益、贪图享受，固然是人的动物本能，但是出于对某种更高的精神追求，人类有时候会自觉放弃物质的诱惑与享受，每个时代，总有那么一些人，在外人看来几乎过着清教徒般的生活，但他们不但不觉得清苦，而且还能够在艰难困苦中获得某种幸福感、成就感、荣誉感，并孜孜以求，乐此不疲。"（《清官是怎样"炼"成的》）

应该说，这是一种主流的、主体的人生追求，而不论能够秉持者在人群中占多大比例。但自古至今，向被人们所推崇。有这样的人生态度，自然就有与之相反相斥的人生追求和人生道路。作者写到了不止一个人，其中有一个叫王黼的，官居宋徽宗时期的右丞相，与蔡京、童贯等恶贯满盈者共为北宋末年的"六贼"，其贪暴可想而知，不必细述。作者在《一个贪官的"行为艺术"》一文中，对王黼的人生结局做了淋漓尽致的概括："但历史的经验也告诉我们：人太聪明，权力又很大，再加上权力不受约束，久而久之，聪明加上失控的权力，此人离罪恶的深渊已经不远了，如果再加上个人欲望膨胀，正如俗话所说的，上帝要让谁灭亡，首先让他疯狂。上帝大概真是看上王黼了。"事实果然如此。

在人生道路上，还有一个绕不过去的课题，就是"死"，或早或迟，好像任何人都没有例外，这也是古往今来不知有多少人苦心孤诣进行探寻求解，最终恐怕还是得按规律办事：注意养生，过好每一天，就是相对的提高生命质量，乃至延长生命。与此问题不无关系的种种，作者还写了《笑的体验》、《婚姻需要"忍"》以及《洗农民澡》，等等，都是很有意思，很有启示性的。但最具深层意义的是在《本命年》中的一段表述："人生实在不易，每一年，每一月，每一天都是一个新的开始，也都是一个新的悬念。我们不知道下一步会发生什么，我们不知道未来是什么。于是，人们对未来有了一种敬畏。我觉得，人总应该有一点敬畏的，有了一颗敬畏的心，我们才可能慎思、慎言、慎独。"一番大实话，听起来好像有点无奈，但非常理性，非常达观，如能做得圆满，亦属难得，至少够得上是健全的人生。

作者在他的散文集中也没有忽略某些出岔的人生，甚至非正常死亡等。如嗜酒如命，喝了酒就要乱骂，最终死于酒的"酒腻子"；一个很有钱的名人因"心死"

而跳下十七层的高楼……

所有这一切都不是多余，因为它是真实的世相人生。实实在在地说，没有“完美的人生”，而充其量只是“完整的人生”。

最后，我还要说，本书是写得很有功力的散文和随笔。我言“很有功力”，是从多方面看的。思想、识见，不必说了，前面已涉及不少。这里单说文章本身。应该说，总体是思文相谐，练达自如，精而不紧，活而不散，谋篇天成，灵动有致。许多篇章都是值得称道的佳作。如《那盏灯光依然亮着》的深挚缜密；《四不猴》的新颖精巧；《心死》的剀切警辟；《一个贪官的“行为艺术”》的锐利而不乏机趣，是一篇古今相契的典范随笔；《婚姻需要“忍”》写得特别亲切，有“温度”；《酒腻子》一篇灵动有弹性的人物散文，其意味和写法均有鲜明的继承性，若非有较高的提炼功夫与驾驭能力，是难以为之的。

至于语言文字，我亦很欣赏：坚实而富意蕴，此点非常难得。古人有云：“言之无文，行而不远。”福生之作，有言有文，相得益彰。写阿尔卑斯山的几篇，大都称得上是不错的美文，我曾在那里盘桓过数日，读之分外亲切，足见福生驾驭美文亦别具资质。如今就是要具备“几支笔”，依内容格调不同均能自如地施展。如今散文作者作品数量固多，惜特色鲜明、文字功力上乘者，略嫌不足。而福生则出手不俗，我相信读之自当刮目，有识者必信焉。

2016 年 1 月

京城严寒中于长安书屋

目录

第一辑 品味生活

六尺巷说和

安徽桐城市内有一条长百多米、宽两米，铺着鹅卵石路面的小巷，叫六尺巷。据县志记载：清朝康熙皇帝时期的文华殿大学士兼礼部尚书张英在京城做官，他老家桐城的亲人起墙脚做屋时与邻居吴姓人家因地皮发生争执，家人去信请他出面处理。

很明显，家人请张英出面处理，无非就是利用张英的权势给这个邻居点颜色看。以张英的显赫地位，不要说出面，只要给身边人打个招呼，暗示一下，甚至什么都不说，就可以让这个不知天高地厚的邻居喝上一壶。直到今天，我们的现实生活中不是经常有这样的例子吗？不要说像张英这样的高官，即便一位地方小官，比如“我爸叫李刚”的地方公安科级干部，都可以给这样的邻居颜色看看。

可是，张英没有这样做。这位大学士看到家书后，立即回信说：“一纸书来只为墙，让他三尺又何妨。长城万里今犹在，不见当年秦始皇。”后来发生的事情正是大家现在所知道的，家人看了信以后，主动让出了三尺。邻居吴氏深受感动，也让出三尺，这就成了“六尺巷”。

张英的这封家书所释放出来的善良与包容，至今读来仍然让我感动。我感动于张英的胸怀，在礼部尚书张英看来，为几尺宅基地和邻居相争太不值得了，他以万里长城作比喻，万里长城可谓比几尺宅基地大多了，但是长城还在，可是修建长城的秦始皇在哪里呢？我觉得，胸怀是和见识分不开的。从这个角度来看，张英真不愧是康熙时期的京城大官，反过来说，雄才大略的康熙用人也确实没有走眼。

张英的家人也让人感动。他们看了张英的家书，没有再去胡闹，也没有去抱怨张英不为家人办事。许多掌握大权的官员，往往顶不住亲情的压力，毁在不明事理的家人手里。六尺巷的和解，也应给这个幡然醒悟、知错就改的家人记上一笔。

张英的吴姓邻居更让我们肃然起敬。我想在最初与张家发生冲突的时候，他们也曾害怕过、矛盾过，但是这一家人在强势面前，没有屈服，展示了普通人的尊严。我甚至猜想，假如张家一定要强占三尺宅基地，则必将引发一场血案甚至几代人都解不开的家族仇恨。作为弱者的一方，他们肯定不希望于这样的邻居闹下去，在邻居的谦让下，他们也做出了谦让。从而，化干戈为玉帛，在历史上留下这样一段美谈。

从史料中，我注意到，张英后来在桐城市城郊两条小河交汇之处建造了“双溪草堂”，书斋门联题着“俭勤自是持家本，和顺端为受福基”。从这副对联，让我们重新回味张英那封家书，我想，张英的家书绝不是一时冲动，不难看出，“和”的思想，是一以贯之的。

中国文化是讲究“和”的文化。和为贵，家庭内部、邻里之间讲和睦，国家之间讲和平。为了实现这样的和文化，中国人追求礼让，在生活中有很多这样的道理，所谓退一步海阔天空，吃亏是福，等等。

六尺巷至今对我们处理生活中出现的矛盾、摩擦，仍具有启示意义。

面子与尊严

听一个朋友说，他所在单位的顶头上司，脾气暴躁，动辄骂人，令他十分气恼。听他的意思，大概是没有少受这位领导的气。同座的他的另一位同事在一旁解释道，其实这位领导也是不难相处的，只要给足面子就行了。也就是说，这位领导的骂人常常是因为下级没有给足面子。我笑说，这种领导的坏毛病都是大家给惯的。面子是彼此给的，不能因为你是领导就给你面子，别人是下级，就不给面子了。

我觉得一个生活中特别有面子的人，往往也是知道给别人面子的人。面子是自己挣来的。只顾自己的面子，不管别人的面子，最终自己一定没有面子。我相信，朋友单位的这位要面子的领导，面子终究保不住。你不给别人面子，别人凭什么给你面子。生活中，谁不要面子呢?

面子就是尊重的问题。死要面子活受罪，这话说得有点极端，但是从某种程度上，也说出了人之所以为人，尊严是很重要的。我觉得，为了活着的尊严，硬撑着，也是让人敬佩的。老舍先生的茶馆里有一段著名的台词，那一直被解读为是在嘲笑八旗子弟的:“我脱不下这身马褂啊!”。我同情这位四爷。为了做人的尊严，一个人穷到了极点，仍然不肯脱下这身标志着身份的大褂，总比那些为了一口饭，像哈巴狗一样，见人说人话，见鬼说鬼话，更令人尊敬一万倍吧。

我从来不同情那些所谓的将自己的下作行为和干了违背良心的事，说成是为了糊口等说辞。我更憎恶没有尊严地活着的人。我经过城市的地铁和天桥上，我决不会把钱投给趴在地上做磕头状的或者编造出一大堆自己如何不幸的理由的脏兮兮的人。即便穷到必须要饭，我也希望他们能够保持人的尊严。

莫泊桑在小说《项链》里描写一位女人去参加舞会，因为丢失了从邻居家借来的项链，用几乎一生的辛勤劳作去偿还别人的项链的故事。长期以来，我们也是一直把它当做批评女人爱慕虚荣来解读的。

我觉得，一个穷人家的女孩子，参加社会活动，穿得体面一点，获得别人的尊重，这是人之常情，也让人同情，而她能够用自己的劳动来偿还丢失的项链，这也说明她是多么地诚实。

人之所以能够作为一个大写的人站立着，就是因为人有尊严。这也可以理解，认为什么有时候为了荣誉、为了面子、为了尊严，宁可选择死亡。士可杀不可辱；饿死事小，失节事大，就是为了尊严。至于某些地方笑贫不笑娼，我只能说，那是人的堕落。人活一张脸，树活一张皮，不为五斗米而折腰。人就需要这样一种尊严。当一个生活在社会底层的人，即便贫困也不愿放下人的尊严时，我愿意尊重他。

都说中国人要面子，我不否认这里面有虚伪的东西。过于要面子，以至于到了虚伪的程度，这确实没有必要，但是，即便贫困却仍然能够有尊严地生活，我看，这样的人令人尊敬。从这一点上看，不是中国人要面子，活得自尊一点的民族与个人都十分要面子。

人与人相处，许多矛盾，就是因为缺乏尊重和对个人的自尊过于敏感而引起的。我觉得，人与人相处，是一件不容易的事，因此，学会尊重和善意地理解别人的不够尊重均十分重要。这一点，应当看做是现代人与人交往过程的一种教养。

一个有教养的人，首先要学会尊重别人。在我们的身边，有许多人开口闭口都不懂得尊重别人。特别是有些领导，把自己动辄将别人骂一顿解释为脾气直率，有人也将领导能骂人当做有魄力和能力来看待。尊重别人的前提是，应当先学会赞美别人。

在西方的公司里，很少听到上司对下属的批评，更少呵斥。即便上司不同意下属的某一项工作，也会说，你的想法很好，不过如果我是你，我会怎样做。同样是工作，什么样的谈话效果更好呢？这就是给足下属的面子。

我们每天生活在各种人际关系当中，我相信，上司与下属之间，同事之间，甚至是公共场所中的陌生人之间，只要懂得率先尊重别人，这样的人一定能够得到别人的尊重与欢迎。

人要面子好不好？有的时候，我们这样么评价一个人，说这个人很要面子的，听上去至少不是一个坏的评价。有的时候，我们批评某人说，你这个人太要面子。要面子不好吗？我看好。要面子，说明人有羞耻感。要面子，说明一个人还在顾忌他人的议论和批评。这样说来，要面子的人，一定还是有道德底线的，只有那些连面子都不要的人，才不知羞耻，不懂害臊，这样的人做起坏事来，就不管不顾，颇有点儿我是流氓我怕谁的意思。最可恨的是那种既要立贞节牌坊又要做婊子的人，但是，生活中的无数事实告诉我们，虚伪的面纱一旦揭破，面子终究保不住。

四不猴

我书架上存放了一件很久的小工艺品，是一个暗红色的做工谈不上精美的小木雕。木雕是四个造型各异的小猴子，捂眼的、捂嘴的、捂耳的、双手垂于胸前的，名曰“四不猴”。木雕上虽然刻的是四个猴，实际上是在告诫人，在现实生活中，不该问的不问，不该听的不听，不该看的不看，不该动的不动（源自孔子的“非礼勿视、非礼勿听、非礼勿问、非礼勿动”）。

我一向以为我的记忆力是好的，但这个小木雕是何时买的或者什么人赠送的，实在想不起来了。有一年办公室搬家，从楼下搬到楼上，在抽屉里整理东西的时候，在一堆杂物中，翻到了一个包装简易的硬纸盒，木雕为一小撮纸屑裹着，躺在纸盒当中。当时打开这个小礼盒的时候，我心里几乎闪过一种宿命的念头，好像还发出一声惊叹。

记得我当时正处于这样一种类似于四不猴所警示的心境当中。我觉得这个礼物简直就是有一个知心好友或者另一个自己专门为我准备的，而且就是在这个时候。

许多礼物，不在于贵贱，所谓千里送鹅毛，礼轻仁义重，那是送者的心情，但对于接受者而言，不管是鹅毛还是鸡毛，很重要的在于你是否喜欢，以及是否恰好在某一时刻是否契合你的某种心愿。

这个四不猴就是我这时候十分需要的。许多人生的道理，我们必须经历才能真正从内心去认可。否则，即便我们懂得许多的做人道理，因为不曾经历，道理与个人的内心体验总是隔着的。在很多时候，道理是道理，行为是行为，直到有一天我们的行为在生活中发生冲撞乃至付出代价，才突然醒悟，原来古人的道理早就搁在这，而且我们是知道的，但是我们的行为还是因为没有遵循这样的道理而付出了代价。

人生的许多道理往往是老生常谈，有些道理听上去，我们甚至会觉得这些几乎是陈腐消极的，颓废遁世的，然而，这些道理在现实中往往管用。比如四不猴，年轻气盛，血气方刚的我们，会觉得无所顾忌，但是随着我们阅历的增长，经历的丰富，我们会慢慢体会其中的部分真理。

冷静下来，我并不喜欢古人对做人处事须谨小慎微的谆谆告诫，但我不得不承认，这个道理在现实生活中有时候是多么地深刻。此时此刻，我甚至突然理解了古人一条又一条我们嗤之以鼻的那些明哲保身的做人道理，其背后是一个又一个挫折乃至生命的代价。我想，在一个阳光灿烂的生存环境里，人们大抵是没有什么需要避讳的，而在一个怀疑、告密、争斗以及缺乏基本信任的生存环境里，人们还是需要掌握一些聪明人之养生哲学的，因为，老祖宗说了，明哲可以保身。

朋友送我的四不猴，在我家的书橱里，一直放了许多年。

现在还放着。

自大是一种病

我遇到过这样的人。有一位仁兄，毕业于一所财经院校，财政专业出身，按说，财政不算什么高深的专业，但这位仁兄很把自己的专业当回事，给人印象，没有学过这门专业，是人生的一大遗憾。

这位仁兄和别人讨论、争论有关财经问题之前，总爱在前面垫上一句：你不是学财政的，你不知道。那时候，这句话成为我们私下的笑谈，大家开玩笑，也总喜欢垫上一句，你不是学财政的，你不知道。这句话以至于扩展到生活中的许多方面。那时候，我们大学毕业不久，许多人还是单身汉，住在一个筒子楼里，两三人合住一个宿舍，互相串门，常在一起混，比如因某个问题发生了争论，另一方会开玩笑说，你不是学财政的，你不知道。

忽然有一天，这位仁兄对财政史有了兴趣，那一段时间，他的书架上、床头便堆了一些财政史方面的书。一次，几位朋友喝酒，席间，这位老兄两杯高度酒下肚，便开始吹嘘财政史，当着我们许多人的面，发下宏愿，要重写中国财政史，并且指名道姓，要把当下几位这个领域有名的学者“放倒”——这是他当时的原话。酒，有时候真是好东西，酒壮屃人胆，更壮英雄胆，武松喝了能打虎，这位老兄喝了要把学者全放倒，有种！

那天一起喝酒的，除了我们几位相熟的朋友，还有一位同事的朋友从外地来。这位仁兄说完大话走了，我们因为习以为常，走了就走了，没有太把这位老兄的话放心上，那位外地来的朋友却当真了。半晌无语，过了半天，说：北京就是北京，真是藏龙卧虎啊。

次日，我们把这位外地朋友的称赞如实转告了这位老兄，这位老兄听后，十分得意，但隐忍不笑，对这位外地朋友做出了比较客观的评价，说，这位外地朋友，人不错，喝酒的时候就看出来了，朴实、厚道，看问题准。

这位仁兄果然开始写中国财政史。吃饭、走路的样子，平常一脸严肃思考的神态，书桌上摊开的各样参考书目，让人感觉，一部伟大的作品正在诞生。

起初，我们见面，便问写的怎么样了，他几乎是咬牙切齿地说，观点绝对新，等着吧！

又过了一阵，我们再问，还是同样的话，还是让我们等吧。

过了一年，又过一年，又过十多年，一部伟大的学术著作终于没有写出来。

再后来，听说他的兴趣早改到财政学的其他领域上去了。听说，他的教授职称一直没有解决，他经常去和学校闹，说凭他的水平，凭什么不给他评教授。

这位老兄现在已经到了将近50岁的年龄，他一直苦恼着，觉得生不逢时，觉得从同事到领导都在打压他。这话传到了系主任的耳朵里。系主任和他是同龄人，是从外校调过来的，早当上了博导。系主任觉得应该和他聊聊。系主任说，听说你认为系里老师在打压你？系主任心平气和。他一听，气不打一处来，两眼几乎要冒火花。他说，你不打压我，你能当博导吗？能当系主任吗？系主任只听说他浑，没想到他这么浑。觉得谈话的基础已经没有了。笑笑，起身离开。

有好心人劝他，认真写点论文，赶紧把教授问题解决了。他不干。他说，就凭他的水平，还需要写论文吗？况且现在的报纸杂志编辑，能看懂他的文章吗？觉得大家都跟他过不去。每天脸上挂着苦恼，像在哭。他觉得自己委屈，很委屈。

很多人说，这哥们有病，别跟他当真。有病一词，不过是一句口头禅，没有认真觉得这位老兄真有什么病。

最近和一位大学同学聊天，说到一些人的自大，不可理喻，我想起这位老兄，讲了这个故事。我的同学听了，笑了半天，说，天下真有这样的人，最近他在单位就遇到了这样一位同事，让他哭笑不得。

我的这位同学，在一家杂志社当领导，他说，他最近正不知道怎么和这位同事交流呢。他说，他的这位同事，总认为自己的稿件，在杂志社不是最高水平，也是一流的，每次发稿，都在稿件上注明，此稿受到某某领导的高度重视，或者注明该稿要发重要位置，弄得各个版面编辑都很害怕和他打交道。如果他的上版稿件没有按照他的意愿刊发或者改动较大，他就非常激动、生气，不是跟编辑、部门主任闹，就是在会上或者找到社领导闹。不了解情况的人，以为他受到了多么不公正的待遇，同情他。

我的这位同学原先在另外一家媒体干，刚调到这家媒体不久，起初对这位同事的印象还好，认为这是一个很在意自己的文章并且至少是喜欢自己职业的好同志。在几次听到这位同事的抱怨后，他开始认真地调阅这位同事所反映的稿件问题，心想，如果是优秀人才，千万不要埋没了。尤其不能让干活的人吃亏。待他看了稿件，结果让他大吃一惊。稿件质量太差，逻辑混乱，材料堆砌严重，不知所云。我同学说，让他最苦恼的不是这位同事的稿件差，而是他发现这位同事根本不知道自己的稿件差，更重要的是，也聊不通。邪了，太邪门了，我的这位同学哭笑不得地说，世界上居然有这种人，真是不可理喻。

听完同学讲的故事，我们两个都摇头，笑，说：世界大了，什么人都有；林子大了，什么鸟都有。

这事过了很久，有一天中午，我的这位同学突然给我打了一个电话，十分兴奋地说，他找到原因了。我刚接电话，一时没有反应过来，问他找到什么原因了。他说，你忘了，那种自我感觉特别好的人，真是一种病！我问什么病？他说，他刚看到一篇文章，他把文章也发我邮箱了，让我认真看看。我看了这篇题目叫《自我评价过高要怪大脑》（加拿大环球邮报网站 2010 年 3 月 22 日）的文章，正如文章标题写的那样，文章就出在大脑里。这篇文章为这种人找到了病理上的依据。文章介绍了美国德克萨斯大学研究人员珍妮弗·比尔的研究成果，该研究通过实验得出结论，一些人的自我评价总是超出实际情况很多的原因是，与头脑中的大脑额叶没有发育好有关系。大脑额叶位于前额后面，它涉及人的注意力、记忆的存储和提取、推理、解决问题、利用语言进行创造性思维和理解幽默等功能。

看过邮件，我给同学回了一封邮件，感叹道，生活中我们发现许多人行为乖张，以为这是性格或者以为此人不可理喻，可能还有许多领域需要医学、心理学、生命科学等多学科进行研究。我们每天都在和各种各样的人打交道，可是我们对人的认识是多么肤浅啊。

同学发来邮件，调侃道，以后再遇到这种人，也不要交流了，就把这篇文章发给他们，让他们自己去反省吧。我回答说，就像喝醉酒的人，从不承认自己喝醉了，有这种自大狂症状的人，承认自己有病吗？

在这个世界上，我们并不真正地了解别人，事实上，很多时候，我们很多人，自己也不了解自己啊。

笑的实验

如果有人对你说，笑对健康有益，你大概不会反对。但是，如果进一步问你，笑为什么对健康有益，你可能回答不出所以然来。然而，西方人的思维习惯是，凡事总要弄明白。你可以说，这是较真儿，这是一根筋，可这就是东西方文化的差别。

中国人注重感受，讲经验，不太注重理性分析。“感时花溅泪，恨别鸟惊心”，“春蚕到死丝方尽，蜡炬成灰泪始干”，这都是中国古代诗词中的名句，中国人喜欢，一看也都明白，但对西方人而言，他们不一定明白。

注重感受和经验，其表现方式必然是含蓄的，通过比喻、隐喻、借喻、象征等王顾左右而言他的表达方式，让别人去体会，去感受，但要靠对方的个人经验和悟性。这些不仅表现在艺术领域，也表现在文学、哲学领域，同样表现在美食、医学等领域。

看中国菜谱，比如经常看到放食盐、高汤少许，少许到底是多少，中国人可以根据自己口味的咸淡去理解。老外就不理解，老外一定要问，少许到底是多少盎司？多少克？一定要精准。

还是回到笑的话题上。我们中国人是喜欢笑的。笑一笑，十年少。千金难买一笑，一笑泯恩仇，笑口常开，笑容可掬。一个女孩脸上常挂着笑，就形容这个女孩长得喜性，这是中国人很喜欢的一种长相。连弥勒佛到了中国，都成了憨态可掬的笑面佛。也许是中国人活的比较苦，所以中国人不像西方人那样偏爱悲剧，而是一定要在戏剧的结尾加上喜剧的色彩，即便是悲剧，也要来个大团圆。

相声、小品、二人转都是中国具有深厚文化传统的民间文化品种，并深受欢迎，自从有了春晚，相声小品几乎成了必不可少的品种，为什么呢，原因还是中国人喜欢笑，特别是过年了，一定要笑一笑。

笑在中国有这样深厚的民间传统，但是，让中国人回答，为什么笑对人的身体健康有好处，恐怕没有认真研究过。可是，西方人一定要打破沙锅问到底。我看过一篇报道，是介绍西方对笑所做的实验。

欧洲欢笑瑜伽和幽默培训专业联合会的迈克拉·舍夫纳这样描述人在进入笑的状态后身体发生的变化：

一系列的快乐荷尔蒙在人体内流动。人体会释放 5–羟色胺、多巴胺和“拥抱化学物质”——后叶催产素。后叶催产素在女性哺乳和性生活中发挥着作用。舍夫纳说，人体此时进入一种放松模式。接着人体开始进行深度的腹式呼吸，对疼痛的忍耐力可能会增加，而血压会下降。

柏林自由大学的生物学家卡斯滕·尼米茨在实验的基础上，从另一个角度又做了补充解释：欢笑与强体力劳动相似。欢笑会牵动 100 多块肌肉，它们包括面部和颈部肌肉、呼吸肌和肋间肌等。他说，控制面部表情的肌肉就有 40 块。笑的强度越大，从头到脚就有更多肌肉发生运动，人就因为大笑而痉挛得越厉害。有些人说在大笑的时候说肚子疼，这是因为人在捧腹大笑时隔膜会疼痛。笑的时候弯腰——就像瑜伽中那样向前屈体——可以锻炼胸骨和耻骨之间的肌肉。

中国大概没有谁去做这种研究的。所以，一些混事的人在中国常常有市场，比如，那些所谓的形形色色的养生大师，把绿豆、泥鳅的养生好处等说到了天上去，居然，有很多人相信，并且拿自己的身体做实验，这和我们的文化、思维习惯有关系，因为中国人没有人去问，你说绿豆可以这样那样包治百病，那你拿出具体的证据出来证明绿豆到底包含多少成分，治了哪些病，为什么能治。

中国的许多事，缺的就是实验基础上的精准。所以“大概、差不多、好像”这些模棱两可的词，便成为我们生活中的常见语。虽然许多人常说自己“难得糊涂”，但实际情况是，可能很多事本来就没有弄明白。

不明白，还想糊涂，是越发糊涂了。

婚姻需要『忍』

著名词作家乔羽先生做客艺术人生的时候，节目主持人朱军曾问乔老爷子一个问题，大意是，乔老爷你一生家庭幸福，夫妻恩爱，其中的秘诀是什么？乔羽是音乐界的泰斗，现场以及电视机前的观众，大概都在期待乔老爷子能够说出与众不同的观点，但是，他顿了一下，回答说：忍呗！

80 多岁的乔老爷子在回答问题的时候，其口气、神态、表情都给人一种很老实的印象，所以，大家本来在期待什么，这一大实话反有一种出乎意外的效果，把大家都给逗笑了。

说实在的，我听到这个回答时，感觉乔老爷子的婚姻生活好像不太好，当然这只是我的一种感觉，到底好不好，须问他本人。这件事已经过去好几年了吧，现在想起来，旧事重提，并不是想探听乔老爷子的什么个人隐私，而是他这一个字的回答给我留下了深刻的印象，以至于最近看到季羡林老先生谈到家庭和睦、婚姻和谐时，也说了一个“忍”字，这让我不由地想起乔老爷子几年前的这个说法。

季羡林先生不仅谈了自己的“忍”，他还引经据典举例说，唐朝有个张姓的大官，家庭和睦，美名远扬，一直传到皇帝的耳中。皇帝赞美他治家有道，问他道在何处，他一气写了一百个“忍”字。总之，家庭和谐就是靠一个“忍”字。乔羽、季羡林先生都是我尊重的老前辈，他们的话不能不让我对这个问题陷入沉思。

实话讲，我不喜欢汉字中“忍”字的造字结构。但我也必须承认我们先人在造字时的丰富的想象力。把刀刃与心放在一起，确实准确地表达了忍的意思，但是，我不喜欢它有一种阴森森的味道，让人想起政治家、野心家复仇的政治图谋。因此我不喜欢将一个“忍”字放在家庭中，尤其放在恩爱夫妻之间。

我总觉得，“忍”是为了一个什么更宏大的目的，而不得不把一种不痛快放在心上，所以，和“忍”字连在一起的词汇总是含有一种政治图谋的意思，比如：小不忍则乱大谋。夫妻之间有什么大谋吗？当然，这样的关系也是有的，比如一方为了图谋另一方的钱财，宁可用青春、快乐、爱情等为代价，为了得到对方的大钱财，忍一下自己的不痛快，这算“忍”吧。可是，正常的夫妻之间有什么需要忍的呢？换句话说，夫妻结合在一起，和和美美，男欢女爱，本来是一件挺好的事，为什么要走在一起互相忍受呢。既然是忍，一定是彼此难受的，朋友还可以忍，同事还可以忍，陌生人之间也可以忍，夫妻之间是天天在一起过日子的，忍，一定是因为彼此一定有不能接受的东西，不能接受，为什么走到一起呢？

在夫妻关系上，我如果反复强调爱呀情呀这样一些青春男女孩强调的字眼，朋友们一定以为我是一个理想主义者吧。这话我听到过。但是，我仍然坚决地认为，我之所以这样强调，乃是因为我是一个真正的现实主义者。我看过太多现实中性格不和争吵不休的夫妻。如果现实主义的意思是，夫妻之间就是没有爱，没有情，就是为柴米油盐争吵不休，以现实的态度来看，这样的日子没法过。那么紧接着的问题就是，那好，不要争吵，互相容忍一下，就好了。真的就好了吗？从某种程度上看，不争吵，打冷战，比争吵还可怕。如果夫妻之间“忍”的含义是不去争吵，那么我认为，这样的日子是了无生趣的。我看过很多夫妻之间，起初也是互相忍，最后，不能忍受，拜拜了。

因此，假如夫妻之间没有爱情，这样的忍我看是没有意义的。我见过现实中不少好心人，劝那些互不相让的夫妻要学会忍让，但效果未必好。要我说家庭和睦一定要“忍”的话，那一定要有三个前提条件：

其一，日常生活的常态必然是彼此相爱，相互体贴，心中总是装着对方。这一点，不用解释，我相信所有的过来人，心中都有自己的一杆秤，正是春江水暖鸭先知，说得更通俗一点，夫妻关系彼此都是对方脚上的鞋，合不合脚，只有自己知道。

其二，不太自私，彼此生活情趣、习惯基本相一致，或者没有太大反差，对方身上没有自己决不能容忍的生活习惯和坏毛病。

其三，善良，善解人意，尊重对方的家人和亲戚朋友。

关于夫妻之间忍的话题，我的观点是，有了爱，才有忍。爱在前，忍在后。忍也是一种爱，忍的含义，既有不愿惹起事端的息事宁人，也有以沉默的方式不让亲人受到伤害的内涵。

夫妻之间，我还是不愿用这个忍字，既然是爱，就选择包容吧。包容似乎比一个“忍”字更能准确地体现家庭和睦的特点。

孩子气

将十年“文革”与孩子气联系在一起，这是我至今见过的最轻松，也是最妙不可言的评语。而做出这个评语的时候，评论者正亲临其境，亲身经历着这场运动，就更是妙不可言，谁能在人人脑子进水，个个想问题一根筋的“文革”期间说出如此放松精辟的句子呢？是大翻译家杨宪益先生娶的英国媳妇戴乃迭女士。我觉得，也只有这种不同文化背景下长大的人才可能说出这样的话。

1965 年，杨宪益负责将一篇歌颂文章翻译成英文。通常，杨宪益的汉译英文章都要经过夫人的认真把关。这一点毋庸置疑，毕竟英语是人家的母语。一个人，外语再好，也很难与人家的母语相媲美，何况，戴乃迭的学问也是相当了得。在我看到的一篇回忆杨宪益先生的文章中，说戴乃迭当时看了丈夫的译文后，在上面写下了一个英文单词：childish——孩子气。

我觉得这是戴女士随手写下的，就好像我们看书读报，看到好玩的地方，随手可能写下一句，点评一样。这种点评几乎是下意识的，是不假思索的，不带任何功利目的的，是写给最信任的亲人朋友的，甚至不是写给谁的，只是当下一种心情，一种读书人的动笔习惯。

不过，我觉得，这个点评真好。

这在当时是全中国人民包括优秀的知识分子都点评不出来的。在那疯狂的年代，傅雷夫妇喝了药，老舍跳了湖，巴金在游街，所有的中国知识分子都活得比较紧张严肃，用作家王蒙当年小说里的一句俏皮话，老干部、知识分子都在挨斗，接受批判，每天脸上都是阴沉一个脸，“就像被屁熏了一样”。只有这位嫁到中国的外国女人眉头一皱，说了句孩子气的话，就像母亲看到孩子实在太淘气，表现出又生气，又好笑的样子。

我实在想象不出这位金发碧眼的英国女人当时的表情。在她看到一个国家将近 10 亿人都在胡闹时，看到丈夫的翻译稿很严肃地写上比较肉麻的语言而且是英文时，她一定是在心里先是偷偷笑了一阵的。笑了以后，假装生气了：Childish！

真孩子气！还有比这更经典的点评吗？

这是母亲才有的口气，这是外来人才有的口气。孩子气！我还真不知道还有什么词汇更能表现出一个局外人的心态。

不过，我始终觉得戴乃迭女士一直没有真正了解中国。这可能是文化基因的问题。戴乃迭女士为了爱情，不远万里来到中国，虽然吃中国饭，穿中国衣，与中国丈夫喝啤酒，相厮守，但是，她的文化基因是英国的，平等、独立、自由，等等，这是他们的文化基因，她无论如何体会不到装在中国人内心里的几千年的恐惧，她对中国的理解不过是一位近距离的旁观者。

“文革”结束几十年了，拉开了距离，现在想来，十年“文革”也就是一个极端的孩子气的表现方式，在我们的生活中，仔细观察，还真有很多孩子气的事呢。

受苦了

我经常听到一些朋友的诉苦。

我的一位朋友，有一亲戚，30 多岁，离婚了，又结，还不如意，又想离婚；工作也不满意，换了一家又一家公司。听朋友介绍，这位亲戚经常到他家里诉苦，让他不胜其烦。简直就到了神经质的地步，说到激动处，经常说的一句话是：我容易吗！我！然后就是眼泪汪汪的。

我很同情她。婚姻不满意，工作不满意，处处不满意，确实不容易。我知道周边许多人都活得不容易。在我居住的小区，我也经常看见老太太、老大妈们在诉说家庭中的种种矛盾、纠纷，在一旁劝说的，最后总结性发言也是一声叹息：唉，忍着点吧，人这辈子，不容易。

人生不如意，大概十之八九。没钱有没钱的苦恼，有钱有有钱的苦恼；不做官有不做官的苦恼，做官有做官的苦恼。其实，面对人生这样一个永恒的话题，平头百姓与皇上都面临着同样的困惑。

我曾经读到过这样一个故事，说国外过去有一位皇帝，他很想知道人生的答案究竟是什么，他找来了天下最有智慧的作家，让他完成人生这部作品。作家用了 10 年时间，完成了一部很厚的作品，送给皇上，皇上翻了翻说，作家先生呀，我每天日理万机，工作太忙，我实在没有时间阅读这本大书啊。

作家回去，又花了 10 年时间，将书删减了一半，再送给皇上，皇上翻了翻，还是觉得太厚，没有时间阅读，让他再改。

作家又花了 10 年时间，再把作品删减了一半，编成了一本小册子。当作家把作品送给皇上的时候，皇上已经气息奄奄，躺在床上，伤感地说，我已经没有精力看了，你告诉我你写了什么吧。

作家恭敬地屈身在皇上的耳边说，人生的答案也就三句话：他出生了，他受苦了，他死了。皇上听后留下伤心的眼泪，点点头，死了。

我最初听到这个故事，大概在 10 年前吧。我觉得这个故事非常精彩，以至于过去了 10 多年，这个故事总是停留在脑子里，挥之不去。

我觉得作家概括的这三句话中，最精彩的在于第二句“他受苦了”。出生是一瞬间的，死亡也是一瞬间的，只有受苦是人生的这个漫长过程。可是，假如只孤立地将受苦这句话挑出来，没有生与死这个生命起点与终点的反衬，这句话又显得平淡无奇。

总之，受苦是人生的常态，我们应当坦然接受。

耶稣遇到了老实人

耶稣从橄榄山回到圣殿里传教，文士和法利赛人带着一个妇人进来，叫她站在当中。他们对耶稣说：

“先生，有个妇人正在行淫的时候，被我们捉住了。根据摩西律法，我们得把这样的妇人用石头打死。你说吧，该如何处置她呢？”他们说话的意思，是想试探耶稣，看他如何回答，以便抓住把柄控告他。

如果耶稣说应该用石头把她打死，那他们就会控告他违犯了罗马法；如果耶稣说放了她，那他们就会控告他违犯了摩西律法。

耶稣弯着腰，用手指头在地上画字，他们围上来，不住地催问他。在《圣经》中看到这里，我真替耶稣紧张，就像小时候看电影，好人很快就要被坏人逼到了绝境。但耶稣就是耶稣，伟人就是伟人。伟人不同于常人之处往往体现出超常的心理素质，这种处乱不惊，这种从容不迫，是天生的吗？

他们要一直追问下去，他们觉得这样追问下去，只要耶稣开口，就陷入悖论，就将自己置于尴尬的境地。但耶稣的智慧在于没有顺着他们的逻辑往下说，而是换了一个话题，这个话题直接站在了思维的高处，耶稣直起腰，对他们说：

“你们中间谁是无罪的人，谁就可以先拿石头打她。”

说完他又弯着腰用手指头在地上画字。

耶稣再次弯腰在地上画字，其实以自己的平静，给了对方同样平静的心情，人只有在平静的心情之下，才可能比较理性地进行思考。

看来，村民们都平静下来，都听进去了，思考了。

他们听见这话，就从老到少，一个一个地出去了。因为他们谁也不敢承认自己是无罪的人。

只剩下耶稣一个人，还有那行淫时被捉的妇人，仍然站在当中。耶稣直起腰来，对她说：

“妇人，那些人在哪里呢？没有人认定你的罪吗？”

“我也不定你的罪，”耶稣说，“你回去吧，今后不要再犯罪了。”

这是《圣经》新约里面的一段著名故事。我对《圣经》的好感，对耶稣的好感，甚至对这部书优美的叙述文体的好感都和这个故事有很大关系。

这个故事让我感动。这是一个关于原罪与宽恕的故事。可是，这个故事之所以感动我们或者说能够有这样一个结局，还在于耶稣遇到了一群老实人。

耶稣当年还没有至高无上的权威，这些文士和法利赛人捉住这位行为不端的妇人到耶稣那里评判，他们起初的动机其实不纯：他们要利用罗马法与摩西律法的矛盾，将耶稣置于难堪的境地。但从根本上说，他们还是诚实的人。首先，他们打算为难耶稣的时候，他们至少有法可依，遵守了法的底线。没有胡来，更没有欲加之罪何患无辞的蛮横。其次，也是这个故事当中最重要的是，他们一个一个出去了，因为他们谁也不敢承认自己是无罪的。《圣经》立论的核心之一，就是认为人生来是有罪的，即所谓的“原罪”说。这群人的可爱、可敬之处，恰恰在于，他们承认自己有罪。

如果他们认为自己无罪呢？谁能证明他们是有罪的呢？

我觉得在这一刻，耶稣与妇人均处于非常危险的境地。如果其中之一站出来，大声宣称自己是无罪的，并且反问人群，你们认为自己有罪吗？然后，为了证明自己的无罪，拿起石头，投向妇人。我觉得很多人，会跟着起来，很快将这位妇人用石头砸死。最后，再把愤怒指向耶稣。

为了证明自己的清白、高尚、无辜，向他人施行揭发、攻击、暴力、血腥其实也是人性中的一部分。

好在，我们看到的是，他们听到耶稣的发问，从老到小，一个一个走了出去。

耶稣之所以能够顺利传教，大概与他遇到了这样一群可爱的老实人有关。我不知道，耶稣要是生活在“文革”，他自身的命运会怎样，那个行淫的女人命运又怎样。在那个年代，为了洗刷自己的清白，亲人反目、同事告密、出卖朋友的事实在是太多了。即便“文革”过去这么多年，那些当年的参与者们，有意无意的加害者们，有谁反省自己有罪吗？

死之安详

有一年在丹麦，无意间遇到一场葬礼。

那天上午，我在教堂大厅参观。说句实话，虽然我对西方的教堂文化所知甚少，但是对教堂里的那种氛围与气场却是从内心里喜欢的。

是教堂里的那种安静与肃穆吗？是人类与生俱来的苦难以及无以言说的忏悔与悲悯吗？总之，也许你说不清到底是什么，但是，走进教堂，哪怕你只是在里面待上片刻，你的内心便安静下来。

我就是在进入教堂之后，脱离了团队，任自己在教堂里漫无目的并且一个人在享受这种闲暇的时候，偶遇了一场葬礼。

那天，我一边拍照，一边倒退着向后走。当我下意识地发现我很快就要撞到身后的人群时，我停了下来。这是在教堂的一角，一群白衬衣、黑礼服的男女老少围成一圈，个个表情安静凝重，再一细看，不仅吃了一惊，中间躺着一个人，是一位老者，尖下巴，清瘦蜡黄的脸，双目紧闭，一双朝天凸起的大鼻子十分醒目。牧师站在亡者一侧，手捧《圣经》，在庄严地读着其中的句子。

我突然意识到，这是一场葬礼。我心怀歉意地赶忙向外快走几步，走出一段距离，我又停下来，回头静静地看着这一幕。那一刻，我内心非常感动。我为这场安详与庄严的葬礼所感动。

死者为谁？大约就是一个普通老人，参加葬礼的肯定是他的生前亲人友好了，可是，在这场简朴却不失高贵的葬礼上，你看到的是一种安详的仪式之美。

人总是要死的，从根本上说，死亡本身就是生活的一部分。但是，对死亡的理解却表现出不同的文化观念，观念之不同，就表现出不同的葬礼及一切祭祀仪式。多年过去了，丹麦教堂里撞见的葬礼一幕，给我留下很深的印象。

我不能简单地说，哪一种文明更好，哪一种文明更不好，但相对于对亡灵的纪念仪式而言，我以为，我们的文化里面，安静的东西似乎少了一点，闹哄哄的东西好像多了一些；对死亡本身祭奠与思考的纯粹性少了一点，表演的做给他人看的东西似乎多了一些；宗教性的、信仰性的、哲学性的东西似乎少了一些，世俗性的、物质性的、相互攀比炫富彰显虚荣的东西似乎又多了些。有些葬礼，似乎已经与死者无关，倒更像是财富与家族势力的大比拼。

据说，深受基督教思想影响的西方人相信，人死后灵魂是要进入天堂的。有没有天堂？站在科学实证的角度看，我们恐怕没有人相信在浩瀚宇宙的某处却有一个天堂一般美好世界的存在，人类科学发展到今天，稍有常识的人大概不会相信真有这样一个客观世界的存在。但是从宗教的、信仰的、心灵的角度看，大概相信天堂总比不相信天堂的人恐怕在对待死亡的态度上更加从容幸福一些。

因为相信天堂的存在，在日常生活中，对人对事会更多一分敬畏与审慎，对待自己的死亡也少了许多恐惧。你想呢，你一生又没做什么亏心事，你一直在尽其所能地去帮助别人，有一个美好的天堂世界等着你，你还怕什么呢？从某种程度上看，这种来自心灵方面的信仰，不正形成了一种向善避恶的道德约束吗？而人一旦失去敬畏，任由人性的欲望如脱缰的野马横冲直撞，其必然导致道德底线失守，欲望横流的社会乱象。

葬礼的安详，恰是人心的安详。

心死

一个很有钱的名人死了。

是自杀，跳楼自杀。

一向喜欢热闹的网上再度热闹起来。围绕这位名人的传闻、死因、猜测纷至沓来。这对于据说生前一向低调的财经名人，仿佛是一种嘲讽。

这个世界，每天都在死人。在各种各样的死法中，每天自杀的也不在少数吧。这位名人引起社会的广泛关注，大抵因为他的亿万财富和在业界所具有的广泛影响。网上称他拥有几十亿财富，在英国人胡润先生的富人排行榜上，他赫然在前。他只有 40 岁出头，正是人生最精彩的年龄，正是男人最春风得意的年龄，这样的年龄，本该好好享受生活才是，他为什么在自家 17 层阳台，纵然一跃，撒手人间了呢？

网上关于他的死因，多有猜测。一说他是受精神疾病困扰，苦不堪言，才结束生命的；一说是牵涉某个大案，上面已经和他有过约谈，迫于压力而选择轻生。还有……

总之，他是从北京 17 层家中阳台，跳下身亡。一家媒体在描述他跳下阳台的瞬间，使用了颇具诗意的笔法，仿佛写手本人亲身经历了这样一次浪漫的富有诗意的纵然一跃。

关于死亡，哲人有过很多议论。死亡实在是人类每一个个体都要面对的话题，无非早晚而已，因此，古今中外的哲人们无论如何思想深刻，面对人类这样一个共同的话题，都表现出严肃的姿态。

加缪说过：哲学的首要问题就是自杀。他接着说，回答生活值不值得过，就直接面临一个自杀的问题。在种种回答生命的意义问题上，作家余华经历了一次

"活着"之后，惊奇地发现：活着的意义就是活着本身。可是，"活着本身"已经没有了意义呢?

据说，生存是人类的本能，渴望生存让人在最绝望的时候，也要抓住最后一根救命的稻草。我相信，在常态下，每个人都是渴望生命的。但是，一定有一种非常态下，活着本身就是痛苦，而自杀才是最好的解脱。周作人先生曾经说，由于人类对于死亡本身的恐惧，导致很多即便看破生命意义的人最后也不愿意选择死亡。可是，当对生命的绝望已经超越恐惧，超越活着本身，那么，一部分人一定要选择放弃生命。许多最终自杀的人，就是世界上最绝望的人吧。

家财亿万、风华正茂的这位名人已经死了，是什么让他放弃了世人所追逐的一切，而选择放弃生命？在走向阳台，最后一眼看过 17 层楼下深如山谷的水泥地，在纵然一跃的那一刻，他想了什么？

我想那是一片空白、连一丝留恋都没有的深刻绝望。我注意到，人们对他的生前的性格、为人有种种评价。作为一个公众人物，它留给人们的不过人们需要它表现出的所谓的开朗、热情等人性中的最为光鲜的一面。而作为公众人物，他可能连自己舒展内心，倾诉困惑与孤独的空间都没有。名人、有钱人，有时候也真可怜。

其实，每个人的内心都是一个连自己也说不清楚的宇宙，在这个宇宙中，人的内心往往有一个看不见底的黑洞。这是一个苦难的黑洞，挣扎的黑洞。是的，谁也不可能走近谁的内心黑洞。

我相信，从 20 多岁开始在商场拼杀，经历了、看过了太多的高尚与卑鄙、精彩与暗淡、光明与黑暗，他的死是一次真正哲学意义上的自杀：活着的苦痛已经让他觉得死亡是最好的"活着"。那么，我更愿意相信，在他走向阳台的时候，他一定是从容的、坦然地、平静的，甚至是欢快的。因为，在选择死亡之前，他大抵已经无数次地经历了哈姆雷特式的"生存还是死亡"的内心挣扎。

当夜深人静，当寻常百姓早已进入甜美的梦乡，我相信一定有一些人在经受内心的炼狱：内心正在经历盐水、碱水、血水的浸泡。说实在的，看了这位名人的像小学生一样的笔迹留给家人的遗书，尽管关于他的死因有种种的猜测，而我坚信：他死于内心之死。

也就是说，在他自杀之前，他的内心已经在无数个不眠之夜中，在无数个辗转反侧中，在许许多多次想象中的演练，死过许多次了。

他的内心已经死了。

和世界上许许多多的人相比，他拥有无数人几辈子也挣不到的财富，从这个意义上说，他是世人仰望的成功人士；而从一个普通人的内心平静与欢乐上，他的内心幸福指数贫如乞丐。不，从人的幸福的根本意义上说，他生活的质量，不如一个乞丐。

他是一个病人。他的遗书上写下的每一个字，都是发自灵魂深处的呐喊。真的，读到这样的遗言，我仿佛感受到一个需要拯救的水深火热之中的可怜的孩子。他的处境从某种程度上也反映了现代人的处境。他们孤立无助，灵魂渴望得到抚慰。只是在他解脱之前，人们听不到而已。有多少人内心的呐喊都消失在那个宇宙的黑洞中。

遗憾的是，在今天这个社会，人们在无止境的物欲追逐中，以为拥有财富就拥有一切，这位亿万富翁用死亡向今天还在遗憾与叹气的人们证明：生命的深层意义。

古人说到死亡，常讲一了百了。这位名人走了，他留给我们的思考似乎还没有了。而我，希望他在天国，灵魂安息。

《红楼梦》中的“好了歌”唱到：好便是了，了便是好。伟大的庄子曾经为妻子的葬礼鼓盆而歌。从这个层面上讲，我想网上所有一切围绕这位财经名人之死的种种猜测，都该停歇了。生命本来是自己的，每个人应当有权力对自己的生命做出决定。让我们以一种更加同情、理解与包容之心：让这个痛苦的灵魂安息吧。

第二辑　教育焦虑

中国父母的集体焦虑

谈到中国当下的教育，我相信，中国的父母都是充满抱怨与焦虑。由于自己也是一个孩子的父亲，因此，对这种抱怨、焦虑，感同身受，也曾经在一个时期写过一部分谈教育的文章，我把其中一部分文章也收集在这个集子的教育部分里，一方面是从一个侧面反映一个时代教育存在的问题，另一方面，今天重看这些文章，我自己依然能够体会到当年写作这些文章时背后的那种焦虑。而且，我相信，即便是一代孩子已经成长起来，新一代孩子的父母们依然深深陷于集体焦虑之中。

有时候，我也奇怪，和我们这些出生在 20 世纪 60 年代的人相比，今天的孩子真不知道比我们那时候的条件好多少倍，不仅生活条件好，教育条件也好很多，几乎可以说，今天城市里最差的学校，也比我们那时候最好的学校办学条件要好许多。但是，今天的孩子为什么不快乐？父母为什么对教育不满意，为什么对自己的孩子未来充满焦虑？

表面上看，是对教育的不满。你看，每年两会，只要一有机会，教育就成为代表委员，社会大众攻击批评的对象。从父母们的具体感受而言，孩子的教育问题确实让他们太操心、太焦虑了。

从上幼儿园起，小学、小升初，中考，高考，几乎每一关，都在考验着中国家长们，可以说，为了上一所所谓的好学校，中国的家长们，无论什么职业，也无论什么职务——当然主要是普通老百姓阶层，几乎都曾经为自己的子女找过人、说过情、请过客、送过礼，这还不说，为了孩子能够取得好成绩，也不知有多少父母为上各种各样课外班，接送孩子上学付出过多少心血，多少经济、时间成本，林林总总，这些加起来，孩子的寒窗十五年（幼儿园到高中毕业），也意味着中国父母含辛茹苦和焦虑的十五年，事实上，这样的焦虑并没有结束，大学毕业，或者硕士毕业，就业又成为父母们新的焦虑，直到孩子找到满意工作，成家，结婚生子，下一代的焦虑又重复上演，这样代际相传的焦虑何时是个头？

如果你问，中国父母为什么充满焦虑，大多数的回答是，不想让孩子输在人生的起跑线。什么是人生起跑线呢？上一所好的幼儿园是一个起跑线，上一所好的小学又是一个新的起跑线，直至大学毕业，直到找到一个好的工作，算是冲过一个重要的人生终点？那么什么是好的工作呢？从这些年的金融等央企以及公务员考试，想必我们已经看到社会的基本共识。

为什么说这些单位算是好单位呢？收入、晋升、分房、福利等，这些事大家都看到的，因此，只要自己的孩子毕业进入这样的单位，父母们一般会笑得比较开心，会比较自豪地告诉别人，我的孩子在某某单位，当公务员，做什么什么职业，拿多少多少工资，而什么人的孩子，什么条件的孩子才可能进入这样的单位呢？这其中似乎有一个显规则，比如著名大学毕业以及高学历，比如参加招考成绩优异，当然，其中也还有潜规则，比如家庭背景不一般的孩子机会可能更多，但是，至少孩子学习好，名校毕业还是比其他孩子有更多机会找到好工作。

事实上是，能够找到好工作的孩子毕竟是少数，而为了不让自己的孩子输在人生起跑线，全国所有具备一定条件的家长们，便在这样的多年焦虑中让孩子读书读书再读书，努力努力再努力，在千军万马争过独木桥的征程中，谁也不知道自己的孩子能否胜出，所以，几乎所有的父母处于这样的煎熬焦虑中，几乎全部是输家：其表现形式正是集体焦虑。

我到过一些欧美发达国家，我也和移居到国外的同学、熟人、朋友一起谈论比较过中外的教育。说实在的，看到国外的孩子，在太阳下，在草坪上，在各种场合里，自由自在玩耍的时候，我会不由自主地停下来，羡慕地欣赏半天，我觉得，孩子就应该是这样，或者说，自由快乐、无忧无虑本来就是孩子的生活。听朋友们说，欧美国家是孩子们的天堂，这是一点都不错的。每每这个时候，我就会想起中国的孩子，想起自己的童年，女儿的童年。

我们这一代人，出生在20世纪60年代，是中国物质生活最匮乏的时代，生不逢时，营养不良，这没办法，整个国家处于这样一个发展阶段，没什么可说的，但是即便如此，即便是赶在中国最混乱的“文革”时期，从我们童年的角度来看，回忆起来仍然是快乐的，就像电影《阳光灿烂的日子》里拍的那样，我在想，对于一个孩子的成长而言，物质条件固然重要，比如至少应该能够吃饱肚子吧，当然如果每天能够吃上鸡蛋牛奶更好，但精神的快乐更重要。

孩子的精神快乐，从根本上说，就是给予更多自由玩耍的时间。可是，直到如今，当我看到，中国的父母们，下班之后，还要把孩子接上送往这个那个补习班，周末还在驱车带孩子赶场子似的上课时，我真的为孩子可怜，为父母可悲。这样的环境下，父母们不焦虑那才不正常。谁不希望自己的孩子有一个快乐的童年？谁不希望自己活得放松一点？可是，父母们的理由也是充足并且信誓旦旦：别人的孩子都在学，自己的孩子不学怎么行，落后了怎么办。少小不努力，老大徒伤悲。父母们的理由似乎很充足。

我和在瑞士日内瓦大学教书的大学同学一起认真探讨过。他说，瑞士的父母们从来不强迫孩子去学什么，学什么，要问孩子，喜欢不喜欢，听其自然。喜欢打球就去打球，喜欢钢琴就学钢琴，只有孩子喜欢，才可能一直发展下去，并且有所成就。他说，你看中国的大学生为什么上了大学，反而厌学了，因为高中以前学怕了，太辛苦了，可是到了大学，本来是最应该好好学习的时候，他们反而不想学了，厌学了，虽然原因是多方面的，但也和许多孩子不知道自己的兴趣是什么有关，学习也是很功利的，一会儿会计热，一会儿外贸热，一会儿金融热，一会儿计算机热，父母在替孩子选专业，主要是选职业。孩子的独立能力也很差。从生活能力、社会交往能力到独立处理问题的能力，一切都是父母包办了。父母以及整个社会对孩子的教育培养、评价标准，也陷入了成绩好的误区和怪圈。

一位在国外生活过多年的朋友告诉我，他的女儿讲到他们中学同学的理想，各人都不一样。他先问我，如果让中国的孩子谈自己的人生理想，他们会怎么说，恐怕一般都会说，将来要当这个家那个家什么的吧，我说，这还是好的，还有不少孩子，正做着明星梦、老板梦呢，朋友说，什么梦想都没关系，关键是不是真正自己喜欢的。他说，他女儿的同学的理想有的是做一个环保工作者，有的是护士，有的是调酒师、美容师，还有的是说，特别想做一个兽医，因为她喜欢动物，觉得和动物在一起很幸福，这位朋友补充说，这可不是随便说着玩的，国外的孩子，一旦有了理想，他会朝着这个方向努力。对于孩子的选择，父母只提参考意见，基本不反对。

但中国父母可能吗？他笑着说，中国父母可能会觉得这些职业是很丢人的，很没面子的。在国外一个很正常的职业，中国会觉得很没面子。为什么，因为，中国人在职业上潜意识里是有很强的等级观念的，虽然人们嘴上说，行行出状元，但真正从骨子里，他们看不起很多行业、职业，觉得很多职业不体面，官本位意识很强。有的老板，做生意很成功，可是，他们也看不起自己的行业，宁可让自己的下一代去当公务员，觉得这样才光宗耀祖。

朋友的话，让我想起家人到澳大利亚旅游的一次经历。在墨尔本给他们当导游的是一位从上海过去的小伙子。小伙子在澳大利亚硕士毕业，给中国团当导游。小伙子服务好，知识渊博，游客对他的表现很满意。其中有一对上海夫妻，他们为了表达自己的这种满意，在车上当着大伙的面直夸小伙子，说，小伙子，你真的很优秀，可是，你学历这么高，素质这么好，为什么不去干点别的，当导游多可惜。小伙子的回答让国内游客吃了一惊，小伙子很礼貌地说，大堡礁这个地方风光优美，我太喜欢这里了，我天天在这样的环境里工作，我非常非常享受我的工作。有多少中国年轻人，会从内心里说享受自己的工作？也许，有一些人，表面上看上去工作很体面、很风光，但内心里可能很不喜欢。

当然，话也说回来，尽管小伙子说很享受自己的工作，我也很欣赏小伙子的这番表述，但是，小伙子在国内的父母又是如何向他家的熟人朋友说呢？至少目前为止，在中国很多父母看来，当导游，肯定不是一个体面的职业。他们也会像自己的儿子那样用“非常非常享受”自己的工作向别人描述吗？如果小伙子的父母来自于底层百姓，他们宁可希望自己的儿子在国内当乡长、科长、秘书，也不愿说自己的儿子在国外当导游吧？

有一年在欧洲，我们从捷克首都布拉格乘坐大巴到德国首都柏林，全程行驶需要将近 5 个小时。按照欧盟的法律规定，司机开车两个小时必须中途停下来休息。当地旅行社为我们配备了两位司机。两位司机是东欧长得非常帅的小伙子，高高的身材，金发碧眼，司机很职业，从出酒店装行李开始，小伙子十分麻利地为我们码放行李箱，虽然语言不同，但从他们干净的着装，做事的认真以及友善的表情，你都能感觉到他们的良好素质。

中途休息的时候，两位小伙子在高速公路旁的服务区一边喝咖啡，一边聊天，很轻松快乐的样子，同行的一位同事小声问我，在这个环境里，如果他们不是开车，你能看出他们是什么职业吗？同事的提问，立刻提醒了我，我心里想，是啊，在国内从事体力劳动的许多职业，你一眼能够看出来，但是，在发达国家，你还真看不出来。为什么呢？出于好奇，我们请教了在捷克生活过多年的给我们当导游的来自北京的小伙，我们问，当地社会的收入情况。

北京小伙子告诉我们，捷克社会的平均工资差不多，除非你自己开公司，只要正常纳税，收入多少是你自己的事情，其他无论从事什么职业，工资差距不大，一些从事建筑、开车等比较辛苦的职业，加班时间长，收入比社会平均工资还要高一些，因此，无论干什么职业，大家的生活水准差不到哪去。这样的结果是，第一，社会比较稳定。第二，孩子从小开始，选择自己的兴趣发展，你喜欢研究，就去考研、读博好了，你喜欢早点工作，就去职业学校，学一技之长，你喜欢什么就去干什么。

分配制度是反映一个社会公平的基础制度。收入差距越大，人们的幸福指数越低，社会越不稳定。从这个角度看，我们可以说，中国父母的教育焦虑，其实还真不是教育本身带来的。

和朋友聊天，谈到中国足球，我说，中国的足球主要也不是足球体制等的问题，主要还是社会分配问题。今天中国的孩子都在干什么？他们除了背着沉重的书包，除了天天在写没完没了的作业之外，现在的孩子们还有时间踢球吗？和我们这些即便是生长在困难时期的一代人相比，现在孩子的身体素质、体质不是更差了吗？当你看到整个学校都是小眼镜，满大街都是小胖墩或者豆芽菜的时候，你以为，仅仅从教育自身的改革，能从根本上解决问题吗？

因此，可以说，中国父母对教育的集体焦虑，不过是一个表面现象，其病根是社会分配这个大的制度环境。换句话说，分配制度不做大的调整，中国教育走不出集体焦虑这个困局。

名校硕士卖牛肉粉

在北大毕业生卖猪肉、清华学生当保安之后，北大法学硕士张天一开店卖牛肉粉又成为媒体炒作的一个噱头。

这也的确是一个噱头。在中国最著名的高等学府攻读法律硕士即将毕业之际，张天一没有沿袭这个社会所普遍认可的所谓成功或者体面的人生轨迹去选择出国、考公务员、进入大公司，等等，而是干了一件自己喜欢的事：卖牛肉粉。于是，这便成了噱头。

仔细想来，北大学生卖牛肉粉本来不是个什么事，但是放在当下中国，这还真是个事。

有些问题，不能深究，一深究，便会发现我们这个社会在职业选择乃至人生价值判断上，哪儿不对劲了。虽然我们口头上总在说，三百六十行，行行出状元，但骨子里对各行各业的认知上还是存在三六九等，某种程度上还带着很深的偏见。

什么是好的职业？按自己的兴趣，做自己喜欢的事，这样一个本来非常简单的答案，在当今中国要回答却是一个挺复杂的问题。我有一个朋友在英国，两个女儿都在上中学。他说英国乃至许多欧美国家的中学生说起自己的未来职业理想，特单纯，有说想当理发师、美容师的，有说愿意做驯兽师、调酒师的，当然也有说愿意做老师、公务员、搞科研的，总之，都有一颗平常心，大家谁也不会因为从事一项什么工作而高人一等或低人一头，所以，孩子从小就按着自己的兴趣去发展，父母也没有必要为了让孩子从幼儿园开始不输在人生的起跑线上而牺牲休息日、节假日，报各种各样的班，学各种各样孩子可能根本不感兴趣的课。整个社会都变得安静下来，而不是那样地紧张兮兮、神经兮兮。

回头再来看张天一卖牛肉粉这件事，到底是张天一错了，还是我们这个社会出了问题？

可以肯定，张天一是一个普通人家的孩子，要想找一个我们这个社会所普遍认可的好工作，他不可能拼爹，抛开这个前提，即便他是官二代、富二代，他出于自己的兴趣，去开一家自己的牛肉粉店，其实也是一个很棒的想法。

他对自己的选择说得很清楚：法律除了具体的条文，背后更重要的是它的精神和思维。用一种思维去做事情，就不那么限制行业了。他的偶像是日本的寿司厨师小野二郎，小野二郎活到九十多岁，一辈子只做一件事，把小小寿司做成一门艺术。抱着这样一种理想，他确实让我们看到了一个北大硕士生卖牛肉粉的出手不凡，他在北京朝阳区环球金融中心 M 楼，租下一间 40 平方米月租金近万元的店面，与法式大餐、日本料理等餐饮店相比邻，而且响当当地打出自己的招牌：“我们是 90 后，在环球金融中心，为自己上班。用知识分子的良知，在他乡还原家乡的味道。”在经营理念上，他们也有自己的一套，比如店里不设服务员，有三个垃圾桶，顾客用完餐，自己收碗，将垃圾按照残汤、塑料碗、筷子纸屑的顺序分类好，作为履行环保责任的奖励，店里则回馈一份水果。

什么是教育？我们为什么要接受教育？为什么要上大学？上大学，进名校仅仅是为了找到一份所谓的好职业吗？接受良好教育的最大目的应该是正确认识人生，进而好好规划人生。从这个角度看，我倒觉得张天一不愧是接受了良好教育的北大学子。

牛肉粉，有不同的卖法，就像卖汉堡，有人一辈子可能就只会在自己的家门口经营一家小店，有人却能把一个小小的汉堡做成世界顶呱呱的大品牌，比如麦当劳。

我为张天一的牛肉粉店叫好。第一，我们应当鼓励年轻人勇敢创业，而北大学子从经营一家小吃店开始，具有极好的示范带头作用。第二，他为经营传统小吃打开了一个新思路，它将以雄辩的事实告诉人们，任何行业，任何岗位都需要创新，创新其实就体现在点滴当中。第三，我们这个社会太浮躁了，我们需要更多张天一这样的青年，去专注地做好每一件小事。我们不需要一夜暴富的故事，我们需要更多踏实做事的平常心。

我希望看到张天一实现他的梦想，他的成功将改变这个社会的职业偏见。当更多的年轻人能够按照自己的意愿，去选择自己喜欢的职业的时候，这个社会就正常了。

啃老族是怎样炼成的？

啃老，就是年轻人吃老年人的。这个听上去有点不符合常情甚至十分荒唐的事儿却已经成为一种普遍的社会现象。据有关消息称，在我国有 65% 以上的家庭存在啃老现象。这个数据如何统计出来，是否精确，本人无从考证。但是，在我们身边，这个现象的确普遍存在，程度不同而已。在啃老者中，多数人有工作，但还要从老人身上揩油；一部分人则赋闲在家，完全啃父母。

有人分析说，啃老族的存在主要是由于当前就业困难，高消费，入不敷出，找工作高不成、低不就，工作不能称心如意，不适应单位复杂的人际关系等，总之，靠父母养活或者从父母身上揩油成为这部分人生存和满足高消费的经济来源。

以上分析是不错的，可是，造成上述原因的原因又是什么呢？本人以为，问题正出在父母身上。说句不客气的话，啃老现象之所以能够在祖国大地遍地开花，普遍存在，正应了那句俗话：周瑜打黄盖——一个愿打，一个愿挨。朋友们可能会打抱不平说，这些父母也是没有办法。但是，我们不能否认，这些父母们对子女的教育方式值得反省。子女从小到大，父母恨不得全包了，特别现在都是独生子女，父母们更是恨不得把子女的一切大包大揽下来。说实在的，尤其是周末走在北京的大街小巷，看到那些不知辛苦、乐此不疲地陪同孩子们赶场上课的父母们，我就叹息，都说可怜中国天下父母心，最可怜乃中国父母心。我想，全世界再也找不出像中国这样辛苦的父母了。从好的方面想，中国的家长多重视教育呀，多渴望子女成龙成凤呀，但是仔细一想，不对了，那些已经一茬又一茬长大的子女，龙呢？凤呢？而看到 65% 以上的家庭存在啃老现象的时候，我真的为中国的父母们深感悲哀了。

爱孩子是人类的天性。我写下前面这样一个判断句的时候，我立刻明白我的这句话肯定要引起动物保护组织的抗议了，应该说，爱自己的子女是一切动物的天性。但是怎么爱却是大有讲究的。中国今天教育存在的主要问题是过于溺爱了。我觉得，在适应生存方面，动物“教育”子女的方式比我们高明。美国至今仍然保留了动物高明的一面。相比美国，人家普通家庭的收入肯定比咱中国的高吧？但是，在美国却很难看到啃老族。一个普遍的事实是，子女到了 18 岁，基本上离开家庭，正如动物妈妈在适当时候要强行把子女从身边赶走一样，让其自食其力。如果是上大学，可以贷款，工作以后自己偿还。总之，到了 18 岁，如果还在家里啃老，会被同学、朋友、邻居笑话，绝对是一种耻辱。我们不能不说，这和美国式的家庭教育是分不开的。

一般而言，美国的父母们认为，孩子是社会的人，子女长大，要成为一个社会上有用的人，不管是看大门，还是扫大街，只要是自食其力，没有人笑话你。只有不劳动，啃别人，当寄生虫，才是人生最大的耻辱。因此，他们从小对子女的教育是，你想获得的东西，必须靠自己的劳动。我的一位在美国生活多年的朋友告诉我，寒暑假里经常能够看到那些中小学生推销巧克力、洗车等勤工俭学的，不要以为这些孩子家庭经济困难，很可能他们的父母就是百万富翁。反观中国，在父母的心目中，对孩子教育最重要的似乎只有学习和考试成绩，而让孩子去学习自食其力，不要说有钱人家，即便是一个经济状况不太好的家庭，父母恐怕也会认为这样做是很丢人的事情。

当今总在提倡素质教育，本人以为，自食其力应当是最重要的素质教育。造成今天这样大量的啃老族的存在，不能不说是，中国家庭素质教育的失败。对于当前严重存在的啃老现象，啃老者有责任，被啃的父母更有责任。谁要你让他们啃的？

当年状元今何在？

随着各省高考分数线的陆续公布，各地高考状元再度成为比这个炎热夏季更为火热的话题。关于这些新科状元们的生活习惯、爱好、成功经验以及他们的家长和学校也都成为人们津津乐道的话题。

客观地说，考生凭自己的实力，历经 12 年寒窗，在数十万的考生当中，脱颖而出，足以说明考生身上所具备的优秀素质，特别是在应对考试方面的天赋，值得称道。但是，我们对这个中国特色的考试成绩也没必要太当回事。说白了，不就是考试得了一个第一名吗？况且，中国的这种从小学到高中，几乎将 12 年美好生命赌注于考入大学门槛的畸形教育，考了第一名，不过是第一名而已，实在也不算什么，相对人的全面发展，相对于未来人生的成功，还差得远。

今年是恢复高考第 32 个年头。以 31 个省市自治区为单位，全国文理科状元加起来，也有 2 000 来个了。按说，这些高考状元们应该是我们历年青年学子中最优秀的学生了吧？但是，回首放眼国内，在我国各行各业中，那些引领风骚，出乎其类、拔乎其萃的佼佼者们，有哪一位是我们历年的高考状元？再放眼世界，在世界各尖端学科的带头人以及诺贝尔奖的名单中，我们的高考状元又在哪呢？

谁都承认，中国人勤奋又聪明，可是我们这么多年教育培养出来的高考尖子却没有能够成为杨振宁、丁肇中等这样一些世界级的学者呢？再看他们那一代学者的成长环境，让人反省，我们今天的教育到底出了什么问题？

本人并非要贬低这些状元们，相反，作为当年曾经因为有过高考的经历，本人对高考状元们十分佩服，本人想说明的是，考试，不过是衡量一个人在某一方面的素质，并不代表高考状元就意味着未来能够取得成功，特别是考虑到中国这些年越来越离谱，越来越畸形的应试教育，更不能把一个人的高考成绩太当回事。

人的一生其实要面临多种考试，除了应付书本知识的考试，更重要的是要应对人生磨难、挫折、失败、不幸、孤独、诱惑等多种考试。高考的成功，不过证明考试还行。

一个人的成功是由多方面原因促成的，天赋、性格、品行、勤奋、机遇，等等。在现实生活中，我们发现有些名校毕业、乃至高学历的学生，走上工作岗位，未必有出色表现，甚至与人们的预期相差甚远。

生活中，一个人除了会考试之外，身上还应具有其他更重要的素质。我们的许多状元，后来销声匿迹了，当然，我们没有必要苛责他们，我们应取的态度是，以平常的心态，看待高考，考了第一名，固然可喜可贺，没有考好，也不必气馁。人生的路很长，古语说得好：盖棺定论。

一个人的成功，应当是贯穿了一生的磨炼与努力。

取消择校费之前

眼下又到了小学升初中，初中升高中的关键时候，自然也成了部分家长们为子女能够选择一所什么学校最为忙碌的时刻。从教育资源的分布情况看，由于优质资源的相对稀缺，这就形成了一个巨大的市场需求空间，“择校费”便成为一些名牌学校获得收入来源的一个重要渠道。虽然收费的名称不同，手段各异，但是作为一条潜规则，却是路人皆知的。从全国看，即便是贫困地区，少则也在大几千元，在东部一些发达地区，更是高达数万元乃至 10 多万元。

最近教育部明确表示，将逐步取消择校费。先不说要不要取消、能不能取消以及如何取消择校费，单就在真正取消择校费之前如何管好择校费就值得高度重视。有一种观点认为，家长择校是因为学校办得好，收费自然应当归学校。很显然，持这种观点的肯定是获益的校方，按照这个逻辑往下推，校方就有权利支配这笔资金，因此正如大众直观感受到的，这些优质资源学校的教师收入普遍比其他学校高，福利普遍比其他学校好，正如不久前国家发改委公布的 8 所豪华学校那样，擅自使用择校费为本单位教工搞福利等。事实上，人们都清楚，已经公布的 8 所豪华学校不过是冰山之一角。利用优质资源，将择校费变成本部门的利益这实际上是一个普遍存在的、公开的秘密，只不过是程度不同罢了。

我们认为，优质教育资源属于公共资源，因此，在完全取消择校费之前，这笔收益不应当归任何部门，应当全部进入国库，由政府进行重新分配。我国各地优质教育资源的形成源于长期以来的财力困难，各地为了集中财力办教育，往往将有限的资金投在少数几所中小学的发展上，至今全国各地涌现出的重点中学即所谓的“一中”现象，就是几十年教育投入不公导致的结果。到了 20 世纪 90 年代中期，随着教育部同意学校收取一部分社会资金用于弥补教育资金的不足政策的出台，这些优质资源学校便先天具有了获得更多资金的优势，其中择校费就成为最重要的资金构成部分。

由于大量资金的进入，使得优质学校变得更优。所谓优质资源，是体现在办学的硬件、软件等多个方面的，今天我国许多著名的中小学，其办学设施的豪华程度，比如像游泳池、体育馆、办公楼、校长专车已远远超出办学的基本宗旨，也远远超出国情的实际水平，从某种程度上说，一些学校利用自身所处的优质资源地位已经造成一种教育垄断，就像其他一些垄断行业一样，已经造成教育系统本身以及与社会其他部门之间严重的分配不公。因此，在择校费取消之前，各级政府有权利也有必要将择校费真正管好、用好。

万恶的奥数

针对“万恶的奥数”，全国不少城市虽然出台了许多办法，但是整治的结果是野火烧不尽，春风吹又生，并且大有愈演愈烈的意思。因此，连著名的教育家都在大声疾呼，要打倒“万恶的奥数”。成都市似乎不信这个邪，前不久，也出台了被称作至今为止，全国最严厉、最彻底的四项整治措施。

但是在此后一个多月的暑期中，政府意志在与奥数巨大市场利益的博弈中，并没有占得上风，相反，奥数正像川剧中的变脸，仍然以顽强的生命力通过“巷战”等方式，活跃在成都的大小暑期班上，据媒体调查称，按最保守的估算，成都今年暑期至少有 10 万学生参加了 1 000 多家的暑期奥数培训班。如果这个统计数据确凿，至少可以肯定，成都市的整治令目前基本以失败告终。

人们一定奇怪，一门游离于义务教育之外，据说只适合 5% 孩子学习的小小的奥数，何以具有如此顽强的生命力？

不错，利益是其赖以生存的最大动力。谁都清楚，如今的奥数已经成为一项投资少、获利快的暴利产业。据估计，成都一年的奥数产业大约在 10 亿元，北京、上海等城市的规模应当是其数倍。

毫无疑问，丰厚的报酬是让主办方趋之若鹜的根本原因，有一句顺口溜这样说：“要想富，教奥数，三月赚出房首付。”可见其利益之大。

不过，如果说奥数产业仅仅是某些人的一厢情愿，政府出面采取措施，解决起来应该不难，然而，问题似乎不简单，重要的是，这门穷尽不少家长钱袋子的奥数课，具有相当的民意基础。只要哪个城市决定要取消奥数，就会立刻遭到当地相当一部分学生家长的反对。真是奇怪了，正是：恨之者，百姓；爱之者，百姓。这是为什么呢？

事实上，许多家长也清楚，孩子学奥数，费钱、费时又费力，危害多多，也许自己的孩子根本不适合学，也不愿意学，但是奥数为什么打不倒呢？

深层原因，在于优质教育资源的稀缺。许多孩子的父母担心，一旦取消奥数，平民百姓的孩子恐怕连接受优质教育的机会也没有了。在这个“拼老爹”的社会里，不仅“富二代”已经形成，而且“穷二代”也已形成，因此，学生家长对奥数的热捧与其说是对奥数的偏爱，不如说是对教育公平的畸形坚持，在当前优质教育资源稀缺的情况下，即便取消了奥数，相信，也有其他的考试应运而生，并形成强大的市场需求。这样看来，“万恶的奥数”打不倒，根源恐怕不在奥数，也不在哪个部门，而在整个社会的教育资源分配。

教育资源均等了，奥数自然会不打自倒。

中小学如何解决“爆棚”？

刚开学，中原某城市的中小学就纷纷上演“爆棚”一幕，有的学区甚至出现家长跪求好学校、80 多个孩子挤一个班的现象。是什么引发了该城市中小学校的阵痛？据一家媒体报道，引发“爆棚”的主要原因还是学校资源落后于人口扩张，所谓的人口扩张并不是该市当地户籍人口的猛增，而是放宽打工人员子女入学政策后引发了中小学入学生源的猛增。

数据显示，今年该市某区参加小升初就近分配的有 4 550 多人，其中外来务工人员子女占总人数的 43.18%，而在市区小升初人数中，外来务工人员子女更是超过万人，占总人数的 32.5%。总之，是外来务工人员子女的就近入学，让当地教育主管部门始料未及。据本人了解，发生在某市的“爆棚”一幕，近几年在我国一些大中城市也程度不同地出现过。

出了问题，就要解决。针对“爆棚”现象，有人认为这是入学门槛太低造成的。据了解，义务教育法实施以后，不少城市针对外来务工人员子女的入学门槛都大大降低，该市的规定是五证齐全即可，由于五证很容易得到，因此当地市民认为五证的条件形同虚设，也就是说，这些非本地市民的子女很轻易就能够获得上学的资格。于是，当地开始出现一种声音，呼吁有关部门严格把关，抬高门槛。所谓抬高门槛，说白了，就是让那些非本市户籍的孩子特别是农民工的孩子到城市上学不再那么容易。

本人相信，抬高门槛的办法，的确能够很快让生源降下来；本人也相信，抬高门槛的办法一旦出台，习惯认命的农民兄弟甚至会毫无怨言地把自己的子女重新送回原籍。但是，有一个问题颇值得我们决策者深思，那就是这些农民工为什么一定要把自己的孩子送进城市读书？平心而论，打工者把自己的孩子送到城市上学肯定比在自己的家乡上学成本高许多，何况，提供五证，即便是开出虚假证明，也要付出成本，托人、找关系、送礼，样样需要花钱。

那么，问题出来了，这些农民工为什么宁可舍近求远，付出代价也要把孩子送到城市上学？原因其实再简单不过，城市占据了比农村优越许多的教育资源。在义务教育的背景下，当占据优质教育资源的城市降低了入学门槛之后，所有的农村父母恨不得都把自己的子女送到城市来读书。宁可自己受穷、吃苦，也要让子女接受良好教育，从而改变贫穷的命运，这应该是天下许多父母的愿望与梦想。

因此，我们应该重点考虑的是，首先，未雨绸缪，科学决策，在城市建更多的学校，敞开大门，让更多愿意到城市上学的孩子进来；其次，在均衡教育资源方面多做文章，将更多的优质资源向基层中小学倾斜。尤其是后者，能在家门口接受良好教育，真是何乐而不为呢？

畸形教育下的天价学费

近日报道的云南初三学生花 23 万元请家教的消息，不过是愈演愈烈的中国式畸形家教的又一注脚。据同一消息称，针对富人的家教服务机构，为了确保这些人的孩子能够考上当地的重点中学，一年签订的合同一般在 30 万 ~50 万元之间。

相信看了这则消息的家长都不会大惊小怪，或者见怪不怪。这些年围绕小升初、中考、高考等不同阶段的升学考试，在我国许多城市，已经形成一个十分壮观的产业。这个产业，说好听了，是所谓的教育产业；说不好听，不过是由一些教育部门与学校与教师与商人共同制造的一个具有将家长绑架性质的畸形教育利益链。这个产业打着种种冠冕堂皇的旗号，实际上是在金钱的驱动下，形成了我们这个社会又痛恨，又无奈，最后只好屈从的当代中国教育之怪现状。

针对这种教育之怪现状，社会各界从不同角度的口诛笔伐广见于各种媒体，而我们引起警惕的是，当前的这种畸形教育正在毁掉我们的教育公平。

教育公平是现代公民社会的基本权利，也是改变穷人命运的有效渠道之一。

回首改革开放 30 多年，特别是高考制度恢复的前 10 多年，如果说今天许多活跃在我国各个层面的许多精英来自于社会底层并且因为高考制度改变了个人乃至整个家庭的命运的话，那么，随着今天教育不公平的加剧，更多的来自底层的特别是农村的优秀青年将难有出头之日。

朋友们会说，现在不是实行义务教育了吗？不是每个孩子都有学上了吗？但是，且慢。回头再看本文开头提到的天价学费。天价学费之所以存在，是因为优质教育资源太少，并且主要集中在城市中的一所或几所学校当中。由于历史原因，这些学校天然地占据了政府最多的投入、当地最优秀的师资以及因此带来的最好的生源。随着几十年的发展，这些学校再利用“名校”身份，明里暗里又从学生家长身上巧取豪夺，因此已经形成了其他普通学校几乎永远难以企及的地方教育巨无霸。

作为家长，为了让孩子不输在人生的起跑线上，都希望自己的孩子能够考上这些所谓的名校。为了让孩子考出好成绩，在一些名校制定的潜（钱）规则下，各种各样的辅导班便涌现出来。

办班的是社会，讲课的是名校的老师，招生的名校是按办班的内容私下运作。明眼人应该再清楚不过其中的猫腻。如果考试内容是国家教学大纲规定的也罢，穷人家的孩子，也许靠个人天赋，外加勤奋还有机会，现在的所谓考试，是用金钱堆起来的奥数、英语等课程。

据统计，上完一个名校的奥数班，几学期下来，要上万元，如果需要请家教，则几万元就是小意思。各种各样的英语资格证书考试，更是没有几万元下不来。那么，除非天才，穷人家的孩子可能进入这样的名校吗？

优质教育资源的过度集中正在以追逐财富的游戏规则将大多数穷人家的孩子排斥在外，我们社会公平底线正在被这些所谓的名校金钱规则侵蚀。据统计，改革开放初期，我国的许多著名大学如清华、北大，生源主要来自基层和农村，而最近几年数据显示，农村学子进入名校的机会越来越少。为了给每一个孩子教育均等的机会，我们呼吁，在义务教育阶段，尽管取消重点校，让每一个孩子都能享受到公平的教育。

谁来保证教育公平?

由于优质教育资源与普通学校之间存在着巨大反差这样一个事实，在教育部最近宣布逐步取消择校费以后，可以预料，在未来几年内，虽然将逐步堵住那些著名中小学校乱收费的口子，也减轻了一部分学生家长的经济负担，但是在真正取消择校费之后，教育公平仍然是一个不容回避的问题。

如果说教育公平是指所有接受九年义务教育的学生均有享受同等公共服务的权利，那么当前的事实是，只有少部分人享受了教育优质资源的特殊服务，这部分学生主要集中在城市中政府重点支持的学校尤其是优质学校，比如全国各地的“一中”、大学附中以及挂着“实验”字样的中小学校，等等。从能够进入当地最好学校的生源构成情况看，主要有三部分人构成：一是成绩特别突出的学生，这部分学生凭着自己的优异成绩考入，同时又成为这些学校巩固其品牌地位的招牌；二是当地政府部门一些干部的子女；三是拿钱上学的学生，也就是真正出择校费的部分家庭学生。这一部分家庭并不意味着经济条件宽裕，而是因为对教育的重视。由于优质教育资源过于集中在个别学校，选择这样的学校往往意味着可能考上大学，因此这些父母宁可省吃俭用也要缴纳高昂的择校费送孩子上这些学校。取消择校费，实际上是限制了第三部分生源，但并没有堵住权利寻租的渠道。从某种程度上说，权利寻租对教育公平造成的危害要大于金钱的作用。

世界上没有绝对的公平，但在倡导公平与正义的现代民主与法制社会，也不允许有过于悬殊的不公平。我们必须承认，现在还有不少地方存在着严重的教育不公平现象，一方面是超越国情的豪华学校，另一方面却是缺少基本的教学条件。因此，为了保证在取消择校费之后教育的基本公平，我们以为，政府在教育资金的投入上，应当加大对普通学校的投入，减少对长期以来所谓重点学校的投入，而在当前还没有完全取消择校费之前，可以通过政府这只“看得见的手”将收上来的择校费重新进行二次分配，用于长期以来对普通学校投入不足的补偿，教育部公布的逐渐取消择校费的过程，也应当是逐年缩小学校之间差距的过程；在师资调配上，应当保持在一定区域内的基本均衡，比如同在一个城市读书的九年义务教育阶段的学生，各个学校的软硬件设施应当基本持平；在招生方法上，可以在学生自愿的前提下，凭考试成绩自由择校，当然考试成绩必须在网上公布。如果有的家长一定要让自己的子女接受更优质的教育，培养所谓的“贵族”或者“天才”学生出来，这部分高收费的学校可以交给市场去办，也就是让民营学校介入，这不仅丰富了教育品种，满足了不同人的需求，也可以形成一种较为充分的竞争。

教育作为公共产品，政府在财力有限的基础上，能够做到的只能是两条，第一是满足基本需求，第二是确保公平。最近，国家为了缩小中西部的教育差距而采取的财政掏钱在西部购买教师岗位的做法，我们以为就是公共财政在宏观调控教育资源方面所作出的具有创新意义的尝试。

『小升初』考验政府公信力

“小升初”现象已经成为招致民怨沸腾的社会问题：越来越高的择校条件，不仅严重扭曲了义务教育的基本方向，更为严重的是，在各种无休止的课外班、考级班的奔波中，让学生失去了读书的乐趣，家长也不得不放弃休息时间……人们不禁发出惊呼：中国的义务教育到底要往哪里去？谁来保证教育的基本公平？

迫于社会压力，我们欣喜地看到，北京市教委做出改革的举动，最近公布了《北京市小升初工作意见》，其中特别规定了“中学要首次公示录取名单”、“任何证书不得与升学挂钩”、“电子学籍”以及“划片入学逐步替代电脑派位”等多项措施。这些措施可以说非常有针对性，也算抓住了当前问题的关节点。

多年来，教育系统在不断地喊改革，可是给人们留下的印象似乎是，问题越改越多。就拿上一次的改革来说，所谓的“电脑派位”早已被“人脑”操控。眼下，人们最担心的仍然是，“小升初”政策制定者的良好初衷，最终能否像该意见中公布的那样，真正落到实处。

“小升初”择校热的背后说到底是教育资源分配的严重不公。同样是财政出资修建的中学，可以说一所名校和普通学校的差别简直就是天壤之别，导致学生家长趋之若鹜的择名校原因就是因为教育优质资源的稀缺。按照北京市教委的规定，今后一旦实行划片入学，那么如何确保教育资源的基本公平？假如资源分配不能实现基本均等，又如何能够保证这项改革的顺利进展而不会再度因为人为操纵而引起社会公愤并因此搁浅？可以说，本次“小升初”改革能否最终顺利推进并得到大众的基本认同，是对政府公信力的考验。

考验有三。首先，能否在未来的几年内，对教育资源进行公平分配。教育资源配置的公平与否将意味着划片入学的推进的顺利程度；其次，中学公示的录取名单能否特别公布教育系统子女入学的名单，有人甚至认为，只要教育系统的子女能够做到划片入学，中国各地的基础教育公平就能够得到基本保证；再次，历史原因形成的名校能否做到不再以任何理由和条件私下招收学生，因为任何冠冕堂皇下的招生理由都可能塞进学校的部门利益。

中国当前的“小升初”现象，决不是一个一般的升学问题，它事实上已经演变为一个当前亟待解决的社会公平问题。问题形成由来已久，其中痼疾沉疴已深，北京市教委既然已经出手，就看能不能放手一搏，向公众交出一份令人满意的答卷了。

鼓励做一名普通劳动者

今年北京高考的作文题有点意思，是一篇材料作文，内容大致意思是：讲一名巡路工人老计一个人工作在大山深处，负责巡视铁路，防止落石、滑坡、倒树危及行车安全，每天要独自行走二十多公里，每当列车经过，老计都会庄重地向疾驰而过的列车举手致敬，此时，列车也鸣响汽笛。

这个故事，在当今具有积极的意义。虽然作文没有标准答案，但它所要阐述的主题不言而喻，它是对一名普通劳动者的礼赞。在今天这个急功近利的年代，我们这个社会需要这种默默无闻、脚踏实地、甘于寂寞、忠于职守的普通劳动者。

任何一个社会都是由普通劳动者构成的，崇尚劳动，尊重劳动者，这也应看做一个社会的基本价值标准。笔者相信，经过十年寒窗苦读，而且深谙中国高考作文之道的考生们，也都会在自己的作文里对这位大山里的劳动者致以崇高的礼赞。

然而，笔者担心的是，学生们在作文里讴歌是一回事，而回到现实真正做出人生选择的时候是另一回事。笔者相信，假如让这些考生以及他们的家长为他们的职业做一个规划，估计没有人愿意从事这样的工作——即便是在城市而不是在大山深处做一名普通的劳动者。每年的公务员考试热、出国热等已经是最好的佐证。现实中我们看到的基本事实也是，当前所谓的大学生就业难，其实并不是缺少岗位，而是某些热门岗位的就业难。那么，问题在于为什么作文里讴歌的赞美的却与现实的选择相矛盾呢？

这正是我们所面临的现实困境。尊重劳动，不仅是体现在口头上、道义上，也不仅是体现在价值观的倡导上，更重要的是要落实在制度层面上。具体地说，应当体现在社会分配制度上，也就是说，当一个社会的绝大多数劳动者，不管你是从事什么职业，只要通过自己的诚实劳动，大家的收入基本相当，社会福利基本相同，都能够过上一种体面生活时，笔者相信，人们对普通劳动者的赞美不仅体现在作文里，而且会体现在现实的抉择中。

很多年前，笔者曾经读到过一篇介绍日本学生作文的文章。这位学生在作文里高度赞扬了他的父亲。他的父亲是一名普通的下水道修理工，这名学生在作文里表示，他将来要像他的父亲一样，当一名对社会有用的管道工。笔者相信，这名学生的理想，是发自内心的。

为什么想当公务员？

有一位名人，在最近一次记者访谈中，谈到中国文化中的一些问题，其中以当前的考公务员热为例，认为，当前的中国年轻人想当公务员，就是想把别人管住，因为中国的文化传统中缺乏一种人人平等的理念，因此都不想被人管，又都想管别人。这当然是看问题的一个角度，也有一定的道理，但是联系到现实情况，就觉得学者的分析颇有点学究气，几近迂腐了。

中国年轻人为什么千军万马争考公务员，这其实是年轻人一种务实的选择。不仅年轻人这样想，我相信所有中国的父母们也都希望自己的孩子能够进入公务员队伍，原因很简单，也是务实的选择。人民网最近公布的一份网络调查结果，就很有说服力。

这份网络调查一共问了三个大问题：最想去的工作单位、择业优先考虑因素和实现就业受哪些影响。第一个问题毫无悬念，有 63% 的人回答了最想去政府机关，这也印证了当前考公务员热的现实，因为是网络调查，回答问题的年轻人参差不齐，相信还有一些年轻人觉得自己根本不可能进入政府机关，如果在大学毕业生中做调查，估计这个比例会更高。

第三个问题与本文主题无关，不说了。第二个问题的答案最能反映今天年轻人择业的现实理由，薪酬待遇、福利保障、职业稳定性、发展空间、职业地位分别排在了“择业优先考虑因素”中的前 5 位，令人遗憾的是，择业中最应该考虑的因素：兴趣爱好、专业对口均分别排在了几乎最后。

现实就是现实。当一种职业在薪酬、保障、稳定、舒适等方面都不错，还有不错的发展空间时，每一个正常人都会做出非常务实的选择。公务员的种种好处，正满足了人们的这种选择。毋庸置疑，选择优秀人才进入公务员队伍，这是国际惯例；用优厚的待遇留住人才，这也是国际惯例。但是，当一个社会的年轻人在职业选择上表现出厚此薄彼的高度一致时，这，肯定不是国际惯例。

任何一个国家，年轻人都挤向某一个行业发展，这是不正常的。当更多的年轻人都不想去创造财富，都想去争吃皇粮的时候，这个社会是令人担忧的。

瑞士教育印象

王飞先生有两个女儿，相差一岁，都在日内瓦上中学。回国前的最后一个周末，王飞邀请我们住在他家位于郊外山上的别墅里。我们到王飞家的时候，老大在篮球俱乐部打球，傍晚才回来，老二正和邻居家的小孩玩得不亦乐乎。在国内，这个年龄，一天到晚上课、写作业，正是最苦最累的时候。我们问王飞夫人克劳迪娅，瑞士的小孩不写作业吗？克劳迪娅说，周末没有作业，平时课外作业也很少，要有，也不能超过 15 分钟。王飞说，这是日内瓦州教育部门的规定，各州不一样，但都差不多。课外不写作业干什么？有各种俱乐部，学生可以根据自己的兴趣，自由选择。

王飞是我的大学同学，在日内瓦大学当老师。

他的夫人克劳迪娅也在日内瓦大学教书，懂中文，曾留学中国，是中国通，有个中文名字叫晨曦。她笑着说，瑞士与中国的教育不一样，中国注重考试成绩，瑞士更看重培养孩子的兴趣和独立能力。

瑞士孩子是够独立的。我们参加一次宴请，王飞全家都来了。王飞的两个女儿发现宴席上没有写自己的名字，而是“王飞的女儿”，两位千金生气了，她们低声对父母抗议道，我们有自己的名字，为什么不用？克劳迪娅在一旁丝毫没有生气，反而很平静地告诉我们，瑞士就是这样，从小就培养孩子们的独立性。

在马蒂尼市博物馆中国油画展期间，有一位当地媒体的女记者带了两位小记者来采访，一问才知道，瑞士的小学有一门新闻采访课，目的是要培养孩子从小独立思考的能力，直接面对事实，了解真相，不为舆论所左右。

只有人格之独立，才有人人之平等。独立、平等是渗透到这个国家文化骨子里的。在这个国家，不管你是联邦主席（总统）、州长、市长，还是普通公民、清洁工，大家都是平等的，这种平等不仅是体现在口头字面上，也不仅是体现在社会福利、工资收入差距不大的物质层面上，更重要的是，它已经成为一种公民文化渗透在社会大众交往的言谈举止、迎来送往的具体细节中。

在中国画展的开幕式上，我们遇见了原瑞士联邦主席库什潘先生。简单朴素的开幕式结束后，在仅可容纳不到百人的展厅里，他端着葡萄酒在熙来攘往的人群中走动，和大家打招呼，聊天。交谈中他也不忘转过身，在茶点桌上，顺手捏一块蛋糕，塞进嘴里，然后回过身来和大家继续聊。在和本人交换的名片上，我注意到名片上留有他的私人电话、电子信箱。外面下雨了，他自己下楼，撑了雨伞，走了。王飞说，这很正常，总统也是普通人，有一次他乘火车，对面坐的就是联邦主席，大家彼此看报读书，互不影响。

教育是干什么的？是培养人的，培养什么样人的？首先是培养一个对社会有用的普通公民，然后在成长中发现个人有什么特长，再培养成有特别专长的人。仅仅靠书本知识进行考试，然后决定一个学生的命运，大概不行。这本来是教育之基本道理，可是这样一个简单问题，却常常把我们搞糊涂了。

由于国内教育面临的问题太多，与王飞夫妇在一起，我们的话题经常离不开子女教育。一次在王飞家包饺子，克劳迪娅把大女儿也叫到身边和我们一起包。我说，在国内，现在很多孩子已经不会干家务了。克劳迪娅认真地说，这个不行，小孩子不仅要能读书，重要的是要培养他们独立生活的能力。克劳迪娅说，瑞士是把教育当做立国之本来看的，瑞士政府清楚，瑞士没有资源，靠什么竞争？靠教育。瑞士很重视语言教育，瑞士的学生到了高中毕业，一般都要掌握3~4门外语。在初中阶段，老师经常会和家长一起探讨学生的特长，到了高中开始分流，一部分上职业学校，一部分读大学。只要能拿到高中文凭，欧洲所有的大学都可以自由选择。瑞士的教育是和生存和长远发展紧紧联系在一起的，既考虑兴趣，也考虑就业。

瑞士只有700万人口，但获得诺贝尔奖的科学家达20多位，而经过瑞士培养的诺贝尔奖获得者达80多人。我们住的王飞家所在的山上小村，只有2 000多人，这个村子就产生了4个奥运冠军，发明了世界第一台打字机、第一台电影摄像机，是著名的八音盒的发祥地。

有些事情颇费思量，你说瑞士孩子不写作业天天都在玩吧，可是为什么产生了那么多杰出的人才？你说中国的孩子很用功，天天没日没夜都在读书吧，可是这种应试教育的结果到底怎样呢？

都说中国今天的孩子读书太苦，可是，这种苦到底值不值呢？

第三辑　如烟往事

父亲的遗产

一

父亲去世的时候，我不到2岁。对父亲，我没有一点记忆。至今父亲留下来的，是家里保存下来的几张发黄的老照片。除此之外，什么也没有留下。可是，在我的成长中，似乎又处处感受到父亲的影响。

知道父亲的点点滴滴，都是从小到大，在成长中，从哥哥、姐姐以及与父亲共过事的叔叔、阿姨那儿听到的。

最近，福建长江支队研究会要给这支特殊的南下队伍出一本英烈传，研究会辗转找到二哥，可是需要提供烈士证的时候，长期由大哥保存的烈士证却找不到了。几经周折，二哥又从父亲最后供职过的福建省供销社找到当年档案，从省档案馆找到父亲的烈士证明。

找到父亲亲笔填写的个人履历，我们很兴奋。二哥专门为我复印了一份，邮寄过来，作为珍藏，这算是我对父亲的最好纪念。

我是第一次看到父亲的字迹。说实在话，从事文字工作这么多年，从来没有像看到父亲的字迹这样让我激动。这是半个世纪前父亲一笔一画写下的亲笔字，我独自一人，在办公室，仔细辨认，看了又看，浮想联翩，一个曾经抽象的父亲一下变得生动、亲切起来，那么多年以来，我突然感觉一下拉近了和父亲的距离，那一刻，我落泪了。

二

父亲的履历表看上去简简单单。可是，每一句话的背后，似乎都隐藏着非凡的经历与许多的人生苦难。

父亲的经历大抵可以分为三个阶段，一是23岁以前，幼年失去父母，在家乡接受过很短时间的识字教育，大多数时间是从事农务，放牛、砍柴、挑担谋生，父亲履历中提到，1940年至1943年，三年大饥荒，在山西挑担为生。太行山区山高沟深，道路险峻，历史上这一带的货物流通主要就是靠壮劳力的肩挑背扛，挑上百十斤的货物，往往要翻山越岭，一天走几十里路。

这个时期发生在河南境内的大饥荒，在中国灾荒史上是刻骨铭心的，一是波及面广，二是持续时间长，后来被冯小刚导演根据河南作家刘震云小说《温故1942》拍摄的电影《1942》，就是比较真实地再现了这段历史。

这三年，父亲吃过多少苦，受过多少煎熬，都被“挑担为生”四个字概括过去了。后来长期困扰父亲健康的胃疾、小腿肚静脉曲张，可能就是那时候落下的病根。

1944年至1949年年初，是父亲人生的第二阶段，在家乡参加革命，从村干部到区干部逐步成长。

1949年年初至去世，是父亲人生的第三阶段，父亲参加长江支队随军南下，这也是父亲人生最好——也许是最幸福的时光，我注意到，到了福建之后，父亲在1953年至1958年，也就是父亲在33岁到38岁之间，先后在上海华东公安干校和福建省干部文化学校长达半年与两年的专业及文化学习，这对于父亲开阔眼界，增长见识，打下一定的文化基础并因此不断受到组织培养、重用，可能起到了一定的作用。

父亲南下到福建，工作调动频繁。先后在霞浦公安局、福安行署公安局、三明自来水公司、浦城县委、福建省供销社等多处任职，期间，好像还参加四清工作组到龙岩著名的将军乡才溪工作过一段时间，最后病逝于福州。

三

我们这个家族，在河南省济源市克井乡白涧村是个大家族，田产颇丰，到了祖父这一辈，兄弟四人，兵荒马乱，家道中衰，父亲是这个家族几代人中唯一出去参加革命的，所以父亲的英年早逝曾经给这个家族带来沉重打击。据三爷回忆，收到父亲去世的电报，他蹲在门前的猪圈墙边，哭了半天，像天塌了。三爷家族观念强，曾对我说，愿折寿来延长父亲的寿命。三爷 1984 年病逝，活了 80 多岁。直到我大学毕业进京那年，三爷得了绝症，知道不久于世，临终对我说过的话是：三爷坐不上你的小卧车了。言毕，老泪纵横。

父亲去世后，母亲带领我们兄弟三个回到河南老家。因为父亲是烈士，我们全家每人每月能领到 11 元抚恤金，这在当时太行山下一个贫瘠的小山村，算是能够满足基本温饱，和一贫如洗的当地农民的普遍生活状况相比，甚至算是“有钱”的。

在我 7 岁时，母亲去世。1975 年，姐姐从福建回河南探亲，我又跟姐姐重回福建，在福安二中、一中，读完初中、高中，直到 1980 年考上大学，离开福建。

姐姐和我没有血缘关系，但姐姐待我如母，恩重如山，是改变我命运的人。

姐姐是父亲在河南收养的女儿。回顾上一世纪，或者再往前推一个世纪，正是中国积贫积弱的百年动荡史，在这样一个大背景下，几乎每一个家庭都有一本苦难史、血泪史。

父亲什么时候收养姐姐，为什么收养，我不清楚。但是，父亲如生父一样地对姐姐好，父亲的善良、宽厚，姐姐是常常挂在嘴边的。姐姐今年将近 80 岁了，几十年了，一提到父亲，姐姐总要流泪。姐姐一生里，最感恩的就是父亲。在我的成长里，总能听到姐姐提起父亲。比如，姐姐很清楚父亲最爱吃五花肉丁炸酱，这是她经常做的一道菜，她常说，爸爸胃不好，肉肥一点，对胃好；比如，在恢复高考我正在读中学的时候，她就说，你要好好读书，爸爸最重视学习了，你要考上好大学，为爸爸争口气。直到最近一次姐姐到北京，看到书桌上我的一张照片，她也是端详半天说，越来越像爸爸了。

姐姐亲生父母家，兄弟姐妹多，日子很苦，从小又患了耳疾，父亲收养了她，我猜想，姐姐一定是在最缺失温暖的童年，得到了父亲的关怀，父亲在福建安顿下来之后，又把她从河南带到福建，直到她在福建结婚成家，过上安定生活。

人生有时候真像谜一般扑朔迷离。父亲改变了姐姐的命运，谁能想到，父亲去世多少年后，姐姐又是在我最困难的时候，改变了我的命运。父亲一生，热心、善良，乐于助人，从不求回报，可是，冥冥之中，父亲所做的一切，又得到了许许多多人对我们的回报。这是命运吗？

四

父亲是个什么性格、什么脾气的人，我知道很少。但是，从和父亲共事过的叔叔、阿姨口中，我能感觉到父亲为人的正派、忠厚、担当。和父亲共事过的魏益琴阿姨，她后来是福建省农行的副行长，她的丈夫李应槐叔叔是宁德地区的副专员。他们夫妇都是随长江支队一道南下到了福建。魏阿姨热情爽朗，我和姐姐在福安街上遇到她，她对我们兄弟几人的情况十分关心，嘘寒问暖，上大学以后，假期回福建探亲，我去看望他们，她总是很亲切地谈起父亲。她说，父亲如果知道我考上大学，一定非常高兴。我们也是从魏阿姨那里得知，当年父亲作为省里派出的工作组在蒲城担任县领导期间，长期小腿静脉曲张引发癌变，父亲带病坚持工作，即便最后回福州看病期间，也把家人安顿在蒲城，准备看完病后随时回到工作岗位，但父亲此去，再也没有走下病床。

“文革”结束以后，父亲工作过的单位，福建省供销社人事处的干部专程到河南将长我三岁的二哥接到福州，安置工作，后来才知道，是重新回到工作岗位的父亲的老同事们为了落实政策，到处打听，苗鸿文孩子的下落，直到找到哥哥并安排工作。

1978 年暑假，我和二哥在福州拜访过一位在省供销社任职的满头白发的马叔叔。我们走进他的办公室，自报家门后，马叔叔先是一惊，然后非常亲切地给我们端茶倒水，谈到父亲，流下热泪，他边哭边回忆说：你们爸爸去世的时候，躺在病床上，直喊你大哥的小名安生、安生，你们那时候太小，你们爸爸走的早，不放心啊。说到这里，马叔叔泣不成声。马叔叔也是长江支队的，马叔叔与父亲在省供销社共事过很短时间，但友情深厚。很遗憾，我们那时候还小，并不知道马叔叔叫什么名字，只知道他山西人，具体哪个县也不知道，马叔叔如果健在，也将近百岁了吧？真心祝愿马叔叔健康长寿。

和父亲同在福安公安局共过事的王维恒伯伯，后来在福州离休，在父亲去世多年后见到我们，仍然像对待自己的孩子一样，留下我们在家里吃饭，关心我们的学习、工作、生活。

到魏阿姨家，李应槐叔叔话语不多，总是坐在一张旧藤椅上，微笑着看我们说话，不知为什么，在我少年的成长过程中，虽然父母去世很早，但是，在福建这些南下干部的家里，我常常无拘无束，看到他们，就像看到自己的父母一样亲切，他们也一样，待我们就像自己的孩子。那时候的干部家风，真好。

父亲去世很多年了，在我最孤苦的岁月，我经常有一种委屈，觉得没有得到过父爱，但是，随着年龄的增长，我想，其实我得到了很多父亲的恩泽。作为烈士子弟，我从 1 岁多开始，一直享受国家抚恤金，上大学享受国家一等助学金，直到毕业后的第一年春节，我工作的单位组织部门也不忘给我这个烈士后代补贴 30 元慰问金。

至今回想起来，在我的成长里，我其实得到了很多很多父辈那一代人的关怀，尽管很多我已经举不出名字。

我常常想，父亲作为一个具体的个体，于我始终是模糊的，几乎是没有印象的，但是，作为南下干部、长江支队的一个群体，我却感受到了他的存在。以至于，只要在身边，在报刊影视中，一旦提到长江支队，我就会立刻感到非常亲切。

民间有一种说法，叫做积德。什么是积德呢？我想，就是你的存在，曾经对这个集体、社会、民族、国家做出过贡献，以至于人们不会忘记你，甚至怀念你，感恩你。

一个人，你在世的时候，周边的人说你好，你离开之后，别人依然说你好，而直到你离开这个世界很多年之后，别人想起来依然说你好，甚至，别人不仅念你的好，还在力所能及地帮助你的后人，这何止是一般意义上的积德呢？

当然，我也必须承认，我们兄弟后来得到的许多帮助不仅在于父亲生前的积德，也在于我们遇到的那些同样在积德的好人。可是，反过来说，如果父亲生前不积德，再好的社会风气，再好的人际关系，谁会去那样帮助他的后人呢？

五

父亲那一代人，一生清廉，没有留下什么财产。父亲去世早，更是没有留下什么。父亲曾留下一身那个年代干部普遍流行的黑色毛哔叽中山装，那时候的布料实在是好，衣服一直由大哥保存，很多年后，二哥穿上合身，拿去穿了，不知现在留下了没有，留下倒是一件顶好的文物。父亲还留下过一块手表，母亲一直戴着，后来河南老家的姨夫成了著名劳模，受到过毛主席的接见，姨夫没有手表，大姨要，母亲顺手摘下送给了姨夫，如今，也早没了踪影。现在我手上保存的父亲的遗产，是几张照片，一张是父亲去世后画匠画的遗照，装在一个木质画框里，一直挂在老家堂屋进门迎面的一面墙上，后来我收藏了；另一张是父亲在上海学习时的穿军服的照片，我也收藏了。还有一张合影，人很小，父亲在人群里，斜挎着驳壳枪。现在又有了父亲亲手写下的个人档案。这就是全部遗产。

父亲一生，和那一代许许多多的南下干部一样，艰苦朴素、勤俭清廉，似乎什么也没有留下，但父亲给我们留下了一个宝贵的精神财富，那就是无论在什么环境下，不管从事什么职业，至少要做一个有益于社会的人，一个勤恳、正派、正直、忠诚的人。

母亲去世前半年，曾做梦，说父亲骑一匹马来接她了。这个梦给我留下极深的印象，以至于在童年时期遭受多次的暴力、凌辱与委屈的时候，我常常缩在寒冷的被窝里想象着父亲骑着一匹枣红马，就像电影里骑着战马、威风凛凛的将军，来保护我。这个幻觉曾经给我力量，也曾经唤起我对父亲的无限骄傲。以这个幻觉为题材，我曾经在 80 年代写过一篇小说，叫《枣红马》。小说的故事纯属虚构，但故事背后的那段情感经历是真实的，至今回忆起来，仍能感觉到一丝伤感与温暖。

70平方米的幸福

二哥搬进新家，终于有了自己的房子。

二哥很高兴，在电话里我能感受到他的喜悦之情，二哥后来还在微信里发来他们制作的新家小视频，那是一张张图片和音乐制成的温馨画面。

不久，我到福州出差，到二哥的新家看了看。新家不大，是个40来平方米空间的居室，室内上下间距比较高，中间单挑出一层，分成上下两层，上面一层做卧室，下面一层为敞开式厨房，卫生间，客厅，使用面积，满打满算，有70来平方米，不过，因为家具少，房间显得宽宽畅畅，加上他们夫妇把屋子布置得很温馨，二哥很满意。这是二哥离异后，将近10年重新有了真正属于自己的家。

二哥此前在外面一直租房住。租房条件大抵不好，我几次到福州出差，二哥都没让我到他的家里去，我也不好提出到他的家里坐坐，我担心二哥心里不舒服，所以，每次到了福州，都是和二哥约好了，到酒店找我，一起聊聊天，吃个饭，这么多年，我始终没有到过二哥的住处。

我们兄弟三人感情很好。因为父母早逝的原因，我们三兄弟，尤其是我和两位哥哥，聚少离多，即便是“文革”期间，我们同在河南济源老家，我和哥哥生活的地方相距不过十几里，但一年到头，也是很少见面，春节、暑假能团聚一下，而每一次分开，于我，都是骨肉分离撕心裂肺般的痛，每次我都哭着不愿分开。童年的记忆里，与两位哥哥的分离，是我最大的伤痛。

二哥从小吃过很多苦。我在养父家，有奶奶照顾，虽然生活艰辛，精神孤苦，但至少一天三顿有碗热饭。大哥和二哥，却要全靠自己。最困难的时候，是大哥刚上初中，二哥还在小学，吃穿用度，虽然有每月父亲留下的烈士子女抚恤金，但如何打理生活，却要全靠他们自己。春节，我和两位哥哥在一起，就挤在破旧的棉花絮被子里，那时候太行山脚下的小山村，寒风呼啸，屋里的水缸早晨都要结厚厚一层冰，但是我们三兄弟挤在一张破烂的被窝里，却从不觉得寒冷，人也奇怪，童年吃过再多的苦，成年后回忆起来，是满满的快乐与幸福。

在艰难的环境里，二哥练就了很强的生存、生活能力。能做饭，会针线。二哥心灵手巧，能擀很细很薄的面条，能缝补极其缜密的针线活。二哥的这些能力后来得到了极大的发挥，一手好厨艺，也是汽车修理方面的行家里手。后来，单位倒闭，二哥下了岗，家庭出了点变故，人到中年，二哥的生活又开始出现漂泊不定，二哥卖过彩票、开过餐馆，再去给私人汽车行修车，做调度。几经折腾，生活才又慢慢稳定下来。

二哥少时，聪明伶俐，脑子好，来得快，点子多。体育、文艺、学习，样样出类拔萃。篮球、乒乓球代表校队，在当地小有名气；小学就是宣传队员，春节参加演出，扮演过八路军连长、说过相声、三句半，在三句半中是表演那个最滑稽的“半句”演员。

二哥刚上学，便写得一手好字。那时候，母亲还在世，连在家干活的木匠师傅看了二哥的字，都赞不绝口，母亲嘴上虽然替二哥谦虚着，心里却是很高兴的。母亲是老党员，文化不高，在火炉旁背“红宝书”，反反复复，总是记不住，就把刚上小学的二哥叫来，一起帮她背。忘了，就问二哥。有一段话，叫“领导我们事业的核心力量是中国共产党，指导我们事业的理论基础是马列主义、毛泽东思想”，母亲觉得这句话实在拗口，照着书本上，反复诵读，可是，一放下书本，就记不住了。母亲卡在哪儿，二哥很快就接上去。现在想来，也难怪，对于没有接受过多少教育，又到了记忆力衰退的年龄，抽象的带有一定理论色彩的句子，是不好记的。可是，对于刚入学的二哥而言，老三篇什么的，很快就朗朗上口背下了。

二哥小时候，调皮捣蛋在我们当地也是出了名的。弹弓打鸟、游泳捕鱼、偷瓜摘果，二哥是同龄人中的孩子王，多少年过去了，二哥儿时的玩伴还常常提起二哥的经典“杰作”。直到两年前，大哥和老家的一位远房亲戚到北京办事，这位远房亲戚说起一件事，让我们大笑不已。他哥，和二哥是同龄，小时候二哥春节到他家走亲戚，晚上和他哥挤在一个被窝，半夜二哥尿了床，居然哄着他哥把湿褥子用身体暖干。怎么哄的，忘了，但心甘情愿是真的。

二哥一直很要强，凡事不求人。按二哥的天赋，放到现在，接受好的教育，应该是个优秀人才，可惜生不逢时，“文革”结束，二哥正好高中毕业，虽然参加工作以后，自己刻苦学习，考了电大大专文凭，但一直在车队做修理工，生活一直不富裕。

然而，只要有一份稳定的工作，有固定的收入，二哥对自己的生活也是知足的。可是，时代变化太快，将近中年，工厂倒闭，二哥再度陷入困境。但二哥还是没有求人，还是在生活的最底层艰难打拼。即便在二哥最艰难的日子里，我也很少听到二哥抱怨过什么。相反，二哥生活有一点改善，就变得很知足，很开心。比如，它将手上仅有的近 10 万元投在老家一套商品房上，过了七八年，房价涨了，二哥很开心。再比如，二哥重新到一家私人的汽车修理厂干老本行，老板器重他，工资涨了不少，二哥很开心。

我每次给二哥打电话，总是听到他在电话里讲到一些好消息。哪怕是一些细小的变化，二哥都十分满意。二哥习惯重叠使用一个词叫：非常好非常好。有时候，我怀疑并且担心，二哥是不是故意地报喜不报忧，但仔细想来，以我对二哥的了解，我相信，二哥是从内心里对自己的生活越来越好感到满足的。

二哥有时候会和我交流一些养生知识，比如早上空腹先吃一个苹果，每天保证喝一袋牛奶，等等，这些，都让二哥对自己的生活感到满意。这两年，随着二哥生活条件的改善，二哥还买了一部新车，这样，每年节假日，二哥还可以和二嫂一起开车到江西岳母家探亲。二哥感觉，非常好。

在我的身边，当我看到听到许多生活条件比二哥要好很多的同事、朋友等时常在抱怨生活的时候，坦率地说，我经常想起二哥。我觉得二哥非常了不起。按说，二哥有很多理由去抱怨生活，但他从不说什么。因为二哥很清楚，抱怨不仅对自己无益，而且给别人带来不好的情绪。

房子多大算大？收入多少算多？在二哥看来，有一份能够维持基本生活的稳定收入，有一个健康的身体，一个体己的爱人，一个温馨的家，这样的日子就是非常好的日子了。

所以，二哥有了 70 平方米的新房子，感觉很幸福。

福州小吃

同事去了一趟福建，回来对我说，福州小吃特好吃，她向我描述了鱼丸、扁肉、海蛎煎等，听后，颇感亲切。

小吃，是福州的一大特色。不知为什么，许多小吃，一旦到了别处，味道立刻变了。比如兰州拉面，北京满大街都是，在我真正接触到兰州拉面之前，有很长一段时间，在我印象中，这是一种极其难吃的面条，甚至是最难吃的面条。我记得我第一次在北京吃到兰州拉面的时候，我对兰州人民充满了同情。天底下居然有这么难吃的面条啊，难吃也就罢了，还生生把一个西北省会城市的名字冠于其前，真是糟践了这座城市。但是有一年到了兰州，当地朋友带我们到当地的正宗兰州拉面馆，吃到地道的兰州拉面，我才发现，是我误解了。从此对兰州拉面的印象完全改变。进而想，一种小吃，大概总有其地域性的。福州小吃，到了北京，也是变了味儿。比如鱼丸，要么鱼丸不够鲜，或许是淀粉多了，鱼肉少了，总是差一点意思，要么，汤的味道出不来，天壤之别，完全两样。我的经验是，小吃一定要到当地吃，到了外地，味道肯定要打折扣。

我也算是走遍大江南北了，各种地方美味吃过不少，而在各种小吃中，我比较偏爱和印象深刻的还是福州小吃。

福州小吃以鲜为特色。福州靠海，所以它的小吃都和海鲜联系起来。

福州鱼丸最为有名。是用鱼肉和上等的地瓜粉搅拌在一起，里面再裹上一点鲜美的猪肉馅，在锅中煮熟后，浇上一碗骨头汤，点缀几片小葱，丸子就汤，极其鲜美。我在北京曾经在超市里买过冷冻的福州鱼丸，也精心熬制了一锅骨头汤，但是，那种鲜美的味道总是出不来。我请教过福州的朋友，福州的朋友笑曰，北京卖的鱼丸质量本来不好，冷冻过后就更不鲜了，朋友说，北京的猪肉不好，鱼不好，水也不好，总之，在北京休想吃到地道的福州鱼丸。所以，我每次到福州，到一家鱼丸店，吃上一碗鱼丸，再吃上一碗鱼丸是必须的。

福州的扁肉乃一绝。扁肉在当地叫肉燕。我和北方的朋友提起这道小吃，到过福州的朋友总是说，你说的不就是我们北方的馄饨吗？我在北京也问过一位经营沙县小吃的福建老板有没有扁肉，这位老板也说，就是北方的馄饨。我说，不对不对。真正的扁肉和北方的馄饨有着本质不同的。扁肉的肉馅大致相同，我以为福州的肉馅更为讲究，猪肉里面参合了荸荠，口感更好，关键是肉燕的皮大有讲究。包肉燕的皮是用上等的猪肉用木棍敲成泥，加入适当淀粉，擀成皮，晾干，长久保存。包肉燕的时候，调好馅，用这种皮包上。也是丢进锅中煮熟，加上熬好的骨头汤，真乃天下绝美小吃。

福州的锅边糊更是一绝。锅边糊是一种很形象的说法。锅边糊，顾名思义，就是在一口烧开的大锅周边，不停地把浆状的米面刷在锅边上，待干后很快铲进锅里。锅里是烧开的水，水中有虾皮、嫩芹等，味道实在是好。一碗锅边糊，一两块芋头米面搅和在一起做的一种炸糕，就是当地人一餐很好的早点。

很久以来，我一直以为我对福州小吃的记忆与个人童年的成长有关。特别是，很小离开福州到了河南乡下，尤其在20世纪六七十年代，在河南农村生活极度贫困，常常在饥饿的状态下，想起福州小吃，倍感温暖。我至今仍然认为，我对福州小吃的偏爱，当然与童年的记忆有关。但是，福州小吃的美味却是无可争议的。

我向许多去福州出差的朋友推荐过几样福州小吃，他们大多数吃过后，都说，确实好。有一位女同事，自从吃过福州的面线后，经常要到马连道福建人积聚的地方买上一些，还送过我。我告诉她，这种面在福建是长寿面，大年初一，老人一般都要吃上一碗，象征长寿。这种面工艺十分复杂，我在福建上中学的时候见过当地农民的土法制作，拉得很长，面细如丝，入锅即熟。这位同事是内蒙古人，她创造性地发明过几种吃法，她说，吃这种面，汤一定要好。她向我隆重介绍过几种方法，我们一起探讨过。我觉得她的理解深得福州小吃的韵味。

赛岐小镇

一

赛岐是个小镇，倚赛江而建，故得名。

我们的中学在赛江对岸的山上。每天上学，我们要乘轮渡过江。

过了江，途经罗江一片稻田。走在稻田中间的石板路上，南方天热，一年四季，似乎从稻田里总飘来一股牛粪混杂着稻草的味道。稻子熟的时候，稻田里蛙声一片。因为天热缘故，小镇习俗，人们喜欢穿拖鞋。上学，穿过石板路的时候，便经常能听到啪嗒、啪嗒拖鞋拍打在青石板上有节奏的声音。

轮渡一天固定几趟，上学、放学，看到轮渡过来了，大家便开始奔跑。后面看到前面的跑，便加速跟着跑。跑着赶轮渡，也成了我们上学的一景。赶不上，又正是吃饭时间，开轮渡的工人开始用餐、休息，我们就要乘渔民的小舢板。每次要 2 分钱。那个年代，2 分钱也是钱，很多同学是拿不出的，拿得出来，不是万不得已，也舍不得花。小舢板一次乘 10 多人。两个渔民老头见缝插针，便做起了载客来往过江的生意。轮渡休息了，两个老头便将小船划到码头，手握长长的竹篙，用当地方言喊：过渡啊，过渡啊；大人 5 分，小鬼 2 分。声音洪亮，我现在仿佛还能听见那个渔民老头的声音。

两个渔民老头，一个瘦，面善；一个稍胖，面凶。凶的，话少，背微驼，面孔有点像教科书上的猿人，大家似乎有点怕他，不愿意乘他的船。面善的，男生又喜欢捉弄他。十几岁的男生，正是猪狗都嫌的淘气年龄，上了面善老头的船，待船划到中央，便仿佛有了默契，随着船划行的节奏，在船上左右晃动，起初，老头只是口头发出警告，等晃得厉害，仿佛要倾覆的样子，老头急了，大声制止，并随手拿起竹篙，做出要打的样子，大家便老实下来。如今，赛江上早已建起跨江大桥，两个老头要是健在，应该是 90 岁左右的老人了。

1975 年的冬天，小镇海军大院刚放过电影《海霞》，其中一个细节，说化妆渔民的台湾特务不像渔民，因为我方侦察员观察到，台湾特务的脚趾并拢，而渔民长年光脚，脚趾是分开的。当年我从北方刚到南方，对渔民好奇，便经常观察两个渔民老头的脚丫，果然是五指分开的，并且粗糙。

我对细节有精确的记忆力。现在回想当年，每说到一件事，便有若干细节铺天盖地而来，声音、形态、气息、色彩、味道、背景、环境，似乎都成了构成记忆画面中的重要元素。现在，回忆起赛岐小镇，我的脑子里便挤满了细节。

二

我家住在赛岐粮站。我的家，准确地说，其实是我姐姐的家。因为家庭缘故，1975 年到 1979 年春季，我的中学时光是在赛岐度过的。赛岐小镇以及我们这一届同学就成了这几年我记忆中最重要的部分。粮站和粮转站在一个院，我和路宏峰、林锦云家在一个院子里，常一起玩。

刚到赛岐，听当地方言，仿佛鸟语。宏峰有时候给我当翻译，那时候锦云家还没有搬过来，我和宏峰在一个班，上学、放学经常在一起，现在想起来，仍然十分温暖。我们三个考上三所大学，宏峰去了厦门大学、锦云考取北京大学、我上了山东大学，巧合的是，大学毕业后，我们都分配到了北京。

80 年代早中期，先后考入清华大学的谢飞三兄弟也在北京，加上卢山、福安的几位老乡，北京一时十分热闹。宏峰在北京时间短，后来去了深圳，我常和锦云见面，1989 年秋，锦云又去了美国，大家为稻粱谋，劳燕分飞，前年锦云回美国，路过北京，我们还有卢山一起见了面，十分开心。只是来去匆匆，未能深聊。

赛岐很小，只几条街。铃华家离我家很近，我们来往也多，和我经常玩的好像还有陈为敏、郭光红等同学。好些同学我一时想不起他们的名字了，但似乎记得当时的绰号。可惜，很多是当地的方言，我只是跟着大家那样叫，什么意思，不大清楚。同学中好像很多绰号。绰号好比是一幅漫画，抓住了同学的某一个特点，容易记。所以好多年过去了，想起某人，父母给的名字往往想不起来了，但同学给的绰号却记得。

1975 年深冬，粮站对面的一条街着了大火。小镇上的建筑，多是民国时期的木质结构，一家挨一家。一场大火，一条街都烧光了。我记得那天晚上，半夜突然街上传来惊慌失措的呼救声，一会儿，是救火车的呼叫声。赶到街上，一派冲天大火与大人们慌乱的声音。铃华家烧了，姜彪的家好像也烧了。第二天清晨，记得姜彪裹了被子，蜷缩在粮站的院子里，那时候，我还不认识他，只记得他那惊魂未定的眼神。那年冬天，铃华总是穿得很单薄，缩着身子，很冷的样子。听说姜彪在上海哪个研究所负责，是很有成就的科学家，刚得悉铃华在福安经营陶瓷生意，他们当更记得那场大火。

三

1977 年恢复高考，对我们这一代人是大事。

高考改变了我们的命运。听同学说，我们这一届是二中的骄傲。我不清楚后来的几届学生怎么样，现在的学生又怎么样，现在看来，在一个封闭的小镇上，突然涌现出一批考入清华、北大等名校的学生，现在又都在不同岗位干得比较优秀，这的确是一个值得研究的现象。小镇上的作家卢腾在他的散文集《山高春早》里，对此有过议论。读卢腾老兄的散文，看得出，他对小镇是十分骄傲的。他也应该骄傲。我们这一届，也包括他的弟弟卢山。卢山现在北京中国路桥集团总公司任总裁，这是一个在海外都响当当的让中国人感到骄傲的跨国公司。这当然也值得小镇人骄傲。

我们这一届是不是一个现象，我不敢说，也没有与其他地方进行过比较。这需要大家去总结。我只记得当时的那种氛围。1977 年恢复高考，王世光老师率先考上北大物理系，这给安宁、封闭的小镇注入了一股活力。

记得 1978 年春天，学校办公楼一层的过道上，张贴了一张《光明日报》，报纸上刊登了恢复高考后，北京大学物理系在上课的照片，图书馆的霍老师用红笔在照片上画了一个圈，边上注有一段批语：同学们请看，王世光老师就在这个班上。照片是一张全景图，人头很小，我们实在看不出哪一个是王世光老师，但大家陆陆续续经过，都会停下来围观，表情很激动。在青少年的成长过程中，榜样的作用是无穷的。

那时候，我们这一届学生好像忽然安静下来，变得成熟了，大家都在读书，在等轮渡的时候，很多学生都在抓紧时间，看书。

王世光老师，其实只是留校教书的知识青年，比我们长不了几岁。他批评人的时候，比较害羞，批评谁，并不看对方，把目光落在别处，态度似乎很严厉，但并不惩罚学生，也不计较，批评过后，就算完了。

王世光教化学。王老师教了什么，大都忘了，只记得，有一段时间，课堂上要进行一种试验。王老师手拿玻璃试管，侧过身去，小心将瓶盖错开一点，点上火，瓶子口的气体便发出嘭的一声巨响，我觉得这是很好玩的事。因为有六个班，轮流做这样的实验，所以，那几天，上课听到这个声响，就知道，王老师在搞试验了。

我上大学的时候，听说王世光老师公派到丹麦哥本哈根大学跟随一位著名学者读低温物理，后来，听说他回国在北大超导物理组负责课题组，现在知道他定居美国。王老师大概算是很有成绩了。我觉得，小镇上像王老师这样优秀的人才，很值得写一写。我看过很多地方的县志，总以官职大小为标准取舍人物，俗不可耐，县志应当记下的，是这样一批优秀人才。

四

铃华来信说我有远见，早早准备考文科，这是抬举我。我没有什么远见，大家彼此彼此，都是懵懵懂懂的，青春期带点叛逆有些淘气的半大男孩，真正的原因是，我在很长一段时期，寄居姐姐家里，虽然姐姐对我很好，但是，离开家乡，和兄弟骨肉分离，内心压抑、苦闷，活得十分不开心，初中直到高一寒假以前，耽误了很多功课，数理化成绩一塌糊涂，等明白想学习的时候，补习理科已经来不及了，只好改学文科，我的发奋读书，是在高一下学期。好在，内心还是十分自信，没有因为功课跟不上自暴自弃，因为我小学的时候，在老家，功课十分出色。加上，从小喜欢读小说，以为，上了大学文科就可以随心所欲读小说，这样就恶补文科，带着不着边际的梦想，稀里糊涂上了山东大学中文系。不过，我是很庆幸自己这个选择的。我觉得，我上了一所好学校，遇到了许多非常优秀的老师和同学，选择了一门受益一生的好专业。

一晃 30 年过去了，这些年，我走过中国许多地方，也到过世界上许多国家，见识了许多城市的著名河流，不知为什么，每每看到这些河流，我常常想起赛岐小镇和赛江，以及小镇上的人和事。

2008年秋天，我到厦门出差，顺便回了一趟福安，晚上，约了卢腾老兄等吃饭。饭前，负责接待的朋友问，喝什么酒，我脱口而出，要喝米酒，并且是地方产的土酒。其实我是不怎么喝酒的，但自己却毫不犹豫地选择了米酒。这大抵也是一种怀旧。

餐后，卢腾兄叫来一辆车，一定要陪我去一趟赛岐。10多分钟，我们便到了赛岐。夜色中的赛岐，嘈杂而慌乱，小店一家挨一家，鳞次栉比，到处是人。我有一点不知所措。我知道这早已不是我记忆中的小镇了。到了老码头，因为有了桥，轮渡码头业已废弃，晦暗的夜色下，江边码头尽是垃圾。我不知道是不是我看错了。我的心情有一点激动，有一点伤感，或许还有一点悔意。有些记忆，最好还是放在记忆里好。站在江边，各种思绪纷至沓来，我有一种急急忙忙要往回缩的意思。走吧，我在内心里告诉自己。其实，我本来是想在江边走一走的，此时此刻，我想赶快离开。

阴错阳差，30年，我居然没有再回过这个小镇。时间，实在是一个残酷的老人。离开赛岐的路上，我们一路无语。回到宾馆，我沏上茶，斜靠在沙发上，一直想着30年前的赛岐。想着个人的命运与一座小镇的命运。我知道我记忆中的一个伤感而美丽的小镇，如今，已经面目全非。我看过许多欧洲的小镇，我的脑子里一直在构思，赛岐小镇，山清水秀，自然环境得天独厚，如果好好规划，精心建设，也许，这本应该也是一个美丽的小镇吧。可惜了，回到北京，我常常这样想。

这一夜，我又梦见了赛岐小镇，还有清澈的赛江水。

海蛎

海蛎是福建海边百姓爱吃的一道海味。

小时候，在福建我常吃。现在成了福州的一道名小吃。我到福州出差，去吃过几回，没有了过去的味道，不知道是东西变了，还是我的口味变了，总之没有了过去的感觉。

我还是很怀念小时候在赛岐小镇吃到的海蛎。在自由市场，一毛钱买一碗渔民刚从牡蛎壳里一点一点撬出来新鲜海蛎，拿回家，和鸡蛋或者鸭蛋拌在一起，加入适当淀粉、调料，在油锅里翻煎几下，便熟了，操作简单，味道特别好。现在不知道自由市场上还有没有，污染了没有，当然一毛钱肯定什么也买不了吧。

农贸市场在小镇的一条江边。这条江叫赛江，源头在浙江，流经闽东几县，到了赛岐小镇，再走几公里，就进入大海。因为离海近，江水便随着大海的潮起潮落，不断变换流速和方向。退潮了，江水随着海水急速地往大海里流；涨潮了，海潮推着江水往回流，小镇河道经常是一片汪洋。我就是在这个水乡小镇读完了中学。

有海有江，就有源源不断的海鲜供应。小镇实在是吃海鲜美味的好地方。我们一早上学的路上，经常看到两个渔民，一前一后挑着一条大鱼，一摇一晃往集市上走。海蛎是一年四季都有的。渔民将海蛎盛在一个大木盆里，海蛎带着汤卖，也不秤，一毛钱一碗，主妇们去了，一般也不挑肥拣瘦，也没什么可挑的，盛上一碗就走。渔民一般都光着脚，蹲着，守在木盆旁。有一天，姐姐正在做饭，家里突然来了客人，菜不够了，姐姐掏出两毛钱，塞给我一个搪瓷茶缸，说，快去，买海蛎回来炒鸡蛋。我在姐姐家里上初中的时候，家里做饭每逢遇到紧急采购，我一般都是急先锋，速度快，从三层楼的厨房，沿着木楼梯，疾步如飞。虽然姐姐笑称我猛张飞，也不时提醒我小心点，但我的办事效率还是让姐姐感到满意。

几分钟后，一搪瓷缸的海蛎打回来了，我把海蛎交给姐姐的时候，发现紧握着搪瓷缸的手里还捏着两角钱。那一瞬间我有一点惊喜，买了海蛎，还没有付钱，要知道，那时候两角钱在一个孩子的眼里可以干不少事：可以买一大碗肉丝炒米粉、一根又粗又长的甘蔗、看两场电影、租 10 本小人书……总之，在贫困的年代，两角钱能够给一个孩子带来的惊喜超过现在孩子眼中的上千元吧。但是，这个惊喜在我的脑海里还没有停留几秒钟，姐姐便毫不迟疑地说，去，快把钱给渔民送过去。姐姐只顾忙做饭，没再多说什么，我也一溜烟地跑下楼去了。

那大概是冬天的一个傍晚，我跑回去的时候，看见渔民正蜷缩着脖子，蹲在原地，显得很冷的样子。渔民大抵赤脚惯了，即便冬天，他们也光着脚。电影《海霞》中，在分析一名乔装成渔民的台湾特务时，就抓住了真正渔民脚的特点：渔民长年光脚，不仅脚面皮肤粗糙，而且脚趾是张开的。这位渔民大约 50 岁左右，满脸沧桑，我把两角钱交给他的时候，他先是一惊，待我说明原因，他什么也没说，只笑了一下。这件事过去很多年了，可是他的神态，憨憨一笑的样子，一直留在我的记忆里，只要想到海蛎，我就会想到他，当然更想到我的姐姐。我的姐姐从来没有给我讲过人生的大道理，我也没有问过她是怎么想的，但是她所作的一点一滴都给我留下了温暖的回忆。

一代人的集体记忆

2009 年国庆期间，我们这一届福安二中同学聚会。

因为我们绝大多数同学是从初中开始，一直同窗读书到高中毕业，几乎可以说是一起长大的，所以这份同学情就更显珍贵。我因为有事，身不由己，虽然很想回去，但终于不能成行。我对这次聚会是十分惦念的。这些天，我脑子里常常浮现出中学时同学在一起的画面，浮现出无数叫得出和叫不出名字的 30 多年前的面孔。那是多么年轻生动的面孔，那是多么天真单纯的面孔，那是多么朝气蓬勃的面孔。想起这些，真的，我想说，我想念同学、想念老师、想念大家。

国庆过后，我打电话了解了同学聚会的情况。

锦云特意从美国赶了回来。锦云接电话的时候，正在去宁德的路上。我和他也是好几年没有见面了。他电话里的声音似乎显得十分兴奋，他连用非常好、非常成功来表达他的感受。他还对组织这次活动的在福安工作的同学表示了特别的感激。我想这也代表了全体同学的意思。组织这样大规模的活动，其中辛苦，可想而知，的确应该感谢。

放下锦云的电话，我笑了。心想，都离开赛岐 30 年了，在北京也生活过 10 年，普通话怎么还是带着那么浓浓的乡音呢。不知道锦云的英文是不是也带着福安口音。有位著名作家说过，童年的成长经历影响人的一生，乡音或许就是一个人一生抹不去的地域印记吧。我有这样的经验和自信，无论走到世界任何地方，只要是我们的老乡开口说话，我立刻能够辨认出，这就是闽东人，同时，我也相信，即便萍水相逢，只要大家彼此对上一两句家乡话，会意一笑，立刻会拉近情感的距离。

乡音，其实就是辨别一个人成长地域背景的重要密码，当然也是乡情的一部分。

少年的时候，我们血气方刚，总梦想着到外面更大的世界去闯一闯，看一看，正是好男儿志在四方。但是，随着年龄的增长，尤其渐渐进入中年，我们发现，在我们感情深处其实一直埋藏着挥之不去的乡思和乡愁。这种思绪，随着时间的推移，她会不断纠缠着你，驱赶着你，警醒着你，让你经常回家看看。

家乡是什么呢？家乡对于我们每一个个体而言，尤其是对于我们这些漂泊在外的游子而言，家乡可能就是你特别熟悉的几条街道，几样美味小吃，刻下岁月痕迹的风雨家园，亲朋好友，还有就是伴随你一起成长的少年伙伴与同学。故国者，家园者，就是这样具体的吧。

从初中开始，我们二中这一届 200 多位同学相聚在了一起。这真是很大的缘分。我们是谁？我们从哪里来？我们为什么到了赛岐，为什么上了二中？为什么聚到了一起？如果说一个生命来到这个世界本来就是一个偶然，那么这么多偶然的生命，相聚在一起，除了用缘分，我们还能找到什么更好的理由来解释呢。所以，从这个意义上来理解，我们 30 年多后的相聚，就显得格外难得。

锦云有一回从美国回来，路过北京的时候，他说过一段深刻的话。他说，我们这一代人非常幸运，正逢中国社会的大转型，而每一个重要阶段都让我们赶上了："文革"后期、恢复高考、改革开放、信息化、全球化，在我们这一代人身上几乎浓缩了西方社会百年的文明与动荡史。站在历史的角度来考察，的确，我们都是幸运的。有时候，经历就是财富。有时候，苦难更是财富。我相信，我们这一代人特别能体会什么是贫穷与苦难。有了这样的经历，我们还怕什么呢？从这个意义上说，我们不是比我们的孩子们幸福许多吗？面对我们的下一代，有人曾经问我，我们这一代与下一代相比，我们的最大优势是什么？我说，四个字：吃苦耐劳。吃苦耐劳具有丰富的内涵：它包含永远乐观的人生态度，包括永不言败的进取精神。当然，我也希望我们的孩子，我们孩子的孩子，再也不要经历我们曾经的苦难，但我希望，在他们的价值取向中继承这样的优良品质。

每一个人都是历史的缩影。30 多年，我不知道我们这多位同学都发生了什么变化。但我知道，一定都发生了很大的变化。我相信，每个人都有一个长长的故事，每个人的阅历都能够写成一部厚厚的大书。可惜，这本小小纪念册装不下 30 多年的厚重。即将出版的纪念册究竟是什么内容，我还没有看过，同学嘱我一定要为这次聚会的纪念册执笔写一篇序，我没有参加同学聚会，不能亲临其境感受其中的氛围，担心写出的文章没有现场感，所以，接到“命题作文”的任务，颇为踌躇，但最后还是应承了下来。我相信，在当今汗牛充栋的出版物当中，这本纪念册可能是也应该是我们许多人藏书中的“最爱”。因为，这本册子中的每一页，都珍藏了我们这一代人的集体记忆。是的，在浩瀚的宇宙与漫长的历史面前，我们每个人都十分渺小，不过沧海一粟。但是，这是关于我们的故事。这是关于我们成长史的一部分。这里珍藏着我们许多人“梦里的真，真里的梦，回忆时含泪的微笑。”

孔子说过四十而不惑的话。经过 30 年，我们都早已过了不惑之年。在快要知天命的时候，作为同学，我想对我们这一届的同学说些什么呢？我深知这个急功近利的年代，我深知我们这一代人有许多人仍然面临着种种的人生压力和烦恼。我想说的是，知天命就是不要和命运对抗，知天命就是要与生活讲和。

希望同学们，以更好的心态，更好的身体，等候下一次的再相聚。

故乡老槐树

在我家的老宅里，有一棵老槐树。老槐树多大岁数，没人能说清。许多年前，我大学暑假回家，问过三爷。三爷说，他小时候就这么大，他问过他爷爷，他爷爷也说不清。

三爷作古 20 多年，葬在我家的祖坟里。和他的爷爷以及这个家族过世的人都葬在那里。我家祖坟在我们村子前一华里远的田野里，过去，祖坟上长着郁郁葱葱的大柏树，后来，坟地都被平为耕地，即便是留下一块，也只是很小的一块土丘。祖坟上的许多土丘都已经不见了，我家老宅里的老槐树依然健在。

老槐树是我家多少代以前的老祖宗留下来的唯一遗产了。老槐树一直长在爷爷留下的老宅里。爷爷兄弟四人，爷爷老大，爷爷去世后，老宅按说留给了父亲。因为父亲兄弟二人，父亲又是老大。后来，父亲随军南下，扎根福建，父亲把房子交给了二叔。二叔去世后，二婶一家一直住在这个老宅里。

老宅是个不大的院子，在西厢房和院墙之间，有一个窄窄的空间，是茅厕。老槐树就长在紧挨茅厕的地面上。老槐树树冠高大，浓密粗壮的枝杈一直伸展到院子外面的土路上。从春到秋，枝叶茂密，遮天蔽日，到了冬天，一夜北风吹过，剩下直愣愣的枝条，一场大雪落下，树枝上常常落满四处觅食的灰喜鹊。

我们这个家是个大家族。爷爷兄弟四人，又生出许多子女，到现在，大约也有百多号人了。

70 年代，有人看上了我家的老槐树，想买，出价几十元。槐树木质坚硬，用树干造车把是好材料。本家一位叔父辈的带了买者，提了斧头、锯子来了。进了二婶的院里，被二婶拦下。二婶与这位本家长辈起了争执，动了拳脚，直到二婶脑袋上流了血，这件事才算作罢。

多年以后，三爷说起本家叔父的鲁莽行为，仍然表现出愤愤然。三爷对这个家族中的不团结、为一些蝇头小利争执不休很是看不惯。

三爷曾经和我说起家族中的某位长辈，脾气暴躁，有点二百五。也许是隔代亲的原因，三爷描述的这位他的同辈，在我印象里，高大健壮，光头，见了我们这些晚辈，总是笑嘻嘻的，像个老佛爷。我大学暑假的时候，和三爷好像还谈起过这位故去的老人。三爷不这么认为，三爷说，这位长辈，年轻的时候，是个二百五，爱红脸，动不动和人上拳头。有一回，村里来了个卖鸡蛋的，他和人说话不对付，一时火冒三丈，一脚踢翻对方的鸡蛋筐，鸡蛋碎了一地，卖鸡蛋的人气得在地上打滚嚎哭。三爷说，他怕事情闹大，吓唬卖鸡蛋的人说，你还不快走，这家人都是二百五，你可惹不起，别让他们再回头把你暴打一顿。那人听了这话，挑起担子，落荒而逃。

回忆往昔，三爷总是对自己的担当和急中生智化解矛盾表现出自豪，而对经常给家族带来麻烦的这位长辈一家表现出鄙夷的神气。

80 年代中期，老槐树遭到雷劈，从树冠而下，一分为二，一半烧焦，一半半死不活，蔫了下来，无精打采的样子。又过若干年，树心部分被虫子掏空了，就像掏空了瓜瓤的南瓜，树枝也慢慢脱落，但是，即便如此，每年的春天一到，树上还是冒出新芽，长出新枝与绿叶。不过，总归是派不上什么用场的一棵老树，也没人理会它。

后来，村子里挖煤窑，地表塌陷，村子里的许多房子开始出现裂缝，村子整体搬迁到了附近的山脚下。村民们把能搬走的都搬走了，残垣断壁间，独留下老槐树。

2010 年五一期间，我回了一趟家乡。村长和大哥领我到老槐树下看了看。我问村长，老槐树没人砍吗？村长说，树太老，树心也空了，没啥用。大哥说，多亏没啥用，有用早砍了。村长说，有用现在也没人敢砍，树到了这个年龄，成精了，没人敢动。大哥说，过去树上出现过蛇，按迷信的说法，砍了不吉利。

我的家乡在河南省济源市克井镇白涧村，是豫西北最靠近山西的一个村，翻过太行山就是山西。这几年，村子后面新修一个大水库，这里将要开发旅游，村里也准备搞旅游。村长告诉我，搬迁后的老村准备规划后，发展旅游，老槐树是这里的一景。现如今，在村子里能找到几百年、上千年的老树，已经不多了。老槐树现在倒成了宝。村长准备把这棵老槐树好好保护起来。

凡事都有自己的命。老槐树从有用到无用，又从无用再到有用，这是它的命。

怀念钢笔

我用过多少支圆珠笔已经记不得了，但是用过多少支钢笔却印象很深。

上小学的时候，我们先用石笔。这是一种很脆的像火柴棍长短，比火柴棍略粗的一种来自天然的石材笔，写在自备的比书本稍大的黑色石板上。我们那里的农村孩子，就是在这样的小石板上，开始一笔一画学习汉字。这种东西现在的孩子已经见不到了。等到在小石板上涂涂改改，能把汉字的基本笔画写清楚了，开始改用铅笔。铅笔用起来费钱费纸，一支带橡皮的铅笔要 6 分钱，一个农民一天的工分不过 8 分钱，我们用铅笔的时间都很短，印象中，我的小学阶段，总共也就用过两支铅笔。上初中去了福建，看到城里的孩子上了初中、高中做数学题仍用铅笔，十分诧异。用过铅笔之后，我们很快改用毛笔。毛笔成本低，省钱。数学、语文作业，写作文，写大字，我们全用毛笔。

那时候，字写得漂亮，在同学中间，是很有面子的事，大家都比着把字写好。我的小楷在班里是很漂亮的。特别是写作文，一笔一画，也不用打草稿，把要表达的意思工工整整地写在方格子本上，那是很美的一件事。那时候，能把作文写长也是一件骄傲的事，我们总是把作文往长里写。这倒无意中训练了我们观察细节的能力。我写过这样的句子：天凉了，我和奶奶在麦田里拣晒干的红薯片，大雁排成人字，凄凄叫着，从头顶飞过。奶奶不识字，我把写的作文念给她听。念完了，奶奶说，你咋把我也写进去了？记得奶奶还拿着我的作文在太阳底下看，奶奶看字时的脸上表情十分怪异。凉风把她的满头白发吹得有点乱。奶奶没有读过书，但能背诵三字经、百家姓，奶奶说，他的兄弟上私塾，老师这边教，她在隔壁干家务都记下了，可是他的兄弟还记不住，经常听老师用竹鞭打他们的手心，哇哇乱叫。

我上小学是1969年秋天。那时候的河南农村真穷。大概到了三年级，开始使用钢笔。钢笔与毛笔混用。那时候，能有一支钢笔是很骄傲的。我的第一支钢笔是二哥送给我的。二哥长我三岁，在一个叫白涧村的地方读小学，是豫西北太行山下的一所小学，我在另一个村子北姚小学读书。因为家庭变故，我和两位哥哥在不同的村子里读书，相距虽然只有10多里地，但是在我童年的记忆里，这个距离很长。现在通讯方便，有什么事一个电话就知道。那个时候，只有到了春节或者麦、秋假才可能见上一面。到了三年级假期，我到二哥那里。我出于好奇，用二哥钢笔写字，二哥见我喜欢，就送给我了。我有了第一支钢笔。不知道二哥开学以后自己还有没有钢笔。小时候，我们兄弟感情好，只要是我们一方喜欢的，另一方都会割爱，宁可自己受委屈。

二哥送我的钢笔很好用，在钢笔的帽鼻上，我用一根很细的淡绿色软塑料绳缠上，既起到装饰的作用，又能和上衣的扣眼联上，防止丢失，这支笔后来笔尖开裂了，下水不畅，经常划破纸，直到期末考试，钢笔完全不能用了。我记得我干坐在教室里，看着考卷不能作答，心里很着急。老师问我原因，我说笔坏了。老师犹豫了一下，从上衣口袋里掏了一支笔，借给我用，我记得接过老师递过来的钢笔时，钢笔上还带着老师的体温和气息。

父母去世早，不知为什么，从小到大，问姐姐、哥哥、亲戚要钱，总是难以启齿。好在，那个年代，上学读书，基本不花钱。没有了钢笔，心里着急，我开始拣废铁去卖钱。我们村子后面有一个小铁厂，每天往外倒的炉渣里，经常有一些铁钉、螺丝、铁块，我常常背上箩筐去拣，运气好，一上午能拣到好几斤。废铁当时的收购价格一斤3分钱。攒足了一箩筐，我再背上到几里外乡里的供销社卖掉，一学期下来，能挣几毛钱，开学前，我在乡里买了一支7毛6分钱的黑色钢笔。这样，我有了自己的第二支钢笔。

那时候，墨水很贵，一瓶1毛多，乡里的供销社卖一种2分钱一块的蓝色干粉片，可以放在墨水瓶里，兑上水，化开，当墨水用，比买来的墨水稍淡，颜色呈浅浅的蓝色，时间长了瓶底还会泛起稠状的黏膜，容易把笔管堵住，但是用温水把笔洗一洗就好了。我一直用自己浸泡的墨水读完小学。

小学阶段，我们比较奢侈地用过一回大瓶子装的墨水。那是我们全班用卖榆钱的钱换来的。春天快结束了，金黄的榆钱飘落一地。乡里收购榆钱，老师动员全班同学到处拣榆钱。我们全班，卖了一筐又一筐，老师给我们买来大瓶的蓝墨水放在窗台上，说，同学们随便用，我们便排着队往钢笔里吸墨水。过了几天，老师说，这是最后一瓶，卖榆钱的钱都买墨水了。墨水用完了，土砌的窗台上留下一片蓝色的墨迹，望过去，觉得特别可惜。

在那个贫困的年代，钢笔算是一种很珍贵的礼物了。舅舅说，50 年代，父亲曾送过他一支钢笔，他把钢笔叫自来水笔。父亲南下到福建，一年在上海学习，回河南探亲，给舅舅买了一支钢笔，是上海产的英雄笔，舅舅留在身边，用了许多年。1975 年，我跟姐姐到福建去上学，临走前，大哥买了一支银灰色的钢笔，送给姐姐的儿子。到了福建，外甥有笔，我又没笔，外甥转送我了。这支笔也就成了我想念家乡、想念哥哥的纪念物。有一年，我们到瑞士访问，一位同行的画家别出心裁，买了若干支英雄牌钢笔作为礼物送给瑞士人，我觉得这是很体面也很怀旧的礼物了。

80 年代初，我们上大学，钢笔是我们唯一的书写工具，至今我的右手中指仍留有一个深深的印记，那是常年用钢笔抄写留下的。大概一直到 20 世纪 90 年代，钢笔始终是我们常用的书写工具，到了 20 世纪末，不知为什么，我们都改用圆珠笔了。圆珠笔便宜，在单位可以随便领，用笔也不再珍惜，经常丢三拉四，刚领到几支笔，过不了多少天，手上又没有笔了。我尝试过，一段时间内，只用一支笔，但用着用着就不知丢到哪里去了。我真切体会到，物以稀为贵的道理，圆珠笔不值钱，更重要的是能轻易获得，所以，总是不珍惜。

钢笔现在已经基本被淘汰了。不过，我还是怀念钢笔的。近几年，我又陆续用过两支钢笔。一次出国到俄罗斯，手上有一点卢布，在俄罗斯实在没有什么可以买的，回国后卢布留在手上等同废纸，离境的时候，在海关我买了一支派克钢笔，作纪念。一段时间，我十分喜爱这支钢笔，大会小会，我都夹在笔记本里，随时拿出来做点记录。但是，这支笔的不足在于，外壳是塑料的，螺丝扣不够结实，一次不小心，稍一使劲，在笔头与笔管交接处被折断了。

不久前，朋友又送我一支派克钢笔，质量要比俄罗斯买的好，尽管如此，我用起来还是多了一分小心。

从书写的角度看，钢笔无疑要比圆珠笔更好用一些。但从方便、实用的角度看，钢笔确实存在许多不足，首先，吸墨水是一件麻烦的事；其次，由于吸墨水往往把墨汁留在笔头上，一不小心，便染上一手墨汁。最近听说，国内的两大品牌英雄和金星牌钢笔均不景气，大有关门的危险，这让我重又想起钢笔的种种好处来。

人类的书写工具是经过几次革命的。钢笔是不是已经被圆珠笔所取代，我不敢说，但是与圆珠笔相比，至少钢笔有一点是具有绝对优势的，那就是环保。据说，我国一年生产的圆珠笔笔芯可以绕地球7圈，这也从另一方面说明每年废的圆珠笔将成为很大的污染源。而钢笔显然更为环保。我不知道钢笔生产的厂家，特别是著名厂家，能不能吸收圆珠笔的优点，让钢笔重新回到我们的生活当中，若然，真是功莫大焉。

出于个人的喜好，我最近又开始了使用钢笔。我想，像我们这个40多岁年龄以上的人，大概对钢笔总有一份特殊感情吧。

肉滋味

一

有一年，我到德国采访，两周的采访日程，安排很满，给我们当翻译的是一位叫斯提夫的德国小伙子。斯提夫在中国留过学，对中国情况比较熟悉，他只怕我们不适应德国式的工作节奏，虽然没有直接用语言解释，但他看到我们满头汗地从上一站赶往下一站的时候，总是友好地耸耸肩，算是表示道歉了。

那是 90 年代末期，那是我第一次去德国。那时候的北京还没有那么多车，交通还没有那么拥堵，还没有这么多的标志性建筑与晚上的灯红酒绿。在德国虽然白天工作安排很满，但是到了晚上，却是十分放松与惬意的时光。斯提夫真是体现了德国人的尽职尽责，白天忙前忙后，晚上也一直陪着我们，吃完晚餐再相约外出喝咖啡、喝茶，喝茶当然是我们从国内带去的上等绿茶，有时候也喝啤酒。

最初几天，我们还是比较客客气气地聊一些大家彼此感兴趣的两国文化，谈中国与德国的哲学、音乐、文学、绘画、电影等，偶尔也谈到东西德的问题，斯提夫总是很深沉、话很少、很慢的样子。后来我们熟悉了，谈到饮食文化，在德国，我们几乎每天都在和黄油、奶酪、牛排、鱼排、猪排打交道，一日三餐，我们同去的两位男士倒是吃得不亦乐乎，两位媒体的女士后来却犯了愁。两位女士后来专挑蔬菜、面包吃，带黄油的肉食大部分剩了下来，斯提夫大概觉察到了这些，后来几天想办法为我们安排中餐。

二

我喜欢吃肉。

即便到了 90 年代末期，在北京每天大快朵颐、尽情地吃肉，也还是要掂量掂量的。那时候，我们的月薪不过几百元，偶尔吃一顿肯德基、麦当劳已经是属于改善生活了，如若上馆子吃一顿西餐，那是相当奢侈的，况且很难吃到如此正宗的西餐。总之，在德国的那两周，在吃肉的问题上，在我的成长经历当中，几乎算是平生第一次真正饱了口福。牛排、猪排，还有鱼排；面包、黄油，还有色拉，放开了吃，随便吃，西餐真好！

和斯提夫斯混熟了，我们不再谈那么多高雅的问题，我们逐渐把话题转向吃饭——主要是吃肉的问题上。我那时候觉得德国人生活太好了，吃肉太自由了。我记得在慕尼黑的一个周末晚上，斯提夫安排我们在一个森林的野外就餐，那真是原始森林，餐桌一律摆放在大树下。周末，树下聚集了很多的德国人。我们吃着大块的德国小牛排，就着大玻璃杯的慕尼黑啤酒，边上的几个德国老头大概啤酒已经喝高了，嘴里发出乌里乌鲁的声音，舌头发直说出来的德语，听上去也觉得亲切许多，就像老北京的几个老哥们就花生猪头肉喝了二锅头，虽然填进肚子里的东西不太一样，但那种心满意足的感觉却是相同的。

三

因为是周末，那一天我们都喝得很开心。

酒的好处在于，喝高了，彼此无须戒备，反而大家说话更加轻松，也更靠近人性，比如可以放松地聊一聊关于吃肉。

我问斯提夫，在他的记忆里，从什么时候开始，他们的生活就是这个水平？我指着餐桌上丰富的食物。我知道德国经历过第二次世界大战战败，而且国家已经几乎打光了。斯提夫与我们年龄相仿，出生在 60 年代初期。他高大健壮大约将近 2 米高的身材，除了让我们联想到人种的差异外，也很容易让人想到食肉民族与食粮民族的差异，何况那时候即便是粮食，即便是粗粮我们也常常吃不饱。

何止是吃不饱，在我们的记忆里，那时候，似乎每天都饿着。肚子里总是嗷嗷待哺。

吃，在满足了人的生理需求之后，这可能是一件很微不足道的事情；可是，当吃始终不能填饱肚子的时候，吃，实在是一件非常折磨人的事情。

斯提夫回答问题总是很认真，即便是闲聊，回答每一个问题他似乎都在找到足够的依据。他说，他出生的时候，德国人的基本生活就是这样，面包、牛奶、黄油、香肠、牛排，每天都是这样，但他知道，第二次世界大战结束的头几年，德国也经历了比较困难的时期，但在满足基本生活方面，德国很快就恢复了战前的水平，以后一直是这样，在他的记忆里，生活从来如此。我记得我特别地强调，这么几十年，也就是在你的成长经历中，牛奶、面包、肉类，想怎么吃就怎么吃吗？他说当然。

四

我记得，我对世界上发达国家与发展中国家的感性认识就是从那一晚上开始的，而且是从能不能吃肉、随便吃肉、自由地吃肉开始的。我记得我对斯提夫回答当然的时候的那种神态有点生气，生气的背后肯定是我有点嫉妒了。你们怎么随便地就能够吃肉、喝奶、吃面包呢？我嫉妒的有点心酸，有点想掉泪。我们这一代人，不，应该是我们这一代以前的好几代人都有特别的饥饿的回忆。那是一种刻骨铭心的，十分心酸的回忆。

很多年以后，我在好朋友东北作家高晖先生的《康家村纪事》中读到他因为偷吃了村子里分给家里过年用的一盆猪肉而挨打，而从家出走，而萌生自杀的念头。看到这个细节我流泪了。我们这一代人都有关于饥饿以及与吃肉有关的痛苦记忆。读高晖作品中那个吃猪肉的细节，让我更坚定了这样的信念，能不能吃肉，能不能自由地选择吃肉还是不吃肉是发展中国家与发达国家的重要标志。

我觉得所谓的自由、民主、博爱那必须是首先在吃饱喝足以后才能去想的事情。也基本上可以说，那是吃饱了撑的人才去想的事情。

我想我们的这位德国朋友如果知道，直到今天，我们的周边国家还在为让老百姓吃米饭喝肉汤而奋斗，他应该感到多么地震惊。我甚至觉得他们这些人可能是很难理解怎么可能没有饭吃，在他们看来一定觉得，吃饭、吃肉、喝奶那是天经地义的事，那是喝水、呼吸空气是一样当然的事情。

60 年代一直到 70 年代中期，我生活在豫西北靠近太行山的一个小山村，关于那个年代，留在记忆里的永远是饥饿，肚子里似乎也永远都填不饱，或许是对饥饿的恐惧吧，那时候每每到了春节，能够吃上肉，即便吃得再饱，过一会又是饥肠辘辘。

中国农民的伟大在于，在极度恶劣的环境下，仍然能够忍饥挨饿，顽强地活着，以至于到了连自己种下的粮食都不能自由支配用来填饱肚子的时候，就发明了用野菜、树叶等和粮食混合在一起吃，只要填饱肚子。在我的老家至今仍流行一句话：填坑不用好土。只要能填饱肚子，填进什么算什么，所以光红薯我们当地农民就发明了许多的吃法，煮、蒸、烤，红薯片晒干了，磨成面，煮糊糊、轧面，但是不管怎样花样翻新，吃进去的还是红薯，吃多了肚子里返酸水，直到如今，虽然城里人都爱吃红薯，而且说出红薯的若干好处，我大哥至今是坚决不吃红薯的，吃伤了，从生理到精神都伤了。我们那边的很多人都吃伤了。

五

那时候，我们很难吃到肉。

我们邻村有一个壮汉，常常替别人盖房子，为的是混上一顿肉吃。每吃上一顿肉，他都要故意在嘴上留下猪油，干完活回来了，就和别人吹，今天吃了多少块猪肉，有一年替别人盖房子，猪肉包子吃多了，又渴，喝下一碗又一碗水，胃出血，撑死了。

村里有一位老头，我们都叫他大伯。他的家里常常有肉吃。老头每天一早起来挑上粪筐出去拾粪，一年四季从不间断，这样在外面常常能捡回一些死鸡、死猪。死鸡经常是让黄鼠狼或狐狸叼走后吃剩下的，弃在庄稼地。死猪，常常是小猪不小心掉进了茅坑里溺死，他都捡回来，洗干净，成了美餐。运气好，他还会捡回一条在水区里喝水不小心掉下去淹死的野兔。那时候，他家的灶台里常常飘出一股肉香。他家的吃法很仔细，不仅是肉，所有的内脏能吃的都吃了。有一年，他捡回一条在公路上被车压死的小黄狗。一个上午，村子里便弥漫了从他家大铁锅里冒出的阵阵肉香。

按照我们当地的习俗，一家有肉，都要给邻居分一点。村里的李奶奶常年卧病在床，这一天吃到大伯家送来的一小碗狗肉。李奶奶吃得很香，吃到最后一口，忽然哭了起来，说，还没有吃够，还要吃。李奶奶的长女很难为情，心想，人老了，真成了老小孩了。可是为了老母亲，她红了脸又到大伯家要狗肉。大伯的老婆是个抠门的老太婆，她有点生气了，说，小黄狗，肉不多，自家人还没有吃上两口呢，一边说，一边往李奶奶长女的瓷碗里盛了两块带骨头的肉。

过几天，李奶奶死了。李奶奶的长女在送殡的队伍里哭得死去活来，一边哭，一边诉说：我这可怜的娘啊，一辈子没有享过福的可怜娘啊，一辈子没有吃过几回肉的可怜娘啊。那天，村子大喇叭正在播放河南豫剧。不知为什么，我一听到河南豫剧，就想到长歌当哭的情景，以至于固执地认为，河南豫剧就是哭的歌剧，是苦难的艺术。

六

李奶奶死的那一年，大概是 1974 年。与李奶奶相比，启明奶奶的命要好一些。

启明奶奶是太行山下一个小山村里唯一活过百岁的老人。启明奶奶活到 80 多岁的时候，忽然又长了一口新牙。炒花生、黄豆送进嘴里咬得嘎嘣响。她到底活了多大，没有人说清楚，有人说 100 岁，有人说，早过了 100 岁。

启明奶奶爱吃肉和糖，他的孙子启明对我说，现在日子好了，肉不能随便吃，可是有白糖。她奶奶每天用馒头蘸白糖吃，每天能吃下半斤白糖。她就这样，到了晚年，每天半斤白糖。1989 年春节我回去探亲，专门去看过她。80 年代，中国的日子逐渐开始好转，启明奶奶能够自由自在地吃上白糖了。我去看她的时候，她依然能够自己行走，不过要拄着两根拐杖。

虽然有白糖吃，启明奶奶也没有继续创造生命的奇迹，死了。没得什么病，是老死的。

她的晚辈们回忆起来，都说，老太太晚年过得不错，虽然没怎么吃肉，可是吃上了白糖。回忆起老太太的一生，晚辈们挺知足的。

启明奶奶已经死了 20 多年了，她的孙子、孙女也都是老头老太太了。现在村里的年轻人，已经很少有人知道启明奶奶是谁了，更鲜有人知道那个死了年头更久的流着眼泪要狗肉吃的李奶奶。

洗农民澡

有一年去贵州出差，到了江口县，一位当地的朋友老王对我们说，到了梵净山的脚下，一定要体会一下我们当地的风俗，洗洗农民澡。听老王这么说，一旁的几位当地朋友，都不说话，脸上带了心领神会的坏笑。

我们到贵州是在 8 月份，那天我们住在梵净山脚下的一个旅馆，有点闷热。南方的闷热，与湿气大有关，一天下来，身上总是潮乎乎、湿腻腻的感觉。

晚饭后，我们坐在院子里乘凉。旅馆的院子虽然不大，倒也别致。院子里植了树，树下有石椅、石凳，主人还别出心裁地在院内开挖出一个小水槽，将山上的泉水引进了院子。一年四季，院子里都是潺潺流水。

天黑下来，我们围坐在石矶旁，吃瓜，喝茶，漫无边际地闲聊，听着脚下汩汩的流水声，甚是惬意。

老王来了。老王是一位大个子，性格豪爽，大步流星，行如风。

老王坐下，先是大口嚼下几片从泉水里冰镇过的西瓜，然后，一抹嘴说，走，洗个农民澡。边上的人都笑起来。见我们有些迟疑，当地朋友说，洗农民澡就是在泉水里洗澡，原生态，纯天然，很爽的。洗了一次，还想洗第二次，你们大城市来的人都喜欢，回了北京就洗不上了。

在主人的建议下，我们都换上旅馆里的拖鞋，跟着当地朋友，在漆黑的夜色中，朝着有水声的方向，踢踢踏踏走去。

从訇訇的水声中，能感觉到水流很急。近了，眼前的山是比夜色更浓的深墨，阴森森的吓人。从泛起闪闪的粼光和湍急的水声，我们知道，到了。水边，草木茂盛。粗壮的树藤，从嶙峋的岩石上，枝枝杈杈伸着懒腰，探在水面上。

沿着崖边一个陡峭的台阶，当地人借着手机银屏的一点微弱亮光，为我们带路，并小声地叮嘱，小心，别掉下去。我们正往下走，突然听到下面两个年轻女人的声音：谁？这里有人！立即听到人从水里匆忙跳上岸的声音。

带路的朋友见怪不怪，发出坏坏的笑声，说，知道喽，不会过去喽，放心喽。立刻带我们掉一个弯，往相反的方向走去。

来到一片较开阔的水面，老王说，就在这里吧。我们都停了下来。老王担心我们有顾虑，认真地说，到了我们这里，要入乡随俗，我们这里洗澡都是脱光了的，这是雪山上流下来的，一级水质，比矿泉水还好。老王边说边脱掉衣服，只听扑通一声，老王带头跳了下去，游了一圈上来了，怂恿说，快下去吧，好舒服！

从北京同来的一位博士，也姓王，自称从小湖南水边长大，水性好。很快，他也很敏捷地扒光身子，扑通跳下去了。下去之后，只听他嗷嗷大喊，好像被电击一般，匆匆爬上岸，大笑，说老王太坏。

我试探着两脚踩下去，才知道什么叫水的刺骨冰凉。心想，老王是坏。老王知道水冰凉，一猛子扎下去，强忍着水的冰凉，故意不吭声，若无其事的样子，引诱我们下去，给我们一个出其不意。

夏天的山泉，凉，这我是知道的。但像梵净山的水，这样刺骨凉，还真少见。你想想，岸上还是8月桑拿天，水下却异常寒冷。这样的反差，又是在晚上，会给你一个怎样的突袭。

这么凉，这么冰，这么刺激，你必须大喊出来，仿佛才能转移冰凉对你身体深处的侵袭。可是，你也必须承认，这很刺激，也很痛快。痛快，痛快，原来快乐与痛是结合在一起的。不是有人写书名“痛并快乐着”吗？你跳下去的那一瞬间，水真凉呢，如万针穿在你的骨髓里呢，本来是难受呢，可是，待你嗷嗷地喊出来，那还真是一种痛快呢！而且，理智告诉你，这是很好玩的呢。何况这是裸泳，何况这是在梵净山泉水里的裸泳，何况这是在夜色深沉悬崖下的山泉里裸游呢！

在城里待久了，待烦了，在钢筋水泥森林间天天疲于奔命，几乎要喘不过气了，人，是需要这样的撒野、喊叫、刺激、释放吧？

那一天，我们在梵净山下，将自己赤身裸体地交给了大自然。现在想来，都觉得这实在是很释放、好舒服却又有点羞愧提起的一段往事呢。

等我们慢慢地适应了水温，我们便不断地跳下去，再上来；上来，再下去。这样在夜色笼罩的梵净山一处悬崖下，我们仿佛突然从原始森林里冲出来的野人，吼叫着，不知羞耻，无须羞耻地回到了自然的怀抱。

人是什么？人身上本来也包含了动物性的，只是我们往往强调了所谓文明的一面，而忽略了另一面，而这另一面——假如是动物性的话，又有什么不好呢？

那天晚上我们足足折腾了有半个时辰吧，身上的每一个细胞好像都被冰透了，我们才打着哆嗦，往旅馆走。当地朋友提议，最好再体会一下马路边上的烧烤，于是，来到一家小店，围着一家小摊坐了下来，连平时不碰白酒的王博士，也嚷嚷着说，来点白酒，要高度的。

那天晚上的臭豆腐真香，那天晚上的羊肉串真好吃，那天晚上的高度白酒真好喝。

借着酒的微醺，那天晚上，我们在梵净山下的一家旅馆里，睡的可是真香啊。那是很沉很沉的一个觉。

清晨醒来，我记得，梦里梦外，都是婉转清脆的鸟鸣声。多少年过去了，悦耳的鸟鸣声一直穿过时空，穿过流年，穿过灵魂，留在记忆里。偶然想起，就像一个梦。

酒腻子

北京话把爱喝酒离不开酒一喝酒就胡闹的人称做酒腻子。

也怪了，生活中你会经常碰到这样的酒腻子，几杯酒下肚，话便多，缠人，烦人，腻腻歪歪，北京话用酒腻子来形容，真是很形象。老曹就是这样一个酒腻子。

老曹是一所大学里的勤杂工，他具体叫什么名字，估计很多人都忘了，大家都叫他曹盖，也叫老曹盖，大概他姓曹，便从《水浒传》里借来安在他的头上。

老曹这人要面子，起初大家叫他曹盖，他很愤怒。据说，为此他还与人吵过嘴，动过手。但老曹这人最大毛病就是贪杯，只要有酒，一请就到。见了酒，脾气好很多，别人称呼他啥，他都不在意，有时还嬉皮笑脸的，久而久之，大家再叫他曹盖、老曹盖他便不在意了。就这样，慢慢地叫绰号习惯成了自然，叫了半辈子。

“晁盖，走，喝两盅！”

“嘿，好嘞，走！”

熟悉的不太熟悉的，有时候搬家请他当个下手，他也不惜体力，总之，大家似乎觉得，喝酒，应该请上曹盖。住在一个院子里，曹盖不知喝过多少人家的酒。说是请他喝酒，很多时候，大家不过求个热闹。每次喝酒，老曹都少不了喝。逢喝必醉。一醉，曹盖便开始吹牛。老曹吹牛，总说一件事。

只要一听他说，“嘿，哥们中学的时候，那成绩，牛逼！”不用问，已经喝高了。老曹这一套，跟祥林嫂似的，大伙听多了，也烦，可是，大家都是知道的，想劝都劝不住。

听了解老曹历史的人说，这哥们中学的时候成绩的确好，在全年级都是拔尖，他所在中学又是当地的重点中学，所以老师、同学都认为按他的水平，考上北大、清华什么的肯定是八九不离十。后来，偏偏鬼使神差，发挥失常，考砸了，上了一所地方的师范学院，分配回当地教政治。后来在政治课上发牢骚，让人给告了，丢了饭碗，好在有个学历，“文革”结束后，投奔了在省城做官的舅舅，最后在一个事业单位谋了个差事，在行政后勤部门跑腿。一干几十年。老曹一手好字，行政后勤人员，一般文字水平不高，写个通知什么的，句子不通顺，老曹看不过，亲自动手改，大家说，老曹文字水平不错，像个高材生。有一回，单位发一份文件，让老曹发现了问题，动手改了过来，后来领导听说了老曹的本事，还在会上表扬了老曹，说老曹同志不愧是高材生，老曹听说了，嘿嘿直乐。

老曹快要退休了，有一回喝高了，又开始吹。这回把领导的表扬也扯了进来，说，这都是中学的底子好，上那个鬼师范根本没有学什么，也不屑学。大家觉得老曹活了一辈子还这么狂，有好事者，到单位人事部门去打听，看看老曹高考成绩到底怎么样。人事处从旧档案中还真翻出了老曹的高考成绩档案。人事处长看成绩的时候，本来只是一乐，但是看着看着不对了，老曹的高考成绩整整少加了 100 分，也就是说，按照当时的成绩，老曹可以选择包括北大在内的国内任何一所著名大学。

人事处长把自己的发现告诉了来打听的好事者。好事者把这个情况告诉了老曹。

老曹那天正在喝酒，听了当年的真实情况，老曹将杯中酒一饮而尽，吐出了一句京骂又喝一杯，再骂一句。老曹那天喝酒，把京骂重复了很多遍。大家都觉得老曹一辈子不容易，没人劝他，好像让他把一辈子的委屈、不痛快都骂出来了。

老曹很快退休了，听说老曹后来喝酒，喝高了就骂娘。

五年前听说老曹得了脑中风，偏瘫，说话不利落，酒也戒了。但易怒，好骂人。

我已经好几年没有听到老曹的消息了，不知道老曹现在怎么样。好像听人说，死了。临死前，还在骂。

刻在墓碑上的副教授

赵老在一所大学教书。

赵老是个瘦小的老头，随和、开朗，还有点世故。大学教书，最大的好处，就是不用上班，除了讲几节课，一周开一次例会，其他时间不用来。赵老，教古代汉语。80 年代，师资奇缺，赵老快 70 岁的人了，还在教书。赵老课讲得怎么样，我还真不清楚。但赵老每周带来的故事却很多。系里每周开例会前，赵老都给大家说一些有趣的事。某某名人怎么样，某某高干怎么样，某某演员怎么样，很逗，但不俗。那个年代，小道消息比较多，赵老也不知道从哪里来那么多消息。有人问赵老消息哪来的，赵老答曰：公共汽车上。那后来呢，有人想进一步打听，赵老就说，后来我就下车了。赵老一笑，大家也一笑，不再追问。

开会了，赵老很少发言。他躲在教研室一角，趴在桌子上，用一节很短的铅笔头，在一个小本子上抄写东西。可能是眼睛不好，他的脸几乎贴在笔记本上，给人感觉，好像怕别人看见。赵老看报纸、杂志，总能找到要抄写的东西。他因此也积累了很多掌故知识，五花八门，什么都有。

我们系里有个年轻人——现在应该到了退休年龄了，有点才气，离开系里以后，调到别的单位，后来闹出不小动静，有一阵子名气很大。但据说此人毛病不少。赵老已经死了很多年以后，听这位已经成为中年人的同事和我们聊天说，听说有一个姓赵的老头掌握了很多这小子的典故，可惜，这位老头死了。从这位名人的同事口气看，大概是很不喜欢这位所谓文化名人，并且很想掌握一点这位名人的旧事的。我和赵老共事过几年，老头总是笑呵呵，谦谦君子一个，以我对赵老的了解，文化圈里的那些烂事，所谓一些名人的丑行，赵老大概是不会关心的。老赵是个超脱的人，写在小本上，当笑话看了，有点像写“世说新语”，在老赵看来，这些都是挺好笑的。老赵已经过了愤世嫉俗的年龄。也可能与年龄无关，老赵大概就是这样性格的人。

赵老死了大概有 20 多年了。赵老平时很随和，他的家人好像不太好打交道。赵老火化前，关于悼词上的职称问题他的家属给校方添了不少麻烦。家属坚持要在校方写好的悼词上将赵老的职称写为副教授。但是，校方的意见认为，他生前只是讲师。讲师就是讲师，随便改了，别人攀比怎么办？家属说，以赵老的学问，至少是副教授水平。80 年代，教授、副教授很少，不像现在，在大学里是个人就是教授、博导。后来，折中的办法是，校方的追悼词只写赵老为教师，不提职称。家属在他的墓碑上爱填什么职称填什么。我至今记得，在争取赵老职称待遇的时候，赵老的老伴声泪俱下，样子十分可怜。

世界实在是小。听朋友说，有一年清明节，他去扫墓，竟偶然发现了赵老的墓地。他感慨道，当年哭哭啼啼到学校闹的他的老伴也已经作古，刻在墓碑上很慈祥地笑着，并排在他的一旁。墓地已经好些年没有人来过了，墓碑覆盖了一层尘土，墓碑上依稀可辨副教授几个字。照片虽然已经陈旧，但依旧传神，还是赵老生前眯着眼，在笑的样子。他说，赵老的孩子有的出了国，在国内的也早没有了联系。

不过，说起家人为他争副教授的事，许多同事都还记得。一位同事感叹道，都死了，还争什么。话虽这么说，可是能想明白的，还真不多。

孤魂

王奶奶在养老院住了许多年之后，在元旦前一天死了。

她终于没有迎来新的一年。不过，有没有迎来新的一年，对她，对别人似乎也都没有什么意义。

一个人，孤独地来，孤独地生活，孤独地走。

王奶奶本来一直也是孤单一个人的，或者说，在她将近 80 年的生命里程当中，多数的时间，她都是孤独一人的。所以，她走了，假如真有另一个世界，她也是一个孤魂。

本来王奶奶每年新年、春节等主要节日，都要由外甥女接到自己家住上几天。外甥女在一家公司上班，平时很忙，没有时间。是真的没有时间，因为平时她能够陪陪孩子、父母的时间都不多。

外甥女把王奶奶叫大姨。她接大姨到自己家里，是因为，她觉得大姨的一生实在可怜。而且，在她小时候，大姨对她最好。成长于“文革”期间，很多童年的温暖的记忆，都与大姨有关。父母的记忆反而很少。因为父母不在身边，大姨给过她很多照顾。所以，她一直念大姨的好。

严格地说，王奶奶是没有家里人的。王奶奶终身未育，没有子嗣。王奶奶曾是一家国有企业职员，年轻的时候，个人条件大概不错，但是不知感情上遭到过什么挫折，一直没有嫁人，到了中年，红颜已去，徐娘半老，嫁了一个比自己长不少岁数的老头，老头死了老伴，拖家带口，她不仅要照顾老头，还要照顾老头的子女，最后还把老头子女的子女带大。

王奶奶为人善良。到了晚年，更是慈眉善目，一副菩萨心肠。所以认识她的人，包括到了养老院，大家都叫她王奶奶。但是，没有自己的骨肉，在外面，大家王奶奶、王奶奶的叫，还挺亲，但在家里，就总是隔了一层。

老头子死了，老头子生前，对她还好，子女们看在老头子的面上，对她也还好。但老头子一走，她的处境变了。本来，老头子留下的子女以及子女的子女，也就算是王奶奶的家里人了。名义上虽然这么说，但是在心里头，是谁也不愿承认的。王奶奶知道，这一大家人，没有一个是他的亲人、家人。而这些所谓的儿女，更不承认王奶奶是他们的家人。

大家的心都是隔着的。虽然王奶奶很想认他们为亲人，但是，自从王奶奶被他们送进养老院以后，他们就希望，王奶奶最好不要再和他们有什么联系。或者说，最好不要给他们添麻烦。

王奶奶知道，自己老了，没用了，王奶奶很识趣，很少和她们联系。所以，逢年过节，王奶奶的外甥女接她出来住在自己的家。

王奶奶的亲妹妹也是70多岁的老人了，虽然妹妹对她还好，但一辈子都有自己的生活习惯，住房不宽敞，大家又都有自己的一摊事，她住不了两天，就想着回养老院了。相对而言，她其实更喜欢养老院的清净。她之所以愿意出来住两天，倒不是她喜欢外面，某种程度上，她出来是出于一种自尊：她不愿让别的老人看到自己无家可归，特别是在过年过节的时候。

王奶奶曾有过温情的日子。嫁给老头的那些年，日子虽说不富裕，老头子人还不错，也知道体贴人。好日子没过多少年，老头死了，老头的儿女都大了，她也退休了。

人老了，麻烦来了。

王奶奶本来有自己的一套房子，是单位分的，房子不大，老头的儿子在当地政府部门任一官半职，与管房产的部门认识，七搞八弄，把王奶奶名下的房子和老头子留下的房子合并到一起，换成大房子，产权也就到了儿子的名下。

老头子的孙女自小乖巧伶俐，是王奶奶一手带大，十分疼爱，好吃好穿的，都留给小姑娘，小姑娘会说话，曾对王奶奶说，长大了，她来养王奶奶。

王奶奶心里感动，把希望全寄托在小姑娘身上。小姑娘长大了，要到澳大利亚留学。家里钱不够，王奶奶毫不犹豫把银行存款全取了出来。王奶奶取钱的时候，心里很高兴，仿佛看到了未来的希望。

小姑娘和她的父母拿到钱的时候，内心也是十分感动，说了许多感激报恩的话。

小姑娘从澳洲留学回来了，找了工作，小姑娘很忙，恋爱，结婚，生子，有了自己的家庭。小姑娘和王奶奶很少来往。几乎没有来往。偶尔见了，也是礼节性的，问候一下。

王奶奶没有了自己的住房，没有了存款，儿女们把她送进了养老院。好在，她有退休金，还能活下来。她进养老院之后，她用过的被子等生活用品都让儿女们当破烂卖了，这个房子里也就没有她的任何东西。她知道，她回不去了。

起初，她有点伤心，后来，她想明白了，她想，人世间，不过如此，后来不伤心了。再后来，年龄大了，养老院生活习惯了，麻木了，不知道什么是伤心了。

在养老院的日子，本来平平静静的，可是有一天，她先是感冒了，接着是咳嗽，低烧不退。到医院检查，肺癌晚期，已经转移。等住进医院，医生通知了她的家人说，时间不多了。

住院期间，她的家人也去了，礼节性的。

后来，去的次数越来越少。

外甥女很着急，每次去探视，发现情况一次比一次不好。

外甥女知道这一家人不好惹，但是，还是硬了头皮打电话，询问病情、沟通情况。直到对方的儿媳妇毫不客气地说，我们家的事情不需要你管，外甥女才识趣地不敢再打电话。

最后一次上医院看大姨，外甥女很恼火。外甥女发现重病期间的大姨床头放了干硬的馒头。她忍住眼泪，到饭店为大姨订了大姨最爱吃的松鼠桂鱼，这是王奶奶生前吃到的最后一次人间美味。

那一天，王奶奶精神忽然好了起来，她给外甥女说了很多话，还给亲妹妹通了电话，次日，王奶奶就撒手走了。

这一天，北京下了一场大雪。

在这个城市里，没有几个人认识王奶奶。在这个生活着几千万人口的大城市，每天都在死人，每天也都有新的生命诞生。没有人在意一个默默无闻的普通人的死去。

这一天，许多喜欢下雪的人都纷纷走出家门，堆雪人，照相留影。人们都在喜迎新一年的到来。

只有王奶奶的外甥女有时候很生气。生闷气的时候，她就恨恨地想："恶人自有恶报的。"

第四辑　心灵对话

为自己找一个写作的理由

我们每个人每天其实都在“写作”，有的人把它记录下来，形成白纸黑字，有的人，不过停留在思想中、脑海里。是人，就要不停地思考。因为我们面临的困惑太多了。困惑的过程，思考困惑的过程，就是真正意义上的写作过程。我以为一切严格意义上的写作，就是直面人类苦难，首先直面写作者个人内心的倾诉、发现、自问自答的过程。越是真诚地面对自己灵魂的写作，越是伟大的写作，也越是拯救与赎罪的写作。史铁生先生称之为写作之夜。这个比喻很好。因为只有在黑夜，我们才可能闭上白天的眼睛，真实地面对自己。从某种程度上说，黑夜的安宁单纯比白天的繁华喧闹更为真实，就像黑白照片比彩色照片更为单纯，更能够直达作品的主题。

孔子说，四十而不惑。我经常纳闷，为什么到了四十岁就会不惑呢？我常常生活在困惑里。我在四十岁之前，一直渴望自己尽快到四十岁，到了四十岁就没有困惑了。可是到了四十岁，过了四十岁，我的困惑仍然很多。不仅我的困惑很多，我知道我身边的许多朋友都有很多困惑。有人几乎每天生活在自己的困惑、困局当中。不仅普通人困惑很多，我发现一切人类的思想大师，都是人生困惑的大师，痛苦的大师。

那么，孔子为什么说四十而不惑呢？我想，孔老夫子的所谓不惑，要么是指，在一生追求某种学问上的不惑，要么，老夫子有点得意忘形，有了三千弟子，就自以为解决了所有的困惑。总之，到了四十岁以后，我以为，面临的人生困惑依然是很多。困惑既有来自日常生活、工作环境，鸡毛蒜皮、柴米油盐物质层面的，也有来自人生意义、人生价值探寻等精神层面的，总之困惑很多。我担心困惑这个词不足以表达我内心里的这种东西，它应当包含每天生活中带有很强的情绪色彩的各种不快的感受。

我们每天都在和人打交道。打交道的过程既是人性交流沟通合作的过程，也是矛盾冲突彼此制造痛苦的过程。站在每个人的角度，都认为自己是一个受害者。人其实是一个人十分敏感脆弱多疑自尊的动物。为什么认为自己是受害者呢？因为人的自私性，只能感受到自己受到的伤害，却不太在意别人的感受。所谓的教养，就是一个人在与别人相处中，最大限度地避免去伤害别人的一种处理人际关系的能力与知识。人情练达即文章，就是在处理充满个人欲望的形形色色的人的打交道的过程中，充分掌握人类的弱点，并且能够避免于人冲突的过程。

我个人的一部分写作，就是希望这是一个发现的过程，发现人性弱点的过程，就是不断修正自己的过程，更是为了每一天的生存更有意义而找到意义的过程。

我觉得写作一旦带有使命感，这样的写作就完蛋了。因为使命感总想去取悦别人，感动别人，这样的写作绝不是诚实的写作。

诚实的写作首先是，也必须是，诚实地面对自己的内心。它是面对自己内心黑洞的一次又一次的自问自答。他是自己的牧师，是自己的上帝，他只真实地关心自己的内心感觉，他相信把自己想要的东西说清楚了，想明白了，化解了，就回答了许多人面临的类似问题。

我常常羡慕那些长寿的书法家、音乐家等许多成绩突出的艺术家，在我的潜意识里，我一直觉得他们的长寿与他们从事的艺术有一种特殊的联系，因为他们用自己擅长的艺术语言，淋漓尽致地挥洒自己、表达自己、宣泄自己。

我觉得艺术的好处在于，它可以在艺术家进入创作状态的那一段时间里，暂时忘却现实的困扰，让自己的内心进入避难所般地获得休息，同时，带着激情的创作本身就是很好的宣泄。据说，女人长寿的原因之一是因为女人哭的时候比男人多，女人通过眼泪将内心的痛苦化解了，那么，艺术创作是不是也是一种化解内心痛苦的方式呢？我这样说，是因为我也想通过自己的写作，来建立一个自己的心灵小屋。我的本来意思要写成精神家园的，可是我觉得这个词太大了。我的写作，我更希望是像每个礼拜上教堂的教徒那样，在一个可以和上帝对话的安静的小屋里，轻轻诉说。我一直觉得，一个人在这样的小屋里面对上帝的诉说，就是一次精彩的内心写作。我也希望自己的书房里，书桌和台灯造就出一个个人的独语世界。

做人应谨慎，做文须放荡，是的，在自己的心灵小屋里，任思想自由驰骋，任情绪狂放奔泻，白天里一定要说的话或者一定不要说的话，都可以在深夜的写作中，忘乎所以地敲击在电脑的键盘上，而这样的声音，也是最悦耳的音乐了。

我渴望的就是这样的写作。我要实现的就是这样的写作。我理解的真正意义上的写作，也是这样的写作。每个人都可以有自己对写作的理解，而我，希望自己是这样的。但我知道达到这样的境界很难。这不仅是一个写作功底的问题，也还是一个自己面对自己是否诚实的问题。精准地表达已经很难了，诚实地面对自己更是难上加难。那就走到哪算哪吧。

不要让苦恼折磨自己

——写给一位晚辈的信

假如我是你现在的处境，我会怎么做呢？这两天，我一直在想这个问题。当然，一个人的阅历，一个人的处境，一个人的经验，是别人不可取代的。但是，一位思想家说得好，我们不能改变世界和外部环境，但是我们可以改变自己的心态。也就说，思想可以决定一个人的行为。比如说，你每天回到家里都在想，自己曾经有过的一个幸福温馨的家没有了，于是觉得自己特别不幸，你只要这样想，你每天就会不开心，就会觉得自己真倒霉，就会觉得自己是世界上最不幸的人，可是，你换一个角度想，爸爸妈妈都健康，他们都是自己最亲的人，我希望他们能够生活幸福，我也祝福他们能够有自己的生活，只要他们好，就好了。这样，你就会放下很多思想负担，每天多花点时间陪妈妈，有机会呢，也和爸爸打个电话。你开心了，他们也开心了。

我从来没有相信过什么宗教，但是我知道很多宗教里面阐述了很多人生的深刻道理。你看，所有的宗教，都在教育人们宽容、感恩。

关于宽容，我在欧洲一个美术馆看到过一幅著名的油画，内容大概是，耶稣传教到了一个村落，正逢村子里的人们扭着一位偷情的女人，准备惩罚她，村民们各个看上去都气愤填膺、正气凛然，仿佛他们都是世界上最有正义感的人，画面中村民们的表情丰富，都充满了仇恨。

这时候他们遇到了耶稣，他们问耶稣如何处罚这位妇女。你猜耶稣怎么回答？在你没有答案之前你可以问问你周围所有的人们如何回答？

耶稣的回答是：你们如果认为自己没有罪过，你们就惩罚她。

结果怎样呢？村民们羞愧地低下了自己骄傲的头颅。我受到的震惊不仅是耶稣的回答机智、宽容，而是还包括这里的村民们内心的善良与单纯。

人类最可怕的是，内心里的仇恨。都认为别人十恶不赦，自己总是代表了正义与真理。实际上呢？我们对别人宽容吗？爱别人吗？善待别人了吗？理解别人了吗？谅解别人的错误了吗？

在这个故事的背后，我想了很久。那位妇女后来怎么样了呢？那些村民们今后遇到类似事件会如何呢？不管怎样，我想，因为宽容一定会让这里的人们变得更加高尚。宽容的心情和人生信念带到生活中，我们会发现，自己的内心一下子变得像大海与天空一样宽阔，时间久了，自己的周边一定会有一批愿意和自己友好相处的人。

我记得我上中学的时候，也特别在意别的同学在后面议论了自己什么，听到了以后，特别生气。现在想来，一切都早已消失在时间的烟雨中。你再看看《三国演义》的开篇的那首词，其中写道：古今多少事，都付笑谈中。三国中，你争我斗，恩恩怨怨，除了青山依旧，夕阳几度红，还剩下什么？从这个角度讲，宽容本身就是一种大气，就是一种力量，就是一种境界。

我说的这些话，也许你目前还不能够完全理解与体会，但你可以记住，将来，随着时间的流逝，随着年龄的增长，你或许能够感悟到。人类的可悲在于，许多人一生生活在懵懂愚昧当中，当今世界科技的发达，并不意味着人类对自身有更多的了解。

人，往往不了解自己。

议论别人，这是生活的常态。每天，每个人都处在人们的议论当中。客观地看，有利有弊。社会舆论，有干预别人生活特别是别人隐私的一面，同时也形成了人类社会的潜在的道德约束。在日常生活中，我比较赞成这样的价值观，不去随便地议论别人，管住自己的嘴。如果我不议论别人，我坦坦荡荡干自己的事情，生活得特别阳光，别人想议论你，那就议论吧。何必计较呢？

我觉得，自己的行为、家庭、父母，等等，都不用太在意别人议论说什么。

以我的人生经验来看，别人议论自己让自己生气，是因为自己太在意了。事实上，别人的议论不过是随便说说而已，没有那么严重。用一句更潇洒的话说，就让他们说去吧。反过来说，毛主席伟大不伟大？生前死后，人们不都在议论他以及他的家人，现在骂他的人还大有人在，毛主席在九泉之下也与世人一般见识去生气吗？

每一个人的身上，都有自卑的东西，很多所谓的名人、伟人都如此。但自卑需要一个克服的过程。比如有一个人说话结巴，因为一个主持人在一个栏目里，模仿他几句，不过是想逗点乐，没想到，那位结巴非常敏感，写了很长的文章骂他。用大家的眼光看，主持人不过开了一个玩笑，而这个人却太当真。这当然是一个很极端的例子，但是这位主持人后来写了文章，对此进行了认真的反省，不该拿别人的短处开玩笑，反过来说呢，我们在生活当中，也不该对别人的话太敏感。很多时候，听到了，哈哈一笑而已。

生活中的许多事，好的坏的，自己喜欢的不喜欢的，其实都是一种常态，我们改变不了周边环境，能够改变的是自己的心态。

让自己活得放松一点。

老树画了自己的画

——我所知道的『老树画画』

老树画画这两年在微信圈、互联网上火了起来，隔三差五的，手机里就能收到认识不认识的微信群友转来的老树画画。老树画画得到各个年龄段、不同读者群的喜欢。在这个热点不断被转移，吸引眼球的各类文化现象不断被刷新的互联网时代，老树画画一直拥有一批忠实的粉丝。老树画画成了新媒体时代一个令人关注的文化现象，这种现象今年也被央视春晚关注到了，当伴随着歌手莫文蔚的歌曲《当你老去》的背景画面温情款款地滚动出现时，熟悉老树画画的人，一眼就认出来了，那是老树的画。果然，春晚还没有结束，老树画画在春晚上的截屏，又开始在微信圈里传开了。

老树是谁？老树是干什么的？

老树是刘树勇，一个从外表到性格都比较典型的山东汉子。1983 年从南开大学中文系毕业后，一直在中央财经大学任教。老树说话直白，无论什么场合，介绍自己，都说自己就是一个教书的。老树不喜欢在名字前面加上个什么专家、教授之类的头衔。老树觉得没必要，累。

老树骨子里是个平民，他喜欢一切的劳动者。他觉得大学教授就是教书的，著名教授也还是教书的。在老树看来，教书的和杀猪的、照相的、打铁的、演戏的、拉板车的、唱歌的、蹬三轮的、数钱的、打拳的、卖酱油的，等等，都一样，都凭本事、靠劳动吃饭。凭什么，人家杀猪的还叫杀猪的，演戏的就成了表演艺术家？老树觉得这很荒唐。老树觉得生活中很多事都很逗。大家忙于生活，很多人对生活中的一些人与事已经比较麻木了，老树还是保持了像灵猫一样敏锐的嗅觉。所以，在老树画画里，当你看到那个穿着长衫的教授做出挂在树上等的荒唐行为的时候，你别笑。老树说了，教授也是普通人。

没错，老树确实就是一个教书的。老树最早教写作。基础写作，公文写作，还讲过财经古汉语，大学语文之类的课，后来老树教什么我不知道了。财经院校的汉语与写作是基础课，说是基础，也都带着点功利主义的味道。中央财经大学现在有了文化与传媒学院，有了文学、艺术专业，有了文化气息，这是后来的事。总之，那时候老树在学校教了很多年基础课。老树是一个闲不住的人，教书之余，便写点东西，看看书，还画画。

老树什么都画。国画、油画、水彩、版画、素描，老树有时候高兴了，通宵通宵地画。大学刚毕业那几年，穷，老树有时候画画，累了，饿了，就点馒头、咸菜，补充补充营养，继续画。我曾经见他在教研室连续画过两个通宵，眼睛里布满血丝，可是依然精力旺盛。你问老树为什么要画？不为什么，老树画画好像从来没什么目的，他只是图高兴，想画，就画了。

老树画画是业余爱好，图个好玩。老树的真正看家本领是语言文字。老树的文字极富造型感，力量感；用字精准简约，意到笔到。老树古文底子深厚，可是文字十分直白。但直白里藏着味道，是大俗中的大雅。老树读书兴趣极广，古典的、现代的，西方的、东方的，文学、历史、哲学、艺术、宗教，刚毕业那几年，老树写小说，诗歌，评论。80 年代末期，老树在著名文学刊物《十月》刊发他的中篇小说《夜行者》，直到 20 多年后的今天，有一位成名的女作家在谈到自己写作受到影响的作家中，她列举了其中一个对她语言影响很大的人：刘一。

刘一又是谁？刘一是老树用过的笔名。这个笔名是老树女儿的名字。1988 年在创作这部小说的时候，为纪念女儿的出生，他用女儿的名字作纪念。这一年，老树 26 岁。

老树兴趣太广。电影评论、书法研究、中西方文艺理论、美学史，中国画，西洋画，印象派，浮世绘，他还喜欢一些手工，比如烧陶、木刻、剪纸、篆刻什么的，要是高兴了，一时兴起，还对家装、建筑、服装设计什么的展示一下身手，我一直觉得，假如没有赶上高考，我想，老树在山东临朐老家没准也是一个不错的木匠呀，铁匠呀什么的。他的兴趣爱好总是一阵一阵的，但只要是他感兴趣的，就会在某一阶段专注在这件事上，陶醉其中。不过，他的兴趣经常在不断转移，刚在某个领域折腾出一点动静，人们正要打听这个人物的英雄来路，对不起，老树兴趣转了。老树不玩了。

80 年代末期，老树对摄影感了兴趣。他到处拍，什么都拍。他拍出来的作品还上了国外一些著名的杂志封面。别人玩摄影，买好器材，老树当年没钱，买不起像样点的相机，他唯一的家伙还是朋友送他的玩旧的海鸥 DF135，后来用稿费换了一个好一点的美能达长焦相机，但相机在老树看来，不过是一个工具而已，能拍就行。老树有自己的优势，别人玩的是技术，老树拍的是想法。老树有的是想法。

因为有种种的创意与想法，因为有渊博的艺术见识与扎实的文字功底，在多个文化艺术领域，只要老树一涉足，便站在高处，便有一览众山小的气势。老树玩摄影，很快在摄影圈里有了名气，请他讲课的，请他搞策展的，请他写评论文章的纷至沓来。这个时期他写过一篇在摄影圈很有影响的文章:《你老去西藏干什么?》。老树写文章和说话一样，向来是说者无心，不太在意也不太懂那些人情世故。他写这样的文章，正如他的喜欢画画，想到了，表达出来而已。

文章发表出来以后，戳到了一些人的痛处，主要是伤了人的面子。本来人家背个大相机，穿戴体面，打扮得挺像个艺术家什么的，经老树把皇帝没穿衣服这件事一说，人家以后还怎么在江湖上混?

不过，话也分两方面说，说真话一方面得罪人，另一方面也能迎来真朋友，老树老是说真话，说了不少真知灼见，在圈里颇赢得了一批朋友，当然还有一批崇拜者。

有一阵子，老树被几个朋友拉出去帮忙做图书出版，老树觉得这是一件挺好玩的事。老树从小干农活，一身好筋骨，从不惜力。80 年代还没什么搬家公司，邻居、朋友搬家什么的，有重体力活，一般都会叫上老树。老树热心肠，块大劲足，踏着大步，风风火火来了，什么搬冰箱，扛电视，抬大衣柜这样的力气活，老树一般都抢在前面，出一身大汗。老树有用不完的力气，年轻的时候，经常是用力过猛。

朋友找老树作书，真是找对了人。有将近 10 年时间，老树一头扎在首都各大图书馆，整理民国、新中国成立以后等大量的图片。《旧中国大博览》、《新中国大博览》、《科技大博览》以及许多有影响的图书都是那时候老树和朋友做出来的。

找老树干活，还有一好处，劳动力便宜。什么封面设计，版式设计，图片字号，文字校对，老树全包了。作书很辛苦，但老树收获大，他收集了近百年来的数十万张珍贵图片资料，而且还有一个意外之喜，那就是他在整理民国资料时，他发现了那样一个真实可爱的民国时期，他喜欢那时候的文人气象与风骨。

老树人缘好，朋友多，找老树的人自然也就多，老树好像也不太会拒绝人。

所以，老树特忙。

老树后来变得越来越忙，一会在外地，一会在开会，一会在讲学，经常是不接电话。

老树就这么忙着。

忙着忙着，岁月就溜走了。

忙着忙着，人也到了知天命的年龄了。

老树又开始了画画。并且又是一发不可收拾，并且还总是在画一个穿了长衫的民国人物的故事，这个故事居然讲不完了，居然讲得粉丝千千万万了。老树一直把这些画放在新浪博客上，然后任由粉丝们东转西发。现在，这个面部轮廓空洞模糊的永远穿着长衫的男人，既是老树画画的一个标志性符号，又成为大众喜欢的一个具有当下气息的现实人物。

老树画画有一绝，那就是为每一幅画配写的亦趣亦谐的小诗，诗与画的完美组合构成了老树画画的特色与风格，不妨说，这是当代十分稀缺的文人画。为什么稀缺？你能画画，你能写这么好的诗吗？你能写诗，你能画这么好的画吗？

老树画画，画的就是自己。一个安静下来的，随心所欲的自己；一个逗自己玩，也逗别人玩的，无为无不为的自己；一个天真烂漫的，调皮滑稽的，书卷气十足的自己；一个看似漫不经心，其实是极其认真地对着自己灵魂说话的自己。这恰真实地传递了老树的当下状态，从喧哗与骚乱的外面世界，回到了自己逐渐安顿下来的内心，正如杨绛先生百岁感言写到的：最后发现，这个世界是自己的，与别人无关。我觉得这是需要用很长时间而且很认真地活过的人才能悟出来的一句话。

老树画的多了，出了一本书，书名也是老树的风格:《花乱开》。这个书名真好。一个“乱”字，把花的自由自在、任性野性、率性自然、勃勃生机全表达了。

老树送我一本，我在家边看边笑，把眼泪都要笑出来了。因为和老树是多年朋友，看他的画，如见其人，我觉得画中那个穿长衫的人，其神态、做派、举止，甚至某些荒唐的行为，就是老树本人。我把这个感觉说给我们多年的一位朋友，这位老友听我这样说，在电话那端，大笑不止。

仔细想来，老树其实一直没有离开过画画，只是经过这些年的折腾，老树终于找到了属于自己的表达方式，那就是当下正红火的老树画画。这里面有阅历，有经验、有见识、有学养，有柴米油盐的人间烟火，也有超凡脱俗的仙风道骨。

人性都是相通的，真正属于自己的，也属于大家。今天有很多人喜欢老树画画，我身边就有很多人喜欢，人们应当喜欢老树画画。

只要我们还有梦想

——读陈进俊《纸上的梦痕》

在全国财政系统，颇有一些文学爱好者。论职业，他们每天 8 小时忙碌于财政岗位上，而在 8 小时之外，他们便把人生的感想、思考、情感等都倾注在这些爱好上。其中一些，已经取得不小的成绩。福建省财政厅的陈进俊先生就是这样一位几十年痴心不改的爱好者。我和老陈也算老朋友了，大约在 10 多年前吧，我到福建采访，闲暇之余，我们便谈论起各自对文学的偏好与兴趣，大家谈得多，便成了朋友。这十多年，星移斗转，物是人非，世界已经发生了许多变化，老陈的工作一度也出现过变动，但是不管怎么变，老陈对文学的执著似乎没有变。老陈写诗，也写散文，几年过去，他出版了几本书，最近又出版了个人的第二本诗集:《纸上的梦痕》。

从这本诗集能够看出，老陈不仅有一颗诗人敏感的心，而且有着农夫一般的勤劳。收在集子中的诗，大多是老陈这些年走南闯北旅途中写下的诗歌，可以想得出，一天劳顿下来，别人在喝酒、打牌，或者早已进入梦乡，而老陈却坚持把一天的感受、思考、一闪即逝的灵感一笔一画地记录下来，这样几年下来，就有了这本诗集。作为文字工作者，我深知其中的艰辛。

老陈平常给人的印象是一个话不多，不苟言笑，办事特别认真的人。但是他的诗歌并不是文如其人的。他的诗多数以咏物为主，很短，都是自由体，有的几句，十几句，描景状物，十分活泼。读着读着你会觉得另一个老陈站在你的面前，以诗的语言向你描述一个又一个他旅途中的惊喜。比如写飞机上偶尔看到月亮，他是这样写的：

随手推开座位边舷窗的挡光板
一个白白的大月亮
吓了我一跳
一个白白的大月亮
一声不吭躺在机翼上
多么罕见的美
多么孤单的白
有数十秒钟我一直盯着他
直到不见了
也许是被我盯到心里去了

类似的诗句有很多，古人讲：登山则情满于山，观海则情溢于海。老陈笔下的景物，已经是带着他个人色彩的景物，而在这样的景物里，老陈传递给我们的其实是他的一颗童心。也多亏有一颗童心。童心大抵和年龄没有关系。今天不是有很多人已经少年老成了吗？我们说的童心，是一种心灵的清澈透明，单纯或曰纯净，但不是简单。因为童心，他对世界才持有一种好奇；因为好奇，夜航中飞机窗外的月亮，在他的笔下，才如此不俗。

老陈的诗中也是很有书卷气的。书卷气来自于丰富的阅历与深厚的学养，书卷气是装不出来的，打通古今的机智，参透世俗的顿悟，对人文历史知识的信手拈来，在老陈的笔下，左右逢源，举重若轻。他这样写洛阳白马寺：

一眨眼工夫
木鱼
敲去了千年
经书
诵去了千年
而白马驮经的故事
至今还在
寺里寺外

嘚嘚地响着

关于光阴易逝的感慨不知多少人写过，而老陈的描述令人过目难忘：

有一种追杀
从我们出生的那一天起
就已经开始
只是我们许多人
还蒙在鼓里
就在我们浑浑噩噩
虚掷时日
或争名夺利之时
一把利剑
已悄然逼近喉咙

今天我们可以选择的读物很多，优秀的作品也是汗牛充栋，作为财政干部，老陈出版的个人诗集也许能够给我们带来另一种感动。因为今天这个年代，能够安静地坐下来读书的人已经很少了，能够坐在书桌前，打开台灯，摊开纸笔，安静写作的人就更少了。有人说，这是一个急功近利的年代，也有人说，这是一个不断制造快餐文化并迅速遗忘的年代，但是，不管怎么说，每一个年代，每一个时期，总有那么一些人在坚守着什么。写作其实是一个非常私人的问题。萨特说过，只有拿起笔，才能够感觉到自己作为一个人的存在。在今天这个喧嚣与躁动的世界，能够走近书桌，安静地坐下来，坚持写作，这本身就是人的胜利，就是精神的胜利。老陈，我想说，你挺棒的。

心灵之眼

——读阎连科《北京，最后的纪念》

自然界的一切动植物也都有自己的爱恨情仇、生存规则，当作家阎连科以极其细腻乃至奢侈的笔墨将自然界一切生灵的神奇，栩栩如生地展示在我们面前时，我们在惊叹大自然神奇的同时，也在感叹我们自身的无知。

熟知并非真知。有许多现象，我们看似十分熟悉，比如我们日日见到的树木、蔬菜、小鸟，但有谁留意他们的生活？有谁会注意到即便是小小麻雀也有自己的组织、语言，也懂得感恩呢？有谁观察过树与树之间为了争夺土壤下面的生存空间，也会大打出手，纠缠撕咬在一起呢？有谁听过蔬菜们深夜的窃窃私语？有谁领略过柳树的义情与语言？有谁理解楝树与槐树的生死恋？你进入过蚂蚁、黄蜂、蝴蝶、蜻蜓、瓢虫、蟋蟀的神秘世界吗？阎连科《北京，最后的纪念》向我们展示了人类众生之外，自然界其他生命的隐秘世界。让我们吃惊于司空见惯的普普通通万物众生的神奇之处。

太神奇了。当我们跟着作家的笔触一点点走进这个动植物家园时，我们会不时地发出惊叹。

一位文学大师说过，文学的魅力在于对人性的无限展示。看过《北京，最后的纪念》，我相信，文学的魅力还在于对世界万物一切生命现象的无限展示。这本书又名《我和711号园》，讲述的是几年前，作家倾其所有在北京西南四环近旁的近乎原始深林当中，租借一块园子，过着一段诗栖生活，写下了对这块近千亩野园绿地中一草一木、花鸟虫鱼的零距离观察。感时花溅泪，恨别鸟惊心，因为带着爱与情，所以作家笔下的树们、菜们、虫们、鸟们便都有了与人类相同的灵性。

人是自然的一部分。在古今中外的文学作品中，描写大自然的作品数不胜数。人们甚至将这部书与陶渊明的《桃花源记》、梭罗的《瓦尔登湖》相提并论。而我以为不然。在我有限的阅读范围内，我以为许多描写自然的作品，所传达出来的是从容不迫、物我两忘的人与自然的关系。阎连科的这部书中，我们能感觉到文字中，那份从容中的紧张，欣喜中的焦躁，狂放中的失落，在阅读中，你能隐隐约约地感觉到作家那种唯恐失去的珍惜与留恋。

作家几乎在以一颗孩童的心、慈悲的心流连忘返于这个遗落在三千万人口云集纷沓的大都市的最后家园，与这里的植物、动物们难舍难分、相依相恋地生活在一起，似乎怕失去什么，似乎要挽留住什么，然而，这一切，终于在城市的规划中，很快消失了。所以它成了挽歌，成了绝唱，成了“北京，最后的纪念”。

阎连科是中国著名作家，其多部作品被介绍到国外。这本新书是作家以心灵之眼写出的让我们重新认识自然，再度审视人类自身的一部力作。人类的自以为是，一些城市规划者、管理者的急功近利，或许正在以文明的名义毁掉文明，以现代的名义毁掉现代。这本书告诉我们，世界的一切万物，与我们人类都是平等的生命，谁也不比谁高明，当我们把大自然当做我们的陪衬、我们的背景、我们的小喽啰时，我们必将遭受大自然的无情嘲笑。

这是北京一个闷热、烦躁的周末，当我在家里读完这本书时，我想，这是一本让我受益并且让内心安静的书。但是，接下来北京当天下午直至晚上下了 61 年来最大的一场暴雨。城市多处道路交通被积水中断，次日，从新闻中获悉，这场雨让 37 个生命付出了代价。于是，回到现实，我的心又变得不那么安宁起来。

走过温暖旅程
——读尤金·奥凯利的《追逐日光》

在我们读过的书中，有的很快忘记了，有的却久久难以释怀。《追逐日光》就属于后者。

这本书是全球著名会计师事务所毕马威首席执行官尤金·奥凯利在人生事业的鼎盛时期突遭不测——在53岁这一年，他被诊断患上脑癌，他的生命只剩最后3个月的时候写下的。全书8万字，但这几乎可以看做是作者用生命换来的对人生的体验与重新理解。正如只有生病才能体会健康的重要，也只有面临死亡的人，才能读懂生命的珍贵吧？作为会计专业圈子外的人，我们不好评价尤金·奥凯利在这个领域所取得的成就与贡献，然而，无论他生前在专业领域多么辉煌，有什么样的影响，站在更宽泛的意义上看，他的这本8万字小册子所释放出来的思想的能量，已经远远超越了他在专业领域的影响，而成为更有普遍意义更有阅读价值的一本人生读物。

这是一本奇特的书。本书最感动我们的是作者在确认生命只有最后3个月之后的那份从容，坦荡，认认真真过好每一天的生活态度；本书对我们最有启迪意义的是，作者对生活、工作、健康、家庭、成功、生命等意义的重新思考，从而让一些生活中看似常识性的问题变为弥足珍贵的人生忠告。

死亡总是让人伤心的，何况这是作者在自己人生的最后3个月，在记录、讲述自己的故事，但是，令人惊奇的是，在我们阅读这本书的时候，我们丝毫感受不到作者面对命运不公的抱怨以及讲述死亡本身所常有的那种沉闷与压抑感，文章通篇萦绕着一种通达、理性、轻松、幽默、从容乃至感动、温暖的文字氛围。

面对如此沉重的话题，却能如此举重若轻地叙述，读完全书，我们才会明白，这不仅是作者对生命规律的深刻领悟以至达到了超然物外的人生境界，更重要的是，我们能够感受到作者即便自己面临大的不幸仍然承担了对家人对社会深深的责任与爱。

他要告诉活着的人，活着要珍惜生命，而一旦面临苦难乃至死亡这样的人生灾难，也不要害怕，人生不管遇到什么，这都不过是大自然生生不息的一部分，不过是生活瞬息万变的一部分，因此生活中不管发生什么，这都是正常不过的事情，一切都是正常，一切无常也都是正常，不管遇到什么，都要坦然面对。

必须补充一点，如果我没有猜错的话，我想作者在文章的写作中似乎一直在关照一位特殊的读者——他深深爱着的尚未成年的女儿。他在考虑以什么方式让女儿弱小的心灵来承受失去父亲的沉重现实，所以他对死亡的轻松叙述，对来世天堂的诗意憧憬，都是在以一位父亲的大爱来安慰女儿的同时，也在以自己的人生经历为女儿点拨未来。

我们读过许多讲述与病魔斗争的故事，这样的故事也感动过无数人，我们称这样的书为正能量。这本书也是一本充满正能量的书，这本书里也充满了一种力量感，但这既不是那种传统意义上的金戈铁马、气吞山河、豪言壮语式的激情表白，也不是那种定要扼住命运的咽喉以此展示人类精神的顽强与不屈，这本书所表现出的是一种妥协、一种听天由命、一种甘拜下风，一种与生活讲和的柔顺，而正是这种看上去的软弱，却展示了另一种力量，一种像水像风像雨像空气一样柔软却异常强大的力量。

这种力量的背后是智慧。我们必须承认，尽管当今科学技术发达，医学创造了无数的奇迹，但是，相对于浩瀚的宇宙与永恒的时空，人类显得实在太渺小，有时候也很无奈，比如脑癌，至今医学尚未攻克。生老病死这是自然规律，作为个体生命，人总是要死的，这是谁也不能改变的事实。我们能够做到的，无非是对自然规律抱有虔诚与敬畏，对命运多舛抱一份淡定与从容。

渴望生命是人的本能，当死亡降临的时候，我们谁也不必假装勇敢并且嘲笑生活中那些更多恐惧死亡的人。但我们应当相信科学并尊重自然规律。科学给人智慧，智慧让人理性，理性令人淡定。淡定了，从而让即便是面对死亡的写作也像是走往天堂的旅途，温暖而感动。

『尖叫』一声卖出天价

发出一声尖叫值多少钱？蒙克的油画《尖叫》以 1.199 亿美元创下纽约苏富比拍卖行的最高拍卖纪录，折合为人民币约 7 亿元。真是一个天价。

作为表现主义的代表作，挪威画家爱德华·蒙克的《尖叫》以令人过目难忘的视觉冲击力成为史上广为人知的名画之一。因为这次创纪录的拍卖，相信这幅画将更加广为人知。由于资本的强力介入以及传播手段的多样性，当今艺术品的商业价值已经远远超出艺术自身的影响力。不过这在客观上也助推了绘画艺术在大众当中的普及。如果不是天价拍卖，又有多少人会去真正关注梵高、高更、塞尚、毕加索、蒙克等一大批画家呢？

《尖叫》及其作者蒙克在国内广为人知，是在改革开放初期。这幅画一直沿用的译名叫《呐喊》，与鲁迅先生的一本著名小说集同名。从画的内容看，我以为，翻译为尖叫比呐喊更为贴切。《尖叫》表达了人类内心深处对自身处境的无名恐惧。画面上那个变形的漫画式人物造型，脸颊深陷、眼睛睁大、双手捂着耳朵，似乎用尽全身的力气，在发出一种恐惧的尖叫。如果说呐喊带有某种使命感与责任感，以高声叫喊、振聋发聩的方式试图引起他人的关注，那么尖叫则纯粹是发自个人灵魂深处的生理反应。这是人类无法言语的心理恐惧。

蒙克出生于1863年，1944年去世。他是西方美术史上表现主义的著名代表人物，其画风深受早期印象派及新艺术运动的影响。他创作于1893年的这幅名画，是其“生命、爱情、死亡”系列中的最为著名的一幅。

19世纪末至20世纪初，在西方开始涌现出来的各种绘画风格，正从传统的写实主义的桎梏中解放出来，在这幅画中，我们能看到印象派、野兽派等带着强烈主观色彩的表现主义风格，这样的绘画风格已经不再将绘画拘泥于一丝不苟的“画像”技术当中，而是以绘画的手段在表达一种主观的真实。从某种程度上说，这样的绘画体现了这个大师辈出的时代，一批优秀艺术家对世界的重新审视。

这幅画堪称视觉的哲学。在表达人类的孤独、绝望、恐惧方面，《尖叫》以简洁的语言将人性展示得淋漓尽致。

《尖叫》的整幅画面，从人物到周边的背景色彩与线条均构成了一种紧张的关系：人物在尖叫，扭动的色彩与线条都在发出颤栗般的尖叫。尖叫之声从整个画面呼啸而出。

艺术无价。无论是炒作，还是别的什么目的，都不会影响《尖叫》本身所具有的艺术成就。只是，一幅绘画作品，到底值多少钱，这实在是无法说清的事情。正如购物，也许你买了一件在别人看来很昂贵的东西，但是，只要你喜欢，而且具备购买的实力，这就是你认为合适的价格。

一切艺术作品，不管在拍卖行到底能够卖出多少价，只要它不影响我们的欣赏，价格与艺术大抵是没什么关系的。一生穷困潦倒的梵高，如果知道在他死后一幅《向日葵》能够卖到他几辈子也花不完的大价钱，他大概早就发疯了；或者，他的艺术创造力早就枯竭了。这或许是上苍造人的公平——他不会将盖世的才华与财富同时放在一个人的身上。这大抵也是许多伟大艺术家一生的宿命。

那盏灯光依然亮着

——纪念史铁生先生

在2010年即将结束的最后一天，从互联网上看到作家史铁生病逝的消息，惋惜之余，似乎也并不感到意外。史铁生先生对自己的死是早有准备的，他曾以十分轻松幽默的口气写到，死亡就在门口等着他，而他就像要去做一次长途旅行，随时准备好提上行李与死神结伴而行。面对死亡，作为智者，史铁生早已是大彻大悟了，读他的作品，你常常感到他谈到死亡时的那份从容与达观，让我们确信，死亡不过是人生的一部分，是每个人迟早最终都要经历的一件再平常不过的事。

史铁生是我最喜爱的当代作家之一。我读过他许多的作品，他的散文随笔集《我与地坛》、《写作之夜》则是我经常翻阅的，特别是《写作之夜》，从书名就让我体会到真正的写作所具有的那种神秘、宿命、快感与安详，而阅读书中充满智慧仿佛从作者灵魂中流淌出来的文字，让我从内心产生一种接近宗教般的喜悦与安宁。

现在，在北京这个无雪的寒冷的冬季，史铁生先生走了，走完了他那不满60周岁的人生旅程，那盏伴随着他无数个写作之夜的夜灯也该熄灭了吧？然而，我确信，即便是到了另一个世界，也一定有一盏灯将为史铁生先生永恒点燃。因为，写作之于史铁生，是他生命的全部。

我与史铁生并不相识，没有见过面，可是，我觉得我和他是很熟悉了。有些人，你每天见着他，你并不一定了解他，你当然也没有兴趣了解他，然而，有些人，你没有见过面，但你在心里觉得这是一位尊敬的长者、老师、朋友呢。我觉得熟悉一位作家，了解一位作家，最好的渠道就是阅读他的作品。阅读他的作品，从某种程度上，比亲眼所见，可能还要真切，还要真实，还要深刻，还要彻底。

史铁生的作品里一直有一种吸引我的力量，我觉得这种力量是安宁。是面对苦难的安宁。是在充分咀嚼并消化了个人的苦难而升华为对人类处境大慈大悲般的安宁。读他的作品，就像在欣赏古希腊的雕塑拉奥孔，就像在聆听莫扎特的圣母颂，无论外面多么喧嚣，你的内心会立刻安静下来。

史铁生让我们重新理解生命的意义、写作的意义。我一直觉得有两个史铁生。一个是命运对他非常不公平的史铁生，或者说是一个很早就身患残疾，大半辈子生活在轮椅上，生活不能自理，到了生命的最后 10 多年，又患上尿毒症，每周都要上医院靠透析维护生命的肉体的史铁生；一个是不断追问生命的意义，进而站在思想者的高峰，不仅完成了对自己身体的超越，而且完成了一个精神人格重建的史铁生。两个史铁生并且完美的结合在一起。前者让他作为一个俗人，失去了也放弃了世俗的快乐，当然也包括世俗的烦恼，后者让他在抱怨命运不公的长期思考中，终于摆脱小我，而进入对生命本体意义的思考。感动我们的正是这个让我们跟着作家一起去追问人生意义的史铁生。

人类多亏还有写作。法国作家萨特将笔比作人类思维的外化与延续。不能想象，没有写作这样白纸黑字的表达，人类的思想将面临怎样的苍白窘境。有些东西，口头可以说出来，有些东西，你说不出来，你说出来的也全变了味儿，你必须安静地坐下来，把稍纵即逝的思想片段字斟酌句地写出来。我不能想象，没有写作，史铁生如何面对每时每刻病痛折磨的身体。从某种程度上说，写作之于史铁生，不仅是摆脱痛苦逃避现实的一种手段，更是在思考中进入到了一个忘我无我的精神世界。因此，写作某种程度上就是他的宗教和信仰。如果说，很多人的写作不过是一种职业、一种谋生的手艺活，在史铁生，则几乎是他生命的全部。

史铁生的写作是诚实的。他不需要功利地写给谁看，取悦于谁，他只需要诚实地面对自己的内心。当写作只是变成自己灵魂的内心独白，只变成了自己为世界上唯一的读者时，这样的写作就是最诚实与纯粹的写作。它将引领作者安安静静地在真正的写作之夜开始一个一个地面对人生的困惑，一直追问下去，就像做终极审判。史铁生借用法国作家的一本书写作的零度来比喻他的写作。他在写作之夜中的一篇文字中说，人太容易在实际中走失，驻足于路上的奇观美景而忘了原本是要去哪儿，他说，零度这个词用得真好，写作便是回到零度，重新过问生命的意义。一个生命的诞生，便是一次对意义的要求。

可以说，他对生命意义的思考达到了相当的深度与高度。我们经常会听到人们对生活的抱怨、不解、委屈与责难。要说，抱怨命运的不公，史铁生是最有理由的吧，但是，他没有。在他的作品里，你看不到抱怨与不平，你看到的是想清楚之后的和解、彻悟与放下。在他的《宿命的写作》中，有这样一段文字：人的苦难，很多或者根本是与生俱来的，并没有现实的敌人。比如残、病，甚至无冤可鸣，这类不幸无法导致恨，无法找到报复或者声讨的对象。早年这让我感到荒唐透顶，后来慢慢明白，这正是上帝的启示：无缘无故的受苦，才是人类的根本处境。在史铁生通俗易懂的文字里，似乎隐藏着一种魔力，这种魔力，能让你内心安宁。

人生是什么，人生的意义在哪里，这恐怕永远没有一个标准答案。然而，一位优秀作家或者伟大作家的价值正在于，他们拥有常人不具备的能力，用我们都能看懂的文字，却将我们引向一个未知的或者是只可意会不能言传的精神世界，并获得一种醍醐灌顶般的共鸣与愉悦，这或许就是真正的写作的意义与阅读的意义。

史铁生写作之夜的灯光熄灭了，作家累了，也该熄灯休息了，然而，作家留下来的许多优秀的作品，将长久地照亮我们。

赠剑

张艺谋在一篇接受记者的访谈中谈到一个细节。在北京奥运会开幕前夕，日本影星高仓健花巨金请日本国宝级的几位铸剑大师专门为张艺谋打造了一把剑，然后，用布精心地包裹好，事前也不打招呼，一个人从日本乘飞机到北京，亲手交给张艺谋，交代几句，然后，又独自飞回日本。

这个细节让我对这位日本巨星的肝胆侠气充满敬意。这是一次带有古典意味的英雄主义式的男人之间的交往方式。这是出乎意料又在意料之中的方式，这是高仓健的方式。

高仓健曾经是风靡中国的偶像级日本影星。上世纪 70 年代末，正值中国改革开放初期，当高仓健在《追捕》、《远山的呼唤》、《幸福的黄手帕》等影片中，塑造出一个个隐忍、坚强、勇于承担责任的男子汉形象而蜚声中国时，他让历经了“文革”的价值颠倒之后的中国女人们突然发现，一个有血有肉、敢恨敢爱的男人悍然立在面前。世上竟有这样的男人。男人原来是这样的。银幕上的高仓健总是沉默寡语，但给人以信任、力量。

息影多年的高仓健是在两年前和张艺谋的一次合作中重新走进中国的。那是一个讲述日本父亲千里迢迢到中国寻找儿子的故事。故事简单而感人，是张艺谋近几年不断迷失在华丽大片中重新找到朴素表达方式的一次成功尝试。张艺谋的电影天赋得到了同样才艺过人的高仓健的认可与崇敬。我想，高仓健这种独行侠式的表达方式，是具有最古典主义意味的男人的方式。有时候，男人之间的交往与友谊，凭借语言都显得太轻，只有用最庄重的行动，方能完成一次深沉的倾诉。在今天，人们开口闭口称兄道弟，而且将朋友一词几乎滥用到任何功利主义盛行的外交场合的情况下，高仓健，也只有高仓健的举动，才具有了打动我们内心的力量。

张艺谋从上世纪 80 年代中期踏入电影界，在不断收获大红大紫的同时也备受指责与争议。我们不清楚在奥运会开幕之前，张艺谋内心受到了多少压力，但是作为一个男人，在人生的关键时刻，一位朋友——就让我们回归朋友的严肃含义吧，从异国远道而来，目的却只有一个——送剑，保平安。这样的人生是不寂寞的。

知音难觅。我不知道今天大红大紫的张艺谋有多少高仓健这样的朋友。我觉得，有一个就是幸福的。

借我一双飞翔的翅膀

早就听用友政务软件公司的朋友们私下议论，张纪雄有很深的学术功底，是一位特别爱思考的学者型公司高管，经过与张纪雄的几次接触，尤其是读了他为《中国政府采购报》撰写的系列文章，我才相信，坊间传言或者民间版本往往都是挺靠谱的。

说起来凑巧，张纪雄这本书的灵感不过是来自一次我们几个朋友酒桌上的闲聊。时下，全国上下不都在喊“互联网+”吗？那么，互联网是什么？互联网思维是什么？对于从事政府采购工作的人来说，“互联网+政府采购”又是什么？路径在哪里？抛开人云亦云的“互联网+”概念，站在真正务实的角度看，“互联网+政府采购”，到底能够给中国的政府采购事业带来什么变化？

我得说句着急上火的话：就像眼下转型时期的中国大环境一样，处于困境中的、突围中的、上升中的、不断完善中的中国政府采购事业太需要借助一种外力，比如就像“互联网+”这样的技术完成一次华丽转身乃至凤凰涅槃了。

可是，说归说，着急归着急，这条路到底该往哪里走，怎么走？我并没有答案，我也没听说过谁有答案。因此，我们面对现实中的许多问题、困惑、难点，不过就是酒桌上的闲聊。闲聊者，闲暇之余，聊聊而已。

我记得张纪雄对于这次关于“互联网 + 政府采购”的闲聊，席间只是睁着他那双深邃的眼睛，偶尔点点头，礼貌地笑笑，或者插上一两句话，好像什么也没说。但没过多久，用友政务的朋友们传过话来，说，张总对“互联网 + 政府采购”有点想法，想写写，希望在《中国政府采购》报上开个专栏。很快，专栏开起来了，名字颇有一点浪漫的气息：“互联网 + 政府采购：一场姗姗来迟的约会”。

让我吃惊的是，一次率性的闲聊，一次思维碰撞的火花居然被一向做事极其认真的用友人点燃成了熊熊大火。张纪雄似乎很享受这场“约会”，居然一发不可收拾，一口气写下了将近 20 篇，洋洋数万言的“想法”。这是一点想法吗？这简直就是一场思维的风暴。

你必须承认，专业就是专业。假如这是一篇命题作文，《互联网 + 政府采购》应该怎么写？能写出什么来？我相信，这篇命题文章是极不好写的。对于写作者而言，写作的一个重要前提是认知能力。而认知能力不仅涉及各方面专业知识，还体现一个人的远见卓识、大局判断、分析表达等能力。互联网 + 政府采购，也许政府采购业内人士早已注意这个问题了，但要回答这个问题，至少需要对互联网、政府采购以及与之相关的经济、法律、采购制度、电商等多方面的知识有所研究，并且，还应对当前的互联网发展趋势与政府采购市场现状有相当明晰的洞察。

谁能够回答这个问题？有时候我们不得不相信一种缘分或者宿命什么的，也许，有很多人懂互联网，也有很多人是政府采购方面的专家，但是对两方面情况都很熟悉，并且在市场上摸爬滚打很多年的行家里手却是少之又少的，而愿意深入思考，愿意动笔写的人更是凤毛麟角，能够在一个恰当的时机、恰当地引出这个话题的机会又是少之又少，这不是缘分是什么？因此，对于回答“互联网 + 政府采购”这个圈里人十分关心的当下热门话题，与其说是张纪雄回答了这个问题，还不如说，是这个话题有幸找到了张纪雄。缘分吧？

在人们的印象里，学术性文章一般都是冰冷的，但读张纪雄的文章，你能感受到理性思维背后有一种温度，就像有一团地火在慢慢燃烧，这使得他的文字具有了散文随笔一般的亲切感与可读性。其带来的直接阅读效果就是读起来不累。我一直觉得好文章的标准就是读起来不累，即便是面对严肃高深的学术话题，只要写作者真正驾轻就熟，就能做到举重若轻，让人读起来不累。这是很需要功夫的。毕竟，文章写出来就是要让人读的。

作为公司高管，张纪雄一定很忙，但是，没想到的是，他的文章出手很快，每周一篇，期期不落。每篇单独看，尤其是前面那些铺垫文章，你似乎感觉到作者叙述的漫不经心，而一篇一篇往下看，你才发现，作者实际上一直在攥着一条主线娓娓道来，直到读完全文，你才真正体会到作者思维的缜密与成竹在胸的大局观。

张纪雄的文字深入浅出，各学科知识在行文中常常是信手拈来，毫无疑问这与多年的知识积累与深厚的学术储备有关。

张纪雄的文章中有诸多精彩的观点与议论，不少观点给人以启发。比如怎么看待当前广为社会所诟病的"高价采购"、"效率低下"等问题？张纪雄通过对采购制度是否失灵的积极回应，得出的结论既辩证又很有高度，他写道："判断制度是否失灵，并非是制度条文与现实表象间的简单对应。事实上，政府采购实践问题频发，非但不是采购制度失灵，恰恰是采购制度的功效显现。"他进一步分析："当社会舆论声浪共同指向某个采购事件时，我们不仅可以收获社会力量倒逼出的事后纠偏，还给政府采购上了一堂现实警示课。"

在谈到政府采购的大数据时，他做出这样的分析："如今，政府采购业务在不同程度上实现了数字化，暂且不说采购内网里的数据，仅互联网上公开的数据也有极大的挖掘价值。比如就中标信息这一项，其中就隐含着巨大的信息宝藏：我们可以比较同一个供应商、同一类型产品在不同地方的报价，进而去分析这个供应商的诚信；中标供应商与非中标供应商间的比较，可以发现陪标串谋的线索；中标供应商与评标专家的关联分析，可以发现专家被搞定的可能性……"

就在全国不少行业领域均在为"互联网＋"而寻找出路的时候，张纪雄系列文章的出笼，无疑为政府采购系统提出了一个很有实操意义与参考价值的路径指向，他对"互联网＋政府采购"是什么，往哪里走，怎么走，回答是深思熟虑的，自信满满的。

也许，这是中国政府采购事业在互联网背景下的一次新机遇。

"互联网＋政府采购"往哪里走？我想起毛泽东主席在延安最困难时期顺手写下的四个字：光明在前。

淡极始知花更艳

——读詹国枢《老詹的幸福秘诀》

幸福有没有秘诀？老詹说有。

老詹不仅说有，而且还拉开架势，洋洋洒洒、认认真真、诲人不倦地以 70 多篇短文，共计 10 多万言，先是在报纸开专栏，然后应粉丝要求，结集成书，从方方面面，不同角度谈了他对幸福的认识与感受，并且毫无保留地与读者分享了他的幸福秘诀。

老詹是谁？老詹是新闻界的前辈，詹国枢。

在新闻界，老詹大名鼎鼎，是原经济日报社副总编辑，人民日报海外版总编辑，论级别算副部了——好在，新闻界的传统是认水平、认文章不太看重官位的，好在，詹老师也不太看重这些身外之物，我之所以这样说，我以为老詹身上有很强的平民情结，而且，事实上，如果没有这样的平民情结，他大概也很难发现这些来自日常生活中点滴的幸福，说到底，这种幸福是老百姓的幸福，是一个普通人、正常人的幸福，而假如老詹老想着自己是什么级别，什么职务，什么身份，我想完了，他恐怕就没有什么幸福秘诀可言了，至少要失去很多很多普通人的幸福了。

我和詹国枢老师不熟，只见过两次面，但印象极深，一是他为人随和，二是他的文章直白，直白到了过目难忘的程度。我在 90 年代就读过他写的文章，如今直白的文字风格更加炉火纯青，《老詹的幸福秘诀》我是偶然地也是十分有缘地得到了詹老师的赠书，然后我就一口气快乐地、轻松地，有时是偷着乐，有时是哈哈大笑地把全书读完了，读得很过瘾。

什么是好书？我觉得旅途、睡前、如厕等能拿起来就想看的书，就是好书。至少是好书中比较让人轻松好玩的书。好书当然也可以分很多种，但那能够把书写得轻松好玩，这是很需要一定功力的。

读完老詹的书，我在想，多亏詹老师写了这本书，这不仅让我们了解了新闻人老詹之外一个更丰富的精神世界，更让我们感到庆幸的是，詹老师没有把幸福的秘诀在家独享，他让我们更多人分享了这份幸福，而且，套用现在使用率很高的一个词，我觉得这是一本充满“正能量”的好书。他让我们时不常从喧嚣的世界平静下来，重新体会、体验、理解平常日子中俯拾即是的幸福。幸福就在我们身边。幸福需要发现。

忽然想起，央视新闻联播中那个“你幸福吗”的著名提问，这个问题，最应该问问詹老师。不过，也多亏没有采访詹老师，我觉得这个看似简单的问题，其实也是三言两语很难回答的。也许，以詹老师的机智幽默，能够举重若轻，给出漂亮答案。

我觉得老詹是很有资格谈幸福的人。这不仅在于他的阅历、经历、能力，更在于他的一种心态。什么心态呢？是平民心态。

当下中国，这种心态十分难得。我们不得不承认，在“官本位”思想很浓重的中国社会，人一旦有了一定的官位、地位，许多人会自觉不自觉地把自己端起来，有时候，你不想端，周围环境都会把你端起来。久而久之，一些所谓的官员，连杯子也不会拿了，提包也不会拎了，言行举止也都官气十足了，总之，往往就变得不太像“人”了，离普通人越来越远了，自然离老百姓的幸福也就越来越远。

我始终相信，好日子在民间，幸福就在老百姓的日常柴米油盐当中。所以，人无论处什么位置，无论是庙堂之高还是江湖之远，只有拥有一颗普通人的心态，就能更多体会人世间的幸福。我之所以说老詹拥有一颗平民心态，不仅在于他的接人待物的随和，也不仅在于他文章里讲述的来自平民生活的趣事，更在于他看人看事的一颗平常心，这种平常心也内在地决定了他文章的直白、通俗、诙谐的写作风格。

文如其人，风格即人格，这是一点也没有错的。一个人在生活中可以装，但在文章里是装不了的，直白通俗看上去都是大白话，但能够用这种语言写文章还真不容易，能用大白话把文章写好，写漂亮更难乎其难。

老詹写作风格的形成可能与他从事的新闻职业以及对语言风格的刻意追求有关，但我以为更多可能来自他骨子里的平民意识。他在文章中曾写到，他不过是来自川中一介布衣。布衣者，老百姓也。所以他的文章就是用老百姓的语言、老百姓的思维，写老百姓的生活、说老百姓的感情，谈老百姓的幸福。一言以蔽之曰：老詹，以一个普通老百姓的身份发现了一个中国人的幸福秘诀。

这个秘诀，说开了，其实也不是秘诀，就在我们生活点滴中，就在我们与外面世界相处的内心感受中。这些故事、道理听起来似乎也平平常常，没什么惊人之语，但仔细琢磨，还挺有道理，而且越琢磨越有道理。《红楼梦》里有一句咏梨花的诗句：淡极始知花更艳。老詹的直白文风，常常让我想起春天里，盛开在北方田间地头那朴素而又令人惊艳的梨花。

为小人物『写真』

——观忻东旺的油画

忻东旺油画中的人物有一种让人过目难忘的抓人力量。你很奇怪，你看过的很多油画作品，其中的人物，看过也就看过，很快忘了，可是看了忻东旺油画中的人物，却像刻在记忆里，很难抹去。

忻东旺向我们展示的人物，按照我们生活中的审美标准，是不好看的，有些几乎是丑陋的，而更残忍的是，把男人画丑陋也就罢了，女人他也不放过，站在男性的角度，欣赏他画中的女人，你觉得他画布上的女人怎么是这样的，他为什么不选择一位看上去更让人赏心悦目的女人来画呢？如果是生活中遇到这样的女人，你想，你最好没有见过。

把女人画成这样，连忻东旺自己都“愧疚”了，他在一本画册里这样写道：“有时候我很自责把女人画成这样，但我无法背叛自己的感觉。岁月和生活无情地索取走了女人们的纯美，留下的只有空虚和顽强。”在这一段创作感想里，忻东旺向我们传达了这样的信息，作为一个诚实的艺术家，他必须服从于真实这个原则。

真实可以这样来理解：客观的真实和主观的真实。前者要求你必须尊重事实，要画得像；后者则要求艺术家的感觉和想象力表达出来。真正考验艺术家才华和功力的正是后者。

忻东旺的大量油画，特别是获得过大奖，在中外艺术界产生了重要影响并因此奠定了他的艺术地位的作品，都是这样一些不好看的小人物。我在瑞士看到过他参展的代表作品，画的都是这样的小人物。这些人物要么是仍然生活在落后的乡村，要么是进城谋生的劳作者。他们穿得破破烂烂，皮肤粗粗拉拉，画家有意使用的大色块构成的糙笔更是强化了这种农民谋生艰难的岁月沧桑感。尤其是画家在有的人物身体某个部位看似无意抹上去的红、灰色块，更像是灵魂上的累累伤痕。

最早看到忻东旺参展的几幅油画，看到画中人物的委琐、窝囊、粗鄙等，心里好生奇怪，这些人物到底从哪里找到的，后来看了他更多的油画，特别是看了生活中原型的摄影和油画进行比较之后，我记得我在自家的书房里大声地笑了出来：生活中的人物还是蛮正常的，是我们在北方农村、城市工地经常能够见到的普通苦力劳动者，至少是那种不至于娶不上媳妇，嫁不出去的普通中国人的相貌，但是，到了忻东旺的画布上，这些男男女女们便一律地比生活中的真实形象变得矮小起来、窝囊起来、寒碜起来。

我再一次笑起来是内心里瞬间产生的一种联想，不知生活中的这些人物看到自己让画家弄成这样，会不会不好意思。可是，你也不能不承认，经过画家的阅读与理解，画布上的人物比生活中显得更生动、更丰富、更传神。我觉得这是画家非常了不起的地方。

鲁迅先生曾说，他写小说是要写出中国人的灵魂来，于是，中国现代文学以后的人物画廊里，便响当当地站出了阿Q、孔乙己、祥林嫂、闰土等一批至今无人超越的文学人物来，忻东旺的作品中，你也许叫不出具体哪一个人的名字，走上画布以后，他们的确没有了自己的名字，但是，当你某一天，看到这些油画时，你一定会想起当代转型时期中国农民大流动、大进城的那个中国农民表情来。

有很长很长一段时期，我们把这些生活在底层的农民称作工农兵的一员，他们的形象也很长一段时期是当家做主的那种自豪、自信、幸福地微笑着的什么表情，但是，生活的真实告诉我们，他们事实上还是一批在生活底层艰难地生存着。他们身上有纯朴、善良、勤劳、乐观的人性善的一面，也有狡黠、算计、窝囊等不那么好的东西。总之他们是有血有肉的人，可爱与不可爱，高尚不高尚，善良与不善良，就像庄稼与野草一样生长在这块土地上。没有对与错，存在就是合理的。

好在，出生农村，甚至在底层艰辛地生存过的画家没有忘记这样一个群体，并且以刀刻斧劈般的笔触，以咄咄逼人的造型能力，残酷而真实地再现了这个群体。这样的人物群体自然让你看后真是想忘都忘不了。

我对于忻东旺这种严格的写实与适度变形的艺术手法实在找不到一个更恰当的词汇来表达，所谓的写实主义、现实主义、新现实主义这些被美术评论家们用多用滥的词汇在我的观后感里简直就是词不达意，于是，我干脆以毒攻毒，反其意而用之，我选用了现在满大街的影楼都在用的一个词叫做写真。我觉得忻东旺的油画是另一种意义上的“写真”。 是时代的“写真”，是灵魂的“写真”，是抒情的“写真”。

写真这个词是什么时候从港台流行到内地的，记不清楚了，现在所谓的写真，就是在摄影棚里经过化妆、电脑等一系列高科技手段处理后，也是把生活中的饮食男女立刻变成了琼瑶小说中不食人间烟火的帅哥靓女。

我认识一位熟人，平时喜欢写点诗，就是把长句子变成短句子那种，最近出了一本诗集，很像那么回事，诗集扉页上有一张这位老兄一手托腮，蛮有思想的，蛮忧国忧民的，我的一位朋友看了，坏坏一笑说：装。

我觉得现在所谓的艺术写真基本上都是“写假”，我的意思不是说，人们不可以把自己最美好的倩影留下来，而是说，作为个人欣赏你怎样写真写假都没有关系，那是很个人的问题，但是一旦艺术作品留下来，他一定不能回避生活的真实。从这个角度上说，忻东旺的油画才具有真正时代的“写真”意义。

我对绘画是门外汉，工作累了，翻翻画册，听听音乐，看看影碟是我放松休息的一种方式。这些年也看过不少画家的作品，忻东旺是给我留下印象最深的画家之一。或许是新闻人的职责使然，翻阅他的油画，特别是像《诚城》、《装修》、《早点》这样具有记录一个时代符号意义的作品，常常提醒我，中国还有相当多的弱势群体需要关注，而忻东旺画笔下的人物给我提供了另一种观察问题的角度和思考。我喜欢这样的“写真”。（这篇文章一直存在我的电脑里，未曾发表，打算将此文收进本书的时候，忻东旺先生已经离开了这个世界，谨以此文纪念英年早逝的忻东旺先生吧。）

美国：不是天堂，也不是地狱

——朱华均《人间美国》序

20 世纪 90 年代以来，朱华钧和夫人去了两次美国，是探亲。这些年，每年都有大批的中国人到美国。这是改革开放的结果。但看的人多，写的人少。对于更多没有机会去美国却想了解这个新大陆的国人来说，美国始终是搁在大洋彼岸的一个谜，一个教科书中太多抽象概念无法解答的谜。人们关心摩天大楼之下、那些每天为生活而忙碌的普普通通的美国老百姓们，他们在想什么，做什么？正如美国人也会关心生活在四合院里的北京人到底在想什么、做什么一样。

作为普通中国老百姓的一员，作者生活在美国人当中，每日与他们打交道，关注他们周围发生的一切，将所见所闻所思所想一点一滴地记录下来，随后形成文章，投在国内的报刊上，几年下来，便有了这本书。书中每篇文章所写的事有大有小，而无数大大小小的事加起来，你就看到一个真实的美国。通读此书，感觉是轻松有趣的，有些文章故事性很强，一波三折，不知不觉中你仿佛也走进了美国，认识了这些普通的美国人，你甚至会为这些美国人的憨直、率真、热情、友好而由衷赞叹，会为最终发现这块新大陆既非天堂也非地狱，而是实实在在的人间而释然。

常听国内人批评美国人不了解中国，甚至讥笑美国人的中国知识太贫乏。

许多西方人大抵对中国的概念就是长城或故宫。可平心而论，尽管近20年来我们取得了巨大的发展和变化，但毕竟还没有创造出足以和长城故宫齐名、可以代表当今世界现代化高水准的盖世之作。因此，我们不必为在西方常被误认为是日本人而尴尬。在经济全球化、实用主义、功利主义流行的今天，你不被了解，往往是因为你还不具备足够的实力和理由被了解。也许总有一天会被了解。

反过来说，我们是否真正了解美国？当我们谈到美国人助人为乐、见义勇为时，也总不忘加上一句“连美国这样的资本主义社会尚且如何如何”的前提，这种前提本身也是一种先入为主的成见。在各个民族各个国家中，应该有一种超越于社会制度和意识形态范围的、为人类所普遍认同并遵从的基本道德和价值规范。

作者书中收集的文章，涵盖美国社会生活的方方面面，文中的素材多是亲身经历，因此显得十分客观，贴近生活。应该说，世上没有绝对的客观描写，客观背后本身就有一个主观选择。不难看出：作者在亲历今日美国这个不仅是一个高度发达的物质文明社会、而且也有着良好的社会环境时，不时流露出对国内今天改革开放的关切以及对社会种种不良风气的担忧；另一方面，作者对新大陆炎黄子孙的关爱及其所创辉煌的赞誉，也洋溢着炽热的爱国之情。如果评说这本书的价值的话，我以为它不仅可以让读者了解美国，也可以让今天的国人从中学到一些什么。套用我们思维中的一个习惯用语，就是；连美国这种资本主义国家的人们都能做到，我们这个有中国特色的社会主义国家的人民更该不成问题。

最早认识作者是90年代初期，我在《中国财经报》社国际部做编辑。起初是通过电话交谈，谈稿子的事。后来见过面，熟识了，谈得最多的还是稿子的事。作者专事写稿是在离休之后开始的，此前曾长期在军事机关做外事工作。早年他曾参加地下学联搞过学生运动，随后到粤中纵队在云雾大山一带打过游击，解放初在剿匪斗争中还建过功……我曾对他戏言：别人60岁离退休，在家安享晚年，你却开始了第二次艰难的生命旅行。因为我深知从事写作的“艰苦”（朱熹语）。他却说，过去的好时光都耽误了。他越写越多，还买了电脑，一发不可收拾，于今快将70岁的人了，仍痴心不改，乐此不疲。

作者是个极其认真的人。每次约他写稿，即便他远在大洋彼岸，总是有求必应，力求写好。每有稿子寄出，常要打个电话。稿子寄出后，如有改动，便又寄上一函，函中可能只有一张小条，上写某段某行删改的字、句。一个对自己文章极其认真的人，编辑是没有理由不认真的。

如今的人们，仿佛都很忙，好像前面都有一个大目标，对于许多“小事”不屑一顾，但到头来许多人也未忙出个什么结果。朱华钧寂寞地坐下来，埋头一篇一篇文章写下去，就这样，几年之后，结集成书了。这年头能静下心来的人已经越来越少了。

朱华钧是个例外。

走在没有尽头的『路上』

三年前，我读过武松的《红尘绿洲》，那是他的第一本随笔集，近日又收到他的新书《在路上》，读完这本装帧精美的散文集，不仅对武松有了新的认识，而且对他的才华与勤奋表示惊叹。

写作不仅是一项脑力活，也是一项体力活，偶尔动笔写写，还行，长期坚持不懈地写作，则需要精力、体力、毅力、耐力，明代理学家朱熹曾用“坚苦”二字来形容，这是很准确的表述。

武松是湖北财政厅一位厅级干部，主管财政监督工作。湖北的财政监督工作做得有声有色，作为主要领导，想象得出，他日常工作中的繁忙与“案牍之劳形”。然而，在忙于公务之余，仍然有精力写作，如果不是怀着强烈的兴趣，像这样的业余爱好，恐怕很难长久。

我们为什么要写作？这是一个无数次被问到，又被无数作家回答过的但没有标准答案的问题。这似乎也是一个很难回答的问题。

我的答案是，我们之所以写作，是因为我们有话要说。你说是倾诉也好、交流也好，总之是想把思想、感情表达出来。也许你有很多读者，也许你的读者就是你自己，可是，作为最原始的写作冲动，你只是想一吐为快。就像饿了要吃，困了要睡，痛了要喊，有些东西就是要通过我们的笔，表达出来。

世界上所有的写作者都有一个共同的特点，喜欢有一个自己独处的时刻：暂时地告别身边的繁杂，一个人安安静静地待下来，铺开纸，打开电脑，听笔刷刷落在纸上或者为敲击电脑键盘的声音，那是世界上最好听的声音，那是一个人面对苍茫世界的窃窃私语，那是灵魂与灵魂，自己与另一个自己的一次私密对话，这个时候，写作是艰苦的，也是幸福的。个中滋味，只有经历过的人，才有深刻感受，并乐此不疲。

作为一个有阅历、勤思考、好读书、有着丰富感情世界的中年男人，与其说是武松选择了写作，毋宁说是写作选择了他。当一个人面对黑夜、面对虚无、面对自己、面对灵魂，有那么多的话想说的时候，写作就会找上门来，让你拿起笔，尽情诉说，一吐为快。

武松是一个有情有义的人。如果说他在自己的《红尘绿洲》随笔集里，还更多地表现出理性思辨，那么，在这本新书里，他则更多地摆脱了说理的叙述方式直接进入更为感性的叙事当中，尤其是当他的思绪进入感动过、影响过他的那些陈年往事的回忆当中时，一个个鲜活、生动的生活细节便蜂拥而来。于是，我们为他的感动而感动，为他的欢乐而欢乐，为他的忧伤而忧伤。那些写父母恩的、写朋友情的，尤其是那篇《华丽的转身》写父女情的，作为一个父亲，我们知道那是一份怎样沉甸甸的感情。有时候我们读懂一个人，读他的作品比面对面的交流更深刻、更透彻。

武松是一个不停思索的人。他的思考，很少空对空地发出一些宏论，而是面对一条河、一条街、一片叶、一次落雪、一次旅行、一声女儿老爹的称呼，都能以细腻的笔触捕捉到，表达出一个中年男人的思考。常听人们议论中年男人的美，我想，从武松的作品中，我们能够体会到，所谓男人的成熟，其实是一种对万事万物理解之后的豁达、体谅与包容，是一种拿得起、放得下的人生境界。

一个喜欢写作的人，一定也是一个手不释卷的人。从武松书中涉猎到的大量书目，可以感觉到，武松读过很多书，而且趣味不俗，眼光独到。对孔子、李白、苏轼、李清照等中国古代文学大师的议论中，他读到的更多的是大师们在诗文之外的人生境界，而对梭罗、索尔仁尼琴作品的评价，则显示了一种专业眼光。

这年头，谁还在读书？谁还在写作？谁还在熬夜？谁还在倾诉？谁还有兴趣听你倾诉？但我坚信，只要我们还有精神活动，还有精神需要，只要世界上还有一个读者，哪怕这个读者就是作者自己，就一定有一群这样坚定执著的写作者。

写作无止境。正如这本书的名字，我相信，写作对于个人乃至人类，都永远是“在路上”。

第五辑　以官为本

一个官本位的社会

在中国，衡量一个人成功与否，或者判定一个人处于社会什么阶层，许多人会自觉不自觉地用你是或者相当于什么行政级别，进行对号入座。

中国人的脑子里，好像都有这样一个无形的坐标系。正如一个小品里表演的那样，一个木匠师傅自夸手艺不错，怎么不错呢，就说相当于中级职称，如果对方对中级职称的表述还不明白，那就要继续翻译，直到说清楚大致相当于什么行政级别，比如科长级、处长级，这么一讲，中国人都懂。

中国是一个金字塔结构的社会，虽然我们也在讲人人平等，口头上谁也不承认存在等级差别，但在现实中，人还是分三六九等。

生活中，我们许多人都会自觉不自觉地在这个金字塔结构里找到别人和自己的位置。找到了位置，说话行事、接人待物，就要按照一定的身份来办。

这是深深刻在中国人骨子里的文化记忆。

从好的方面看，千百年来，以官本位为主轴的社会秩序安排，让这个社会运行的有条不紊，井然有序。

从不好的方面看——它的坏处实在是太多了，一方面，它很容易让这个社会的利益固化，少数人化，集团化，并导致积重难返的社会不公，使社会失去活力，最终形成官民对立，直到一个王朝的土崩瓦解。另一方面，它也培养了人与人之间很难平等相待的价值观，正如鲁迅先生说过的：在主子面前是奴才，在奴才面前又成了主子。

我相信，我们生活中一定遇到过很多类似的情景。有的官员，在下级面前，颐指气使，脾气暴躁，动辄爆粗口，但在上级面前，又是一副点头哈腰，八面玲珑的奴才小人样。这种看人下菜的嘴脸，便是等级文化的产物。在他们眼里，很难有所谓的平等，或者在他们的观念里，压根儿就没有也不知道平等这回事。在上级面前，他们既不敢开诚布公谈论自己的主张，在下级面前，也不会和颜悦色，以诚相待。

事实上，中国相当一部分人对官员似乎也有一种被虐的期待，如果这个官员和颜悦色，彬彬有礼，那么下面的人又有点儿不太适应，会说，这个人不像官，不会做官。我就听说，在基层，村长、乡长很不好当，你太好说话，总是镇不住，所以，你要经常来点粗的，比如，当听到会场里人们交头接耳，不好好听领导讲话的时候，就爆一点粗口：把你们的驴耳朵给我竖起来。下面就安静了。

我曾经到某个美丽乡村做过调研，该村治理得确实不错，在半天的调研中，我就曾不止一次的听到该村村长大声呵斥村民与服务人员。他们好像也习惯了。但我坦率说，感觉很不好。

官本位强调的是等级，这种不平等的价值观又扩展到包括家庭在内的整个社会的方方面面，儒家规范的所谓礼教，其实质就是让人们对这种不平等，从内心到行为的自觉认同。《红楼梦》的最大价值之一，就是中国封建文化的一个标本，一个“活化石”，在这部伟大的作品里面，我们处处能够看到，日常生活起居当中，人与人之间的等级差别，主人与仆人之间有等级，主人之间，仆人之间，丫环之间，也存在等级差。我们经常看到，即便是丫环之间在发生冲突的时候，等级高一点的丫环总是站出来训斥等级低的丫环，我们真是为这个令人窒息的等级社会感到难受。

封建专制社会，三纲五常把人的身份等级规定的非常明确。

三纲五常早废止了，但这种思维方式却刻在我们的脑子里了，变成我们观察评价问题的一个不自觉的价值尺度。比如在中国今天的官场，这种等级依然十分分明。这种等级仅仅是吃饭、开会、排座也就罢了，但它在思想上、认识上、观点上、看法上，潜规则也是要求你要“坐”在自己的位置上，不能越位，比如，在一个单位，领导已经说过的观点，你只能说好，你不能说不好，所以，为什么中国的很多地方没有创新，这种价值观决定了很多人不能大胆思考，更不敢大胆挑战，坦率表达，直陈胸臆。除非今天你遇到比较开明的领导，否则，你的观点是不能比领导高明的。

因此，我们经常遇到这样的场合，即便领导希望下级能够畅所欲言，但下级往往不是唯唯诺诺，就是一味地迎合溜须、拍马屁，并在众多下属面前再恰到好处地把领导直接、间接地赞美一番。久而久之，以至于一些领导真的认为自己比手下高明许多，常常表现出可笑的自以为是与刚愎自用。

说到底，官本位是封建专制文化的产物，它与市场经济、现代国家理念格格不入。但是，由于文化是长期形成的，它的改变也需要一个相当长的历史时期。只是，我们必须有一个清醒的认识，才能够让我们对中国进入现代国家，实现国家治理体系与治理能力现代化的难度保持相当的耐心与理性。

中国进入现代化最大的难度和障碍可能就是官本位的价值观，这种价值观，构成了我们中国人的文化基因。

官本位下的等级观念

中国文化里没有人人平等这个概念。

尽管人们也会从所谓文献里面找出人人平等类似的说辞，比如常常被引用“王子犯法庶民同罪”等等表述，但在现实里，不平等是大概率，是司空见惯的，平等是少数，是个案。就像“王子犯法庶民同罪”这句话所强调的内容，如果真的平等，还需要强调吗？反过来说，对王子、庶民的强调本身，就是一种不平等。

西方人人平等的价值确立，严格地说，应该归功于文艺复兴与启蒙运动，但从文化根源上追究，可以在《圣经》里找到依据。《圣经》上说，每个人都是上帝的子民，也就是说，在上帝面前，每个人都是平等的。

平等这个概念，在中国人的脑子里大概没有，即便出现，也是一时冲动说出的话，比如陈胜在地里干苦力活，并时常遭受来自官吏的盘剥与侮辱，在气不打一处来的时候，就和一起干活的哥们发发牢骚：王侯将相宁有种乎？

这句话，最多只能看做陈胜仇官一时说出来的气话。骨子里，陈胜以及中国历史上所有的农民起义领袖、将领，基本上都是在被逼急了，活不下去了才去造反。造反成功之后，他们骨子里还是自己去做大官，做皇帝。他们当中没有一个说，起义成功了，进行文化上重建，让天下百姓一视同仁，一律平等。也可以这么说，中国历来的农民起义的领袖、将领，他们不满意的是自己所处的卑贱地位，他们造反，造的不是制度的反，文化的反，造的是自己不公平命运的反，一旦造反成功，待他们做了人上人，他们又成了这个制度的维护者。

太平天国洪秀全，造反之初，口号很是吸引人，但占领南京之后，革命还没有取得成功，内部已经开始把大小官员的等级划分好了，待遇规定的也是很详细，多大官做多少人抬的轿子，所以，中国每一个新的朝代，基本上没有制度上的创新，无非就是皇帝轮流做。然后，对利益进行重新划分，先是把自己家人，一起打天下的人利益安排好，然后，在重复历朝历代老路子，安排大小官员，享受不同待遇，老百姓永远是金字塔下最苦的那群大多数人。正如一首古诗词写到的：天下兴，百姓苦；天下亡，百姓苦。

人类不平等从来都存在。儒家思想不过是对不平等进行了文化上的包装，把不平等合理化，合法化，让每个人安于自己在这个社会的不平等。

中国比古印度好的地方在于，按照社会分工，对人所从事的职业进行了等级划分，但好在并没有把人完全框定在某一种社会定位，这样至少让穷人、社会下层人士经过自己或者下一代的努力还有摆脱命运的机会和空间，比如科举制度的发明就是一个比较伟大的发明，他给所有发奋读书的年轻人都提供了一个比较公平的上升机会。

印度以种姓来划分等级贵贱，这样就把个人的此生规定死了，你怎么努力，怎么奋斗都没有用，你是个傻子，笨蛋，只要你生在高种姓人家，你就先天地高人一等，同样道理，生在低种姓人家，你怎么努力，你也是下等人，这种文化，它的好处是，能够让每个人，生来认命，接受现实，寄希望于来生，社会比较稳定、和谐，造成的后果是，让这个社会失去了积极向上的活力。

请客吃饭与排座次

我们中国人是一个喜欢吃的民族。

请客吃饭是我们经常要碰到的事。不是我们自己请客吃饭，就是参加别人的宴请。但中国人的吃饭，又不是一般的简单的吃饭，或者说，即便是一次简单的吃饭，也有一个排座次，坐座位的问题。

吃饭就吃饭吧，为什么还要选择座位呢？因为这也涉及上下尊卑的等级问题。

不管是圆桌、方桌、长条桌，凡是接受过正统中国文化教育与熏陶过的人，都能在这种不同形状的餐桌上找到自己的位置。

没有人告诉我们怎么坐，但每一个人都知道自己应该坐在什么位置，尤其是公务宴请的时候。决定我们选择座位的标准是什么呢？上下尊卑。

你看大家走进餐厅以后，怎么入座，坐什么位置，每个人心里都是有数的，如果你不知道自己坐什么位置，要么你是新来的，要么你被认为不懂规矩。

老外也许很不理解，大家坐在一起，吃饭就吃饭吧，怎么还为坐在哪个座位让来让去呢？这里面有讲究，每个位置都分职务大小，依次向下排的。所以，主人不落座，客人不能就座。

经常遇到互相谦让，不肯落座的情况，主要是因为，两人职务相当，都要摆出一个谦让的姿态。

同一个级别，怎么让座次呢？那要看年龄，单位的重要程度，这都是潜规则。适应潜规则，要凭经验，比如年龄比自己大的要让到更重要的位置，事业单位的，要让机关的，同是机关公务员，小部门要让大部门的，大部门的要让重要部门的，重要部门的要让更重要部门的。这样酒宴开始以后，主客相互敬酒，就有了次序，即便是酒席上互不认识，但敬酒也不会乱，座次就是主客身份的轻重，服务员上菜倒酒，也是按次序来。

排座位，是官场上的讲究。

中间位置是核心，是主要领导，与吃饭宴请排座次不同，开会主席台上，会议桌上的桌签，领导位置以左为大，在主要领导两侧，一左一右，按照官员的级别大小依次排开，吃饭宴请，正好相反，以右为尊，一右一左，依次排开。次序是不能弄乱的。

次序问题，在官场是一个十分敏感的话题。电话本、通讯录、传阅文件、参会人员名单，等等，都与官职大小有关。

同级别官员之间排序更为敏感，这可能涉及谁比谁资历更老，提拔机会更大的可能。比如，人们私下议论，某某副市长可能要提拔了，对官场熟悉的人第一反应可能是，这位副市长在诸多副市长中排序问题，如果正好排在副职第一位，大家可能相信这样的传闻，如果排在后面，别人第一反应可能是，不会吧，他前面不是还有哪位副市长吗？除非，他异地提拔，一般情况下，还是按排序走。所以，不少官员，对自己在官场上的排序很敏感，如果单位下属把顺序弄错了，是要遭到严厉批评的。本人就认识一位单位领导，在一次地方市长的宴请中，因为他的位置没有坐在更重要的位置上，饭后大怒，让随行的办公室主任道歉了多次。

官场上的称呼也体现了上下等级关系。这个称呼不仅仅是对职务的称呼，中国人称呼官员，一般都愿意往大了叫，比如，副市长、副局长，人们一般都把副字去掉，也有严格按照市级职务称呼的，比如张副市长、李副局长，但这样的情况在国内少见，所以乍一听，还有点不习惯。

下级称呼上级，一般都要往大了说，但上级称呼下级，在公务场合，一般比较客气的，也是称职务，表示给面子，但亲切一点的，一般省掉姓氏，直接称呼名，这样下级一般很受用，心里暖呼呼的，觉得领导对自己很亲切，而其他人呢，也觉得领导和这位干部关系不一般。

下级一般当面不称呼领导的名字，但是，假如领导不在场，如果哪位干部在其他场合去掉姓氏，直呼领导的名字，越是大领导，大家越觉得这位领导亲切，如果只喊姓，比如不喊某某部长、市长、局长，只喊老林、老李、老张，那就说明，要么此人和上级领导关系很熟，要么会被听者理解为，此人狂，不懂事，某某大领导的姓也是你这么随便喊的吗？

请客吃饭与职位排序与称谓、称呼实在是官场里的一个大学问，其中的微妙关系，说到底还是官本位文化的根本体现。

象牙塔里的官本位

以官为贵，以官为尊，以官为荣，这是几千年来流淌在中国人血液里的，主宰着中国社会的一个显规则，也是潜规则。

没有人告诉我们这是一个价值标准，但实际生活中，我们都这样来判定。

比如，中国的大学。

本来，大学作为高等学府，是学术研究，著书立说，教书育人，离官场相对较远的地方。至少大学里的所谓职称、职务不应该与官场职务相挂钩，但是，当今大学也出来了越来越官本位的特色。以至于，每逢全国两会，都有人提出高校去行政化的建议、提案。

我一直以为，中国的许多问题，不能简单地归因于某一方面，一个问题的形成，往往是多种原因，多种因素促成。正如人们常说的那样，有什么样的群众，就有什么样的干部；或者反过来说，有什么样的干部，就有什么样的群众。

大学是象牙塔，这是我们借助西方的概念或者评价，也是我们想当然地认为应该如此，就好像人们认为记者是无冕之王一样，这也是借助西方的概念和印象，事实上，到了中国本土，这些想当然可能就会变了味，什么味？当然是中国味。

促成中国高校今天这样的，与政府有关，与百姓有关，与整个中国文化更有关。

虽然说，大学不应该官本位，但是，一旦不官本位，在习惯于等级差别的中国社会这样的一个大环境里，人们还真是不习惯。一言以蔽之曰：没有了官本位，怎么在中国这个大的价值体系里评价大学老师呢？

我们会说，衡量一个大学教师水平高低的重要标准，应该是教书和学术研究水平，但是，你在大学教书，如果你不弄个院长啊所长啊校长啊什么的，你在社会上似乎很难找到一个让自己获得尊重或认可的体面的位置。对于习惯于用官职大小来对人进行价值判断的大多数国人而言，什么是好教授，什么是不好的教授，人们下意识的判断肯定是，职务越高的教授学问越大。

本人就曾经遇到过这样的情况，某年，有一个在地方政府工作的朋友，代表单位邀请一位财经方面的专家到他供职的单位讲课，这个单位每年都要搞几次在当地有一定影响的财经大讲坛，请去的都是名教授。当我自以为是地向他推荐了一位学问不错的教授后，他有点犯难了。

犯难的原因很具体，也很简单。这位教授的名气不够大，不够大的原因在于，他没有什么行政职务。作为具体操办此事的人员，他怎么向领导、同事以及整个党政部门交代呢？他说，单位的领导希望能够是在北京的某所著名大学，最好是大学院长以上的著名教授，否则的话，大家觉得层次不够高。

我非常理解这位外地的朋友。在绝大多数中国人看来，所谓的学者、教授的水平到底怎么样，虽然人们也在意，但多数情况下，还是在意这个人所供职的单位、背景、头衔，事实上，由于全社会形成的这种共识，大学、研究机构等部门，也确实是，学术水平不错的，最后都有个一官半职，不然，这个人的学术水平也会面临质疑与打折，道理也是非常简单，如果你的学术水平不错，那你怎么还是一个普通研究员、普通教授，怎么没有职务呢？没有职务，说明你的水平还是不行嘛。

因此，出于迎合社会需要或者个人发展的需要，中国的学者发展到一定程度，一般都会混个一官半职，这是对自己的交代，也是对社会的交代，同时还是单位对个人与社会的交代，否则，人们很可能认为，你这个单位，压制人才，不重视人才。不然的话，这么优秀的人才，你单位为什么不提拔使用呢？

官位确实也带来许多便利。就比如待遇吧，有了职称，再有了职务，你的很多待遇问题就可以和体制内的规定相匹配，过去涉及分配房子、乘坐交通工具、津补贴等，现在没有了福利分房，但是出国、学术交流、课题费等有没有职务，教授之间差别还是很大。一个有职务的教授，一年可能多拿到更多的课题费，而课题费曾经是大学教授重要收入的来源，高的一年多达上百万元。这也使得教授们，在做好教学研究的同时，愿意削尖脑袋去做官。

在官本位这样一个社会大环境里，大学事实上也不可能成为世外桃源，所谓的象牙塔不仅不可能存在，而且由于世俗利益的巨大诱惑，大学事实上已经成为官本位的名利场。因此，为了迎合社会的这种价值取向，不少大学在宣传自己形象和介绍取得的办学成就时，官本位，也就成为这些学校所津津乐道的。

比如，大学一般都要宣传自己出了多少多少司局长以上官员，部长多少多少，假如出个副国级以上领导，或者更大的领导，那么，这个学校就脸上很有光，仿佛自己的办学水平，比同类学校要高上多少。当然，大学也会宣传自己出了多少科学家，这个年代，有名气的科学家实在不多，中国又拿不出诺贝尔这样的顶尖级教授，所以，在这方面，底气差一点。底气不足，就更要拿官位来说话了。

我曾经听到一位毕业多年的著名大学的校友回校参加学校建校多少周年的活动，回来以后，十分生气，说，母校堕落了，以后再不回学校了，搞一个校庆，主席台上坐着的全是当官的，按级别在主席台上坐，真没劲。这位老兄显然是被冷落了，事实上，这位老兄也是很在意职务官位的，他虽然职务不太高，但出差、开会，把自己的职务看得很重，要说摆谱，这位老兄是我见过的谱比较大的。我这样说，只是想说明，中国人，人人骨子里有一个等级差，有一个官本位，这构成了中国特色的官本位文化环境。

中国大学，生长在这样的环境里，想改变，也不是一件容易的事。即便大学本身想改变现状，去行政化，但整个社会大环境，文化配套，还不能跟上。

胡屠户给范进上的一堂课

胡屠户是《范进中举》里面的一个人物。

小说《儒林外史》中国人未必都读过，但选在中学课本里面的《范进中举》中国人应该都熟悉。

《范进中举》不长，是儒林外史里面一个章节，但是，可以单独抽出来当做一部短篇小说来读，短短的文字里，却把几个人物活灵活现地写了出来。胡屠户是里面最生动的一个角色。读过这篇小说的读者，估计对他都会留下深刻的印象。

胡屠户就是一个杀猪卖肉的，杀猪卖肉是苦力活，是下层劳动者，在根深蒂固的中国人的职业等级观念里，这肯定是一个很不被人看得起的职业。

《三字经》里，其中“昔孟母，择邻处”，讲的是孟母三迁的故事，孟母三迁，最后一次搬家，就是因为她家的隔壁有杀猪卖肉的，孟母担心孟子不好好读书，去学习杀猪卖肉这样的行当，没出息，才决定再度搬家。

在中国古代的儿童经典教材中，给人灌输的也就是这种等级观念，直到如今，中国人对苦力劳动者，大概也没有一个好的评价，所谓劳心者治人劳力者治于人，中国历来如此。

直到如今，杀猪卖肉恐怕仍然不被认同，前些年，不是有所谓北大才子卖猪肉的新闻吗？北大才子与卖猪肉联系在一起，之所以成为新闻，在中国人的观念里，考上北大，等于学而优则仕，应该去做官的，至少应该做一个体面的工作的，怎么能够去卖猪肉呢？

中国的等级划分很细。正如同是官员，也分九品，级与级之间，等级森严，而同是下层劳动者，也分等级。比如，《红楼梦》里，奴才与奴才之间，丫环与丫环之间，仆人与仆人之间，也是要分等级的。在外人看来，它们本是同根生，一个阶级，一个阶层，大家彼此彼此，但是，他们在一起，还是要分出等级。

也怪了，中国人，总是喜欢人与人之间，分出个高低。你家房子大，我家房子一定要比你还大；你家车好，我家车一定要比你家的更好。你背一个名包，我也得背一个名包。你家儿子上了名校，我家儿子一定要上名校或者出国留学，总之，要比你家地位高。中国人今天，什么都喜欢和别人比，也是这种等级文化在作怪吗？

你看，同样是伺候贾宝玉，丫环就分出了等级，袭人、晴雯分工有区别，端茶倒水与挑水扫地也还要分出等级，如果挑水扫地这些干粗活的丫环擅自给贾宝玉端茶穿衣，那也是坏了规矩，是要受到更高一级丫环的斥责的。

胡屠户是个粗人。但是，粗人也有粗人的好处，他们说话不拐弯，不拐弯，说出来的话某种程度上就比较真实，至少真实地反映了那个时代，中国人的真实想法。

胡屠户一出场，是在听说范进中了相公回来。相公是个什么玩意？也就相当于一个秀才，相当于中学毕业文凭，具备了进一步考举人的资格。如果考不上举人，那顶多也就是给人家当当私塾老师，混碗饭吃。

相公在胡屠户的眼中算是什么地位呢？胡屠户对自己的女婿开始教训了："你如今既中了相公，凡事要立起个体统来。比如我这行事里，都是些正经有脸面的人，又是你的长亲，你怎敢在我们面前装大？如是家门口这些做田的，扒粪的，不过是平头百姓，你若同他拱手作揖，平起平坐，这就是坏了学校规矩，连我脸上都无光了。你是个烂忠厚无用的人，所以这些话我不得不教导你，免得人笑话。"

读到胡屠户的这段话，我们常常会觉得可笑，可是我们又会奇怪，胡屠户作为中国底层的小老百姓，为什么满脑子的等级观念？这就是文化的力量！什么是文化？文化在影响人的行为方面究竟发挥着怎样的作用？我觉得马克思一段话说得非常深刻：“统治阶级的思想在每一时代都是占统治地位的思想。这就是说，一个阶级是社会上占统治地位的物质力量，同时也是社会上占统治地位的精神力量。”

千百年来，儒家作为统治阶级的思想，已经成为全社会广为接受的大众思想，以至于这种思想就像空气一样，人人都在呼吸，习惯成了自然。比较可怕的是，作为底层劳动者，他们的生存状况一旦有了好转，一旦给他们权力，一旦做了人上人，他们对下等人的苛责往往更为严厉。

人人平等，在我们的文化里，要做到很难。

胡屠户对范进的那一番教训，很能说明中国人骨子里的等级观念，差别只在于，胡屠户说出来了，很多人嘴上不说，但在言谈举止接人待物上，总能体现出来。

媒体里的官本位

媒体最稀缺的人才是什么？是好记者、好编辑，俗称是笔杆子。

也就是说，按照正常的思维，一家媒体要想在市场中生存下来，人才是关键因素，媒体的最大软实力，最大资源，就是涵养一批优秀记者，优秀评论家。但是，在官本位的体制内，这种情况很难存在，比如，你很难看到，在中国的媒体，有像美国的华莱士、意大利的法拉奇等这样大名鼎鼎的记者。他们是新闻记者这个职业里的佼佼者、骄傲，但他们的一生只有一个头衔：记者。这在中国是不可能的。

在以生产力论英雄的社会环境里，记者和许许多多职业一样，只要你干得好，足够优秀，那你便享有无上荣光，更何况舆论作为一种特殊的力量，在推动人类文明与进步方面，具有相当的影响力，因此，人们甚至对这个职业给予了更崇高的敬意，一直以来，西方社会习惯尊称记者这个职业为：无冕之王。

但无冕之王与官本位的文化环境没什么关系。中国不会出现这样的无冕之王。中国的记者稍微干出一点成绩，一般都要“加冕”——官职。

中国为什么没有这样的记者呢？因为凡是干得不错的，优秀的，比较优秀的，一般优秀的都去大大小小的岗位当官去了。与体制内的大学、研究所等一样，证明你优秀的评价标准基本上只有一个：当官。

如果不去当官，那怎么证明你比别人优秀呢？

如果你很优秀，又没有当官，那别人就会怀疑你是不是犯错误了，或者人缘呀、人品呀、性格呀有什么毛病，否则，你为什么没有混个一官半职呢？

而你如果没有一定的官职，你去采访，乘坐交通工具、住宿、地方接待，都会遇到尴尬和麻烦。

我听说有一位干了十多年的行业报记者，业务不错，但一次和这个部委的机关司局公务员一同出差，由于他没有职务，在接待上比如住宿、就餐等都被安排在和司机一起。他因此受到刺激，决定从此，第一不再当记者，在原单位，只当编辑，凡有出差，也不再和机关公务员一道；第二,四处活动，到处找关系说情打招呼，一定要在单位解决一个处级待遇。这位记者的反映虽然有一点过激，但也确实是现实情况。

在中国这样一个等级社会里，即便是在同一个媒体供职，人也要分出三六九等，比如，正式编制与招聘制差别就很大，而同样是正式编制，有职务，没职务，职务高低，差距都很大，说一个最简单的现实问题，比如分配经济适用房，处级以上和处级以下的差距是很大的。

如果没有职务，你会处处遇到类似的尴尬。

所以，你看只要是体制内，不管你从事的什么工作，人们在里面最大的动力就是想去当官。因此，在媒体内，就出现这样的一个怪现象：培养一个好记者并且留住，你就要不断去提拔，不提拔就意味着不被重用，但每提拔一个好记者，等于失去了一个好写手。当了官，就不再想写稿。所以，你在一线看到的基本上是年轻记者，这些年轻人也正奔赴在走向官阶的征途上，干出点成绩，他们很快也会得到晋升，然后，让更年轻的记者接替自己的记者位置。

为什么中国新闻行业里面很少有人甘心情愿干一辈子记者，并以一名普通记者职业为荣？因为，如果没有职务，没有一官半职，就很难获得成就感，其结果是，优秀的记者要么中途改行到其他部门去做官或者赚钱，要么不再把主要精力用于写稿。

虽然也有人很自豪地说，愿意说自己是一名记者，你别信他的，因为说这种话的，肯定是，已经解决了职务问题，还有可能，越这样说，越说明他的官职可能已经很高，不信，让他辞去职务去做一名记者试试。

作为一名普通记者，如果熬到一头白发，依然冲在新闻一线，乐此不疲，那叫真喜欢，真热爱。可惜，这样的记者，在中国太少。或者，即便本人愿意如此，体制却没有给这样的人留下太多生存的空间。

说句庸俗的话，这样的记者，即便文章再好，如果没有职务，他仍然处在单位的底层。

在媒体圈，摄影记者的年龄一般比较大，这并不是说，从事摄影的都更喜欢在一线报道，而实际情况是，一个媒体里面，摄影的晋升渠道一般比较窄，机会少，所以，大多数从事摄影的记者，一般只能扛着相机、摄像机，东奔西颠，继续干自己的老本行。

媒体里的官本位，还有一个体现在报纸本身的级别上。中国的报纸、杂志、广播、电视、出版，一般分为正部级、副部级、厅局级、县处级，由于行政级别的划分，人们习惯上把媒体定位为大报、主流，非大报、非主流上面，因为我们这个社会习惯于等级差别，所以，大报、主流也习惯于强调自己的身份，弱化对方的身份。我们经常听到所谓中央大报常常挂在嘴边的就是，我们主流大报，某某小报记者等，这种下意识，不自觉所体现出来的优越感、强势地位，都不过是官本位文化在中国最有文化的群体中所表现出的集体“没文化”。

媒体，说到底，是要靠影响力说话。当然我们也承认，由于级别的不同，在办报之初，主管部门投入的财力、物力、人力等就有所不同，获取新闻信息的渠道优势更是不可同日而语，这种等级差别一直是存在的，但是，媒体的竞争，说到底是人才的竞争，说实话，要真是放手在市场上进行自由竞争，还真不好说，谁是大报、小报，谁是主流、非主流，但官本位，从一开始就先天地把你定位好了。

第六辑　观者自语

地坑院，失落的文明

人类的许多发明，都是绝处逢生、穷则思变的产物。比如，把家建在地下。你能想象把家建在地下的情景吗？当然，我说的把家安在地下，不是指有钱就任性的个别老板，你已经在寸土寸金的北京买了那么大的四合院，还要在院子的地下偷偷摸摸再挖出地下几层——这真的不厚道。我说的是河南陕县的地坑院，也有人把地坑院称作地下北京四合院。不过，这是河南陕县一带黄土塬上已经在地下挖了 4 000 年的民居，是祖祖辈辈都生于斯长于斯的地下民居。

你或许会奇怪，这里人为什么要把自己的家安在地下呢？如果我们没有到过那里，我们很可能还会产生一种不祥的想法，好好的人家，谁会建在地下呢？但是到了这里，你就不得不发出惊叹，这真是没有办法的好办法，真是人类反其道而行之，逆向思维的建筑杰作。与全世界各种奇思妙想的建筑相比，把居家建在 7 米深的地下，并且世代相传，至今仍然还有人家住在这种地下房子里，这恐怕是全世界独一无二的建筑奇观。

陕县位于河南、陕西分界线，作为中原向黄土高原的过渡带，这里地势上突然隆起形成的塬与沟壑构成其独特的地貌特征，如果要在这样的地方生存，建房子所需要的基本建筑材料比如树木、石材都极其稀缺，怎么办呢？真是天无绝人之路，因地制宜，适应自然，改造自然，在平平整整的黄土地下挖坑，再在坑的四壁凿洞，于是：院子有了，窑洞有了，家有了。这真是一个伟大发明。

20世纪初期，当德国人鲁道夫斯基发现了这个建筑奇观后，在其《没有建筑师的建筑》一书里，对这里的地坑院发出惊叹，称这种窑洞建筑为“大胆的创作、洗练的手法、抽象的语言、严密的造型”，我也不知道做事一向严谨的德国人，是否在地坑院人家深入生活过。我挺佩服他的学术概括。不过，我觉得，他说这是没有建筑师的建筑，也不完全对，建筑师是有的，就是一代又一代的当地老百姓，用4 000年时光成就的集体创作。

地坑院的创意真是了不起，我们对它好奇也罢，疑惑也罢，凡是我们可能想到的，没有想到的，我们的古人都在生活实践中想到做到了。比如，为了防止下雨时，水灌入窑洞，在地坑院中间挖有供存渗水之用的渗井；为了防止地坑院地面四周的积水流入院内，四周均砌有拦马墙和青瓦檐，这样还起到美观、装饰的作用，拦马墙的另一个作用是防止人、动物尤其是儿童掉入地坑院内；为防雨水渗透，窑顶还要在雨天后碾压平整，同时还可以当做村民打谷晒粮的“场”，一举两得；“通灶炕”的设计，冬季烧火做饭，饭熟炕热，节省能源，一事两用。

走进地坑院，它的许多不起眼的设计都会给你带来一种神秘的惊喜。比如，在地坑院内，栽什么树，栽在什么位置都大有讲究。再比如，在窑顶上开凿出的一个连接地面的被称作马眼的小洞，别看这么一个简单的设计，开在储粮间，既是农民将晒好的粮食从地面直接灌入储粮大缸的通道，也是保持空气循环流通的自然风道，而开在厕所窑洞顶上的马眼，既通风，又能从地面将晒好的黄土灌入粪坑遮味沤肥。将农家肥回填庄稼地，更是完成一次大自然的自我循环。

即便站在今天的角度看，作为民居，地坑院也是实用的，是科学的，是环保的，是天人合一的，但是，与现代地面建筑相比，我们不得不说，地坑院作为农业文明的一个具有鲜明地域特色的建筑已经走到文明的尽头，因此，正如我们面对历史上无数曾经灿烂的文明那样，我们对它发出的赞叹最多只能是充满伤感的挽歌。

一种文明走到尽头，必为另一种文明所取代。当农民随着经济条件的改善，他们一定会告别老屋，搬进现代楼房，哪怕现代楼房在审美层面是丑陋的，但它的实用性、方便性、舒适度，对于现代人具有不可抗拒的诱惑力。

那么，等待地坑院的命运，是否一定是损毁或者留下一部分作为文物保护起来？

河南省陕县政府给我们提供了一个大胆的思路，即借助打造美丽乡村建设这个平台，通过对村民的整体搬迁，不仅将一个叫北营村的整体地坑院保护起来，而且开发成了一个很有特色旅游项目。让古老的民居重新焕发了活力。

看着那些带着好奇从城市里赶来参观的现代人，我在想，人有时候其实是很“贱”的，正如人们常说的那样：城里的人想出来，城外的人想进去。

我相信，会有很多人去参观、体验地坑院的。连我匆匆参观过这里，都带着遗憾想，等有了休假，一定约上朋友，在地坑院里住上几天。体会一下，吃住在7米深的黄土地下的感觉，这不是一次真正的接地气吗？

何况，假如你有雅兴，与三两位趣味相投的朋友，夜晚，守着地坑院小石桌上的一壶茶，谈古论今。累了，仰头望望头顶上的“方块”蓝天和镶在上面的星星、月亮；困了，钻进听不到任何噪音的窑洞里，美美睡上一觉，这不正是我们疲惫的现代人所渴望的吗？从这个角度看，走到文明尽头的地坑院仿佛又一夜跨入了后现代。

你能说清，什么是传统，什么是现代；什么是落后，什么是先进吗？

养果树

与贺非一起交往的朋友，大家都叫他贺老师。虽然朋友中许多人年龄、职务、学历等都高于他，但大家还是习惯地称他贺老师。几年下来，以至于人们只记得他叫贺老师，真正的名字仿佛忘记了。

贺老师谙熟中医理论，诸如五行、经络、针灸，保健、养生等以及与之相关的传统文化。朋友们有谁身体不适了，经他指点几下，调理调理，再按他说的从饮食、起居等生活方面加以注意，都有明显效果。朋友们称他贺老师，是从心里尊敬他。

贺老师过着闲云野鹤一般的生活，一会儿这个朋友请他，一会儿那个朋友请他，请他也没啥事，喝茶聊天，谈天说地，不过聊来聊去也总和养生、保健有关。但他似乎也很忙。他确实忙。他私下里在研究养果树的方法。他研究、栽培、观察果树很多年了，这两年逐渐有了成果。

他在陕西承包一部分农地与荒山，试着栽培了一些果树，水蜜桃、猕猴桃、蟠桃、杏、李、梨、苹果都水灵灵地长了出来，水果熟了，他摘下来放在茶室，存入冰箱，随时供朋友们品尝，每种果都有自己的名字。他喜欢看着你吃，直到你的确品尝出水果的鲜美与异香，他那平常总是严肃的脸上才露出孩子般的微笑。

这些水果都是他的作品，也可以说是他的杰作，他会告诉你，什么才是来自大自然的纯天然的水果的味道，他会说，这些水果，没有任何污染，即便你偶尔发现水果皮上有点起皱，不那么光溜，他会提醒你说，放心吃吧，皮也可以吃，皮有皮的营养。

贺老师种果树有一套自己的独特理论。严格说来，他栽培的果树，不能叫“种”，而是养，滋养的养。他的理论是，果树和土地都是有生命的，都是和人的生命一样需要尊重的。你尊重她，她就以阳光一般灿烂的微笑回报你。

贺老师对中国传统文化有着痴迷的爱。他认为一切万物均有其生生不息，相生相克，相互依存的自然规律。他认为古代哲学、医学经过千百年实践过的经验常常被我们现代人所忽略。他的理论乍听起来有点玄，但归结起来也能自圆其说，听他介绍，他栽培的水果也没什么秘诀，也就是三句话，六个字：良种、良法、良心。

可是，这六个字解释起来，却需要一大套理论与实践。

良种不难理解，他与当地农科部门合作，加上自己的实践经验，选择最好的果树品种。良法却有许多讲究。比如，他发现，果树花色与果肉颜色与中医理论有惊人的契合，红花耐热，白花耐寒，他选择果树的时候，即便在同一片地，他也会考虑坡地的高低，阳光日照的多少，种植不同的果树，这样精心选择的结果让水果口感、果色、形状、大小有了差别。

贺老师发明了一种给果树增加营养的方法，以陈年的水果为原料，加以配方调制，经过发酵，酿成一种类似酵素的营养液，通过埋入果树根部的灯芯草或者棉绳，将灌入矿泉水瓶的营养液一点一滴地渗入果树根部。不过，何时加，加多少，需要加哪些成分，就像中医给病人把脉抓方，要根据果树的体征而定，他的理论依据是缺啥补啥，原汤化原食。

他反对一切农药化肥，对除草剂更是痛恨有加。他说，除草剂把草除掉了，但把土地也污染了。在他看来，草和果树本来是可以和平相处的，他把本人带到他工作室外的一棵桃树下，拔起一把草，他指着草的根部说，草的根部与果树根部完全不在一个土层，吸收的营养也不同，不必采取极端的手段除草。他说，原始森林没人管，不是根深叶茂、高大挺拔、生生不息吗？他说，现在一切问题都坏在一味地追求产量上。人性的贪欲导致无止境地追求产量，盲目追求产量，导致对自然自身循环体系的破坏。

听贺老师聊天，你会发现他对一切生命有着众生平等的慈悲与关爱。这种关爱姑且不论对错，仅仅是这种执著乃至慈悲的偏执都让你心生感动。比如说，种果树总难免遇到病虫害吧，贺老师的理论是，凡事都有相生相克，有些虫子喜欢吃某种果子，但也有它不喜欢的植物气味，你在果树周边种上这些植物，这些虫子自然不来了，但他们也要生存，可以留下少量果树让他们吃就好了。

他认为一切生命都不是孤立的，每一样生物族群后面都有一个长长的生物链，我们的职责是保护而不是毁灭，你爱他们，他们就会爱你。贺老师种果树，他反复强调的是良法与良心。

他的良法其实就是顺其自然、敬畏自然之法。

贺老师为了让大自然之中的果树们、植被们、虫们、鸟们、风们、雨们、日月星辰们能够与人们好好相处，他甚至在他的果园放置了若干个太阳能的小音乐盒，你仔细听，能听到里面传出的中国古乐与经书的声音，声音似有若无，似近若远，缥缥缈缈，仿佛天籁。那是天地人的对话吗?

贺老师说，自然界中的一切生命听着这样的声音，就会和谐相处了。

我对贺老师的理论似懂非懂。但我在北京、西安都尝过他养出来的鲜美异常的水果。我相信，能养出这样的水果，肯定有他的道理。

吃『皇粮』的天鹅

如果不是到三门峡市出差，还真不清楚三门峡与天鹅有什么关系。历史上这个地方确乎与天鹅没关系，但自从有了三门峡水库，有了当地政府精心保护形成的一大片湿地，这里变成了天鹅越冬的栖息地。每年 10 月到来年 3 月，有上万只天鹅从遥远的西伯利亚来此安家。

现在，美丽的白天鹅已经成为三门峡市的一张引以为豪的名片。

三门峡市是一座因水库而兴建的移民城市，也许是惺惺相惜，三门峡人似乎对这些远道而来的“客人们”格外热情，只有到了三门峡，你才能感受到三门峡人对天鹅的喜爱是来自骨子里的，你和他们聊天，他们聊着聊着就聊到了天鹅，以至于假如你是第一次到这里，你出于给当地朋友们的面子，都不得不去看一看这些远方的“客人们”，我正是在赶乘回京高铁之前，提前半小时绕一个小弯去领略了一下这个城市边上的上万亩湿地以及这里的主角——白天鹅。

我得承认，我确实被眼前的场景镇住了。数千只白天鹅汇聚在一起，据说还有更多的天鹅将陆续赶来。远远望去，是铺天盖地的白。天鹅们大抵已经习惯了它们的家园，或者说这里才是它们真正的家园，因此，与其说它们每年一次到此越冬，还不如说这就是游子的一次真正回家。

行在桥上，走近湖边，天鹅们好像并不留意游客们的存在，或结伴嬉戏，或交颈摩挲，或嘴梳羽毛，那份安详自得，那份悠闲自在，那份目中无人；不过也有“人来疯”的，忽然昂首高歌的，忽然翩翩起舞的，忽然发生争斗的，最壮观的还是一个族群的同时起飞与降落，起飞时，先是扇起巨大的翅膀，双蹼借助水面浮力，快速助跑，像轰炸机一般威武；降落时，也是像轰炸机一般，俯冲而下，同样是双蹼快速交替踩在水面上，然后安然落下，天鹅的多彩多姿吸引了很多游客，在此观赏、拍照。

我走过许多地方。我曾经在其他省市观赏过天鹅越冬，但从来没有这样近距离地关注过。在我的印象里，中国的野鸟通常是怕人的，因此，候鸟来了，一般是远远地和人类保持一定的安全距离，而我们也只能是小心翼翼地遥望。可是，来三门峡越冬的天鹅不怕人，他们不仅离城市很近，离人群很近，胆子大的，还大摇大摆地跑过来啄食人们投在岸边的玉米粒。那从容、自信、不慌不忙，就差没说谢谢啦。

当地朋友告诉我，天鹅在三门峡是安全的，大约是 20 世纪 90 年代曾有外地人在此盗猎天鹅，被法院判了重刑，起到震慑作用。

当地人从不伤害天鹅，朋友向我介绍了发生在当地的市民勇救天鹅的故事，十分感人。有的被救天鹅，已经有了第二代，他们在这里永久安家，成了三门峡的长驻“居民”。青龙湖也变成了名副其实的天鹅湖。

为了保护好来此越冬的天鹅，结冰的时候，政府还专门组织专人每天定时为天鹅投放玉米粒，为此当地财政每年都安排了财政预算，也就是说，天鹅在三门峡也是吃“皇粮”的。

以我的观察，鸟与人类的距离，能丈量出一个城市的文明水平。我们中国人现在出国的多了，你不信，到全世界看一看，你会发现，一个城市的文明程度，不用看别的，只要观察一下人与鸟的距离，就知道这个城市市民的大致素质。

鸟是很能读懂人性的，你对它好，它就离你很近；你对它不好，甚至还想伤害它，它便躲你远远的。

三门峡人应该为天鹅自豪，天鹅也应该为三门峡人骄傲。真想替天鹅向三门峡人道一声：谢谢啦。

看景要看梵净山

常言道，看景不如听景。我去过许多如雷贯耳的风景名胜，看过之后，觉得不过如此。但是，梵净山却是特别值得身临其境，去看一看的地方。

从事新闻工作多年，也算走过许多地方了。但是，中国之大，到了许多地方，我常常感到自己的孤陋寡闻。前不久，到贵州出差，当地朋友就不止一次地向我们“吹嘘”梵净山。出于礼貌，我们也就点头，微笑，姑妄听之，并没有太当回事。可是，等真正上了山，梵净山的巍峨雄奇、秀美多姿真的把我们给镇住了。

梵净山地处湘、渝、鄂三省、市交界的黔东北边陲，准确地说，位于铜仁地区的江口、印江、松桃三县结合部，不仅是贵州第一山，更是武陵山脉的主峰。一位著名摄影家以神、奇、峻、秀形容之，我以为，十分准确。

到了梵净山，不能不惊叹大自然的神奇力量。山峰绵延曲折，或雄奇险峻，或婀娜多姿，最令人惊叹的是那金顶，在海拔 2 200 多米的雄伟山脉上，又突兀而起，冒出一尊柱状山峰，高百米，如巨笋破土，似玉龙啸天，直指苍天。山上气候变化诡异，忽晴忽雨，刚才还是青天白日，一会儿，游过一团浓云，挡住了山峰；一会儿，飘来一缕薄雾，环绕其周；又一会儿，飘起了小雨。这座矗立了几亿年的山峰，便在众生的仰视中，静观人间万象，演绎沧海变幻。

登金顶，更像是一次探险。沿着陡峭的小道，借着垂挂而下的铁索的拉力，一步一步向上攀爬，同行的朋友不断提醒，不要往回看，不要朝身边悬崖看，只管往上爬。等上了金顶，你才能体会这样的提醒是多么有道理。人的潜力其实很大，但人往往是因为恐惧而首先在心理上吓住了自己。只往上看，好比夜间走在万丈悬崖上，因不知其险，才放胆而行，如果放在白天，看着身下无底深渊，恐怕早吓破了胆。攀至顶峰，大自然的神工鬼斧再一次让你叹为观止，在山脚下，看到的只是一座孤立的山峰，到了峰顶，山峰居然又被均匀地一劈为二。两个山顶的形状也十分奇特，像层层叠加的经卷，仿佛就是天书了。两个山顶上分别建有释迦殿和弥勒殿，据传明清时期，香火甚旺。当地人讲了许多关于山的神灵，有名有姓，似乎增添了不少梵净山的神秘。可惜，我们没有亲历，权当笑谈。

与金顶遥相对峙的是另一座山峰，略矮，相距数百米。山上有奇石：独立撑云的蘑菇石、依山望母的太子石、状若册籍的万卷书，均令人叹绝。本人到过国内的诸多名岳，如梵净山之奇者，闻所未闻也。

山为水秀，水为山碧。我国有山有水的地方很多，但像梵净山这样亚热带森林生态系统保存如此完好的却十分少见。梵净山，是真正的山清水秀，号称有“九十九溪”。从山脚下，乘车进山，沿着森林密布的山道，清澈的山泉又成了这里的一大景观，而大小瀑布，或白练悬空，或奔腾咆哮，随处可见。这些大小瀑布、涓涓细流，最终顺着山势汇合在一起，形成锦江、淞江、印江等河流，再进沅江、乌江，入洞庭，进长江，汇入大海。

梵净山早在 1978 年就被国务院确定为国家级自然保护区，1986 年又被联合国教科文组织确定为全球“人与生物圈”保护网的成员，是地球同一纬度唯一一块绿色明珠。梵净山是一个真正的生态王国。山上不仅有丰富的植物和动物，而且拥有黔金丝猴、娃娃鱼、白颈长尾雉、云豹等珍稀动物和全球仅存的贵州紫薇以及中国鸽子花树等珍稀植物，本人曾到过云南东川，那里从清朝中期以前曾经也是原始森林茂密的地方，但由于后来的滥砍滥伐，山体支离破碎，成为长江中上游泥石流最严重的地区。梵净山能够有今天的生态环境，正得益于当地人世世代代的保护。梵净山上至今仍保留着清代的碑文，写道：“铜仁府属之梵净山，层峦耸翠，林木荫荟，为大小两江发源，思铜数郡保障，其四（周）附近山场林木，自应永远培护，不容擅自伤毁……”边看文献记载，边想：这大抵是最早的环保宣言了。

从地理位置上看，梵净山其实离张家界、边城凤凰很近。从凤凰驱车到梵净山也就 200 多公里，这些年，到张家界、凤凰古城旅游的人很多，而梵净山依然显得冷清，主要原因还是交通不便。不通火车，没有高速公路恐怕是制约梵净山旅游开发的根本原因。在北京，和几位朋友闲聊，说到凤凰，他们纷纷举大拇指，赞赏有加，而我提到梵净山，他们便纷纷摇头，表示没有听说过。我说，这是一个好地方，值得去看一看。

缩小城乡差距的切入点

如果说城乡差距一直是困扰我国社会均衡、协调发展的主要矛盾之一的话，那么，农村公共投入的长期滞后则是其主要症结所在。相对于我国城市建设发展过程中所占用的公共资源，农村在村容村貌、基础设施建设等方面基本上没有用过“公家”的钱。从历史的角度看，千百年来，作为农业文明的一个主要存在形态，广大农村的建设、发展基本上是自发自愿、自给自足、自生自灭的。

近 10 多年来，随着国家财力的增长与对三农倾斜的政策力度逐年加大，用于“三农”的财政投入明显增多，但是，具体分配到农村的基础设施等公共投入领域，则是撒芝麻盐式的，杯水车薪的，微不足道的，总体而言，即便农村个人包括住房在内的生活、生产水平有了极大改善，但是，作为公共环境，基础设施落后、脏乱差等仍然是广大农村的基本现状。

农村怎么发展，农村环境如何改善，怎样缩小城乡差距，河南在美丽乡村建设上的探索与实践，让我们眼前一亮，从某种程度上说，让我们看到了逐步缩小城乡差距的一个重要抓手，一个解决问题的关键切入点。

美丽乡村建设是中央层面在顶层设计上的一个精彩创意，由中央财政牵头拿出一笔专项资金，用于激励、引导地方政府把“三农”中短板——农村这一块补上，具体地说，就是将农村的村容村貌、公共设施、公共服务解决好。

河南很好地利用并发挥了美丽乡村建设这样一个平台。正是立足于这个平台，河南财政充分发挥资金分配、管理、监督这个优势，精准定位，充分考虑农村青壮年纷纷进城打工，部分农村空心化，城镇化进程不断加速这样一个基本现实，把美丽乡村建设与古村落保护、乡村旅游、扶贫搬迁、中心村发展、小城镇建设、农业产业集聚区、就近就业等多个因素、目标相结合，整合各类相关专项资金，变小钱为大钱，通过整体布局，有计划地把资金用在符合条件优先选择的美丽乡村项目上，从根本上改善农村水、路、电，垃圾、管网、污水处理等基础设施建设，让项目村在短时间内发生了翻天覆地的变化。

在我们走访过的多个不同形态的美丽乡村建设上，可以说，财政在农村公共环境的投入上从来没有这样大的力度，我们看到的这些美丽乡村，基本上实现了准城镇化：水泥路、路灯、污水处理、垃圾收集，正是这种一点一滴的改变正在悄然拉近农村与城市的差距。

环境的改变，带来了农民生活观念、行为方式的改变，而这一切的改变正深刻地潜移默化地影响着农民的整体精神风貌，当地一位领导说得好，当城里人真正从心里羡慕美丽乡村生活的时候，中国农民真正找到了内心的自信。而这种自信，可以说，历史上从来没有过。

农民是知足的，也是感恩的，当我们看到农民因家乡的变化而悠然升起自豪感与幸福感的时候，我们为他们的高兴而高兴，我们发自内心地认同，美丽乡村建设这件事真是干对了。干对了的事，应该一直坚持下去，相信用不了十年八年，中国乡村必有大的改观。

有一天，当人们不再把大城市作为改变命运、改善生活环境的唯一选择，甚至也有相当一部分人宁愿选择小城镇、美丽乡村作为自己更加惬意的工作、生活目的地时，我们这个社会将更加和谐。

从祭祀月神到百姓团聚

——从月饼的发明看中秋节的成因

农历中秋节在中国早已有之，但因为有了月饼的发明，才让这个原本属于皇室祭神的节日逐步扎根于民间，并成为中国人欢度中秋节必不可少的一样重要元素。

春天祭日，中秋祭月，作为古老的农业文明国家，中国古代帝王很早就有祭祀月神的社制。“中秋”一词最早出现在《周礼》一书，中秋作为一个节日在月饼发明之前已经存在 2 000 多年的历史了。但这个节日，仅限于皇室的一项小范围的祭神活动和读书人的对月抒怀，真正在民间推广，走向大众，逐步成为中国仅次于春节的第二大节日，则是到了宋朝，而起到关键作用的正是有了月饼的发明。

月饼起初叫小饼或月团，最早是从北宋宫廷开始逐渐流向民间的。著名诗人苏东坡有诗写道：“小饼如嚼月，中有酥和饴”，不过，真正称作“月饼”，是到了南宋。南宋吴自牧的《梦粱录》一书，有了“月饼”一词，这算是最早的文字记录。到了明代，月饼已经成为民间百姓走亲访友、相互馈送的礼品，《西湖游览志会》记载:“八月十五日谓之中秋，民间以月饼相遗，取团圆之义”。进入清代，关于月饼的记载就更多了，而且制作越来越精细。

任何节日要保留长久并具有生生不息的生命力大概需要具备两个条件：第一，要有一个载体；第二，这个载体必得到大众的认可与喜爱。中秋节能够作为农历第二大节日在中国流传下来，正具备了上述条件。

月饼就是一个很重要的载体。首先，它在造型上对月亮圆形的模仿以及外观上对月亮有关神话传说的精美装饰，都满足了中国人对月亮的喜爱，同时，圆形本身也体现了中国人家庭团圆，做事圆满这样的价值诉求；其次，月饼本身就是一种美食，到了秋天，谷物瓜果等取得丰收，做月饼的各种食料丰富，喜欢美食的中国人，可以根据东西南北不同口味，在做月饼的馅上，做出千变万化的美味，从而让这种既美观又实用的美食具有了很深的民意基础。

这是人神的共欢。中秋之夜，秋高气爽，当一轮圆月高挂夜空，一家人不管在哪里，不管忙什么，都在这一天团聚在一起，举头望月，分享月饼，这已经成了中国人一代又一代关于中秋佳节的美好记忆。

不敢想象，没有月饼的中秋节会是什么样子。也许，随着科学的发展，最早靠祭祀月神保护农业丰收的节日早已消失了。

多亏，有了月饼。

清明变得不清明

清明节，本是祭祀祖先与悼念亡灵的日子，但是由于愚昧、迷信、腐败和拜金主义等社会不良风气的浸染，这个传统意义上的清明节到了今天，已经变得不那么清明，甚至十分污浊。

人总是要死的，用一种适当的形式，在一个特殊的日子，表达我们生者的哀思，这无可厚非。但是随着现代物质水平的提高，一些人的精神品格却并没有多少提高，反过来，对死者的悼念也变得越来越“现代”，冥币、纸糊的车、房、手机、DVD 这还不算什么，更有甚者，“三陪小姐”、壮阳药等乌七八糟，也都成了祭品。

俗话说，“阎王好见，小鬼难缠。”不幸的是，现实生活中的这些“小鬼们”还真以“二十年目睹之怪现状”的百般生财手段，缠得死者不得安息，生者难以安宁。今天社会，从产房到太平间，拜金主义已经无孔不入。据说，死者从太平间一直到火化安葬，其中将近 20 道手续需要用钱打点，为亡者化装、穿衣、抬担架、火化排队……在人世间叫收红包，到了这里规矩叫“白包”：将钱装在白色的信封里打点“小鬼们”的意思。

更令人气愤的是，歌厅、艳舞竟开到了烈士陵园。据最新消息，不久前为媒体曝光的四川某地在烈士陵园跳艳舞事件已经查明，为歌厅通风报信的居然是当地的警察。不尊重英雄的民族是可悲的，而玷污革命先烈又岂止是用愤怒能够表达我们的愤怒！

敬畏生命，让亡灵安息，是我们的优良传统，也是人类共同的道德底线。那么，活着的人，又怎能去发死人的财？

过去，每逢清明，许多机关、团体，尤其是学校都要组织去为烈士陵园扫墓。在俄罗斯，直到今天，新人们结婚都要到烈士陵园献花，以表示对先烈的敬仰和今天幸福生活的来之不易。每一个民族的心中，任何时候都应当保留这样一份圣洁的记忆。

圣洁，意味着敬畏；圣洁，意味着高尚；圣洁，意味着远离低级趣味。

清明节，作为农历二十四节气中的一个重要节气，还是应当回归其清明的本义。

文明的底线

有一个叫孟德威的法国人，写了一篇批评中国人的文章，发表在中国的一个著名报纸上。能看出，文章作者在中国生活过几年，对中国是有感情的，大抵也深谙中国人要面子的特性，所以文章从头至尾写得很客气，至少我以为很客气。不过，看后我还是很不舒服。

不舒服，并不是因为别人批评了我们。文中批评的内容实在都是做人的小事，或者因为它们都是一些小事，我们便司空见惯、习以为常，简直就有些麻木了。在这篇名曰《给中国人提点意见》的文章中，作者指出了我们日常生活中“乱丢纸屑、随地吐痰、大声喧哗、不排队等不文明的行为”。这些意见，搁在平时，不会在意，这算什么嘛。但在 SARS 疫情肆虐的眼下，我们就有些敏感了。虽然这场突发的疫情与这些不文明的行为没有什么直接关联，但它却对我们的生活习惯提供了一次反省的契机。写到这里，想起一个插曲，前两日，在报上读到一则新闻，天津一个小伙子，因为在马路上吐痰，与在场的市民发生了口角，接着遭到大家的一顿痛揍。小伙子挨打固然与市民在非常时期的过度恐慌有关，但至少也说明，人们对这种不文明的恶习不再见怪不怪，而是开始认真了。

我们都该认真了。认真的目的，并不仅是要顾全一下中国人的形象，找回面子。面子当然是要的，但更重要的是，这关乎咱自己的生存环境，生活质量，身体健康，一句话，好日子首先是过给咱自己看的，所以就得认真点儿。

都说 SARS 不好，但我说 SARS 至少有三个好处：一是向那些欺上瞒下、不负责任的官员们敲响了警钟；二是让媒体真正认识到了自己的社会良知与责任；三是让国人开始反省自己的生活方式。

抛开前两者先不说，单就国人不文明的生活习惯和行为，经过这次 SARS 疫情以后，可能带来的结果将是脱胎换骨式的，它有可能因此拉开中国进入现代文明的序幕，就像当年黑死病催生出西方人的分餐制与文艺复兴。

我们要反省的第一步就是社会公德。文明是有底线的。我以为社会公德就是文明的底线。社会公德不是什么大道理，它是人人能学，人人能做的基本行为方式。

我们现在所指的社会公德，说到底是人类从农业文明进入工业文明之后，城市化所带来的文明成果。也就是说，现代文明人的行为准则，其实是城市人必须首先学会的行为准则。在农业文明时代，人们散居在自然村落，随地吐痰、大声说话、乱扔垃圾对他人至少影响不大。而当人们大量地聚集于城市，少则几十万人，多则几百万人、上千万人的时候，在这样高度密集的空间里，一方面，城市里的各种现代设施给人们的生活起居带来了种种方便；另一方面也带来了约束。这种约束，就是人人必须遵守的社会公德。西方早已完成城市化的过程，他们对这种约束，也早已习以为常。所以，当我们看到一个外国游客在中国的名胜风景区，顺手捡起我们自己同胞扔出去的垃圾时，这并不意味着老外们有多么崇高的国际主义精神，习惯而已，就像我们顺手将垃圾扔出也是习惯而已。

我们的城市在多起来，在漂亮起来，在向国际化大都市的目标努力起来，但中国城市化的目标还远未完成。中国现在所谓的城里人，上推三代，都是农民；上推两代，大多是农民；到了现在，至少一半曾经是农民。因此，先不说 80% 生活在农村的农民，即便现在的城里人，几千年农业社会留下的生活习惯，还自觉不自觉地影响着我们的行为方式。不是说，住在城里，穿上西装，擦亮皮鞋，举手投足之间，就俨然符合现代城市的社会公德了。还差得远。坏习惯要赶紧改。我们的当务之急是作出选择：要么保留农业社会的生活习性，把城市搞得一团糟；要么洗脚上田，洗脑进城，学会最基本的城市公德，从一点一滴做起。正如现在大家都在照着电视上说的洗手那样，打一遍肥皂，用水冲了；再打一遍肥皂，用水冲了。在 SARS 流行期间，这种把洗手当做人生每日一门重要的功课来学习的认真态度，就很好。

不过，说起来容易做起来难。这我知道的。

便民自行车还要可持续

由于污染尤其是遍及我国大城市的雾霾问题，让国人逐渐对环境保护重视起来，不少城市都在倡导“绿色出行”理念，政府甚至推出便民自行车等举措。

便民自行车，听上去是很简单的一件事，但具体实施起来，还真不是那么容易。由于这涉及百姓切身利益又要考虑可持续运转的问题，因此，把一件好事长时间地办下去，并且让群众满意，这确实考验政府各职能部门的综合协调与管理水平。

一方面，对财政管理就是一个考验。考验财政的不在于花了多少钱的问题，可以说，对于当今各级政府的财政而言，拿出资金购买几千辆几万辆自行车，这都不过是一点“小钱”，即便是一些贫困地区，也拿得出来，关键是，财政花钱要讲绩效，以许昌市区这 1 200 辆自行车为例，财政不是简单地拨一笔款了之，而是要通过对绩效目标考核来统筹考虑预算安排。

不用说，只有合理的预算安排才能给便民自行车以经费保障。问题在于，多少钱才是合理的？这个度如何拿捏？如何保证财政资金既能保证干事，又能控制住不被浪费，这需要一定的理财水平。

另一方面，对具体管理部门更是一个考验。财政一旦讲绩效，这就倒逼具体职能部门必须在管理上下功夫，必须确保政府在为老百姓办好事的同时，还要建立相关的激励约束机制，提高更加人性化、精细化的管理水平。

我们必须承认，相当多的城市在管理方面还停留在粗放式阶段，这也是当前不少地方不能把好事办好或者办得不够好的深层原因。具体来说，在今后相当长的时间内，谁来保证自行车的正常保养、维修等，既要保证市民的正常出行，又不造成公共资产的人为浪费。这需要管理者们创新管理方法，而这一点，需要多向发达国家学习，同时还要结合我国各地的实际情况。

民间有一种说法，凡是私人财物都管理得比较好，凡是公共财物往往不好管理，把这句话放在当下，还真有一定道理。不过，笔者以为，许昌政府部门倒是可以充分利用这次便民自行车机会，创设一种市民爱惜公物的引导机制，在享受公共服务的同时，也不忘履行一个公民自觉爱惜公物的社会公德。

只有政府、市民以及社会各方都能在一个点上释放出正能量，才能把一件事情办好。否则，任何好事仅凭政府部门的一厢情愿，最终都很难持续。

自行车与城市交通

汽车大国德国最近又开始流行骑自行车上班，据最新统计数据，整个德国，大约有 400 万人骑车上下班，在所有的交通里程中，约 9% 是靠自行车完成的。首都柏林更是每天有 50 万人上下班，据说，这个人群还在继续扩大。据了解，相对于其他欧洲国家，德国的骑车比例还不算高，目前，在所有交通里程中，荷兰有 27%，丹麦有 18% 是靠自行车完成的。

骑车上下班的诸多好处自不用说：保护环境、节约能源、锻炼身体等。但是，对骑车本身而言，也是有约束条件的，特别是在有条件开自家车、乘公交以及骑车之间进行自由选择的时候，人们一定会选择对自己最为有利的交通工具。按照德国人的收入水平，完全有能力开车，并且开更好的车，毕竟这里是世界诸多名车的产地。但是，越来越多的德国人放弃开车，而选择自行车，除了经济不景气、油价高乃至人家国民素质高等因素外，更重要的原因是，在各种选择中，他们一定认为，骑车对自己更有利。本人在德国访问过两周，本人觉得在德国骑车不仅是一种锻炼，简直就是一种享受。首先，这里空气新鲜，非常干净，道路两旁到处鲜花绿地；其次，骑车很安全，专门有自行车道，而且，开车与骑车各行其道，遇到交叉路口，汽车一定会让自行车。我觉得，在这样的环境里，骑车上班，下班，是很惬意的。

我国本是自行车大国，城市人口又相对密集，按说，骑车上下班更应该成为我们的首选，但是，眼下情况似乎正好相反。如果说过去几十年，国人因为囊中羞涩，选择自行车只能成为主要甚至唯一的选择，那么，现在人们口袋里但凡有一点积蓄，都会买汽车。虽然很多人认为这是在炫富，但本人以为，这其中，也有很多的无奈。在我国许多城市，骑自行车已经成为一件痛苦不堪的事。

脏，是首要问题，其次，汽车抢占自行车道也是常有的事，遇到这种情况，让人觉得，在国内骑自行车，简直就是随时任人欺负的弱势群体，再有，公共治安管理部门嫌贫爱富，让人觉得丢失自行车早已成为根本不值一提的家常便饭，加上公共交通并不方便，所以，多数人只要有一点条件，就要放弃自行车，大有一种和谁赌气较劲的意思。这样一来，汽车自然越买越多，道路越来越堵，空气越来越污染，而面对越来越差的交通环境，人们只好继续买汽车。

按照我国现有城市人口密度状况以及长远发展规划，我国许多城市非常不适合发展小汽车。理由就不必再一一列举了。关键是，面对越来越拥挤的城市环境，城市规划部门应当怎么办。本人认为，未来城市交通发展的顺序应当是，优先发展自行车、扶持立体公交，严格控制小轿车。依此顺序，可以考虑充分利用财税政策，对各种交通工具进行政策引导，该加税的加税，该减税的减税，该奖励的奖励，最终创造一个良好的城市交通环境。

当然，一个更重要的前提条件是，首先要下大力气改善整个城市的综合环境，这要看地方政府是不是舍得花这笔钱了。因为这不仅需要一大笔钱投入，而且，钱投下去之后，不一定能够马上看得见政绩。

别让亲情再受伤

亲情作证就是大义灭亲，这虽然被作为一种正面的道德价值加以宣传，但我觉得这是很残忍的，让亲人作证，这样做可能对澄清具体的一个案子很有帮助，但它对人类的基本道德造成了极大的破坏。即便是万不得已，也最好不要让亲情去作证。

有一位内地歌手吸毒事件就值得我们反省。他的老婆从国外带进了毒品，他在老婆的带动下开始吸毒，事发之后，他出来作证，把责任一股脑推到老婆身上，以至于老婆面对媒体都痛心地说，不要把她叫做某某的妻子。这件事在网络上引来骂声一片，认为这位男歌星太不仗义，太不像男人。

同样的吸毒事件也发生在日本的一位清纯美女身上，供出她吸毒的正是她的丈夫。这件事也引来网上骂声一片，就在出狱保释的当日，有人还向这位丈夫扔去鞋子，表达愤怒。

从法律的角度看，每一个公民均有义务向法庭提供涉案当事人的相关证据，当然也包括亲人。尤其是后者，这样就把当事者至于尴尬的境地：如果提供真实的证据，就可能置亲人于被动的境地；如果提供伪证，证人本身就要承担法律责任。

基于此，欧洲一些国家作出决定，严禁亲人出庭作证。至于法官能不能拿出更有力的证据，你本来就是吃这碗饭的，那你自己想办法。找不到证据，说明你没有本事，但你不能从当事者亲人身上打主意。

孔子好像也说过这样的话：如果父亲犯了罪，儿子不应该举报。

孔子说的这句话比较符合常情。我这样说，并不是鼓励犯罪，也不是鼓励包庇坏人，我的意思是，如果你的家人一定要去犯罪，你最好去劝阻。实在因为冲动犯了罪，一时失足成了千古恨，在你没有失去人类良知和道德底线的前提下，你最好不要去伤害亲情。我觉得人类之所以能够一直延续下来，亲情起到了很大的作用。亲情让我们看到了人类道德中的温暖与信任。

回头看内地吸毒的那位歌手，假如他不出卖自己的老婆，尽管在法律方面可能比较被动，但是他更能够得到大众的谅解，现在，他把责任全推到老婆的身上，大众不会谅解他，可以说他的演艺生涯基本完了，因为他超越了比法律更重要的人类道德底线。

不妨可以做一个实验，一个被官方大肆宣扬的一位大义灭亲的家伙，他的周边肯定没有朋友。人们通常会认为，敢于大义灭亲的，一般没有什么做不出来，和这样的人打交道，很危险，离这样的人，最好远一点。

景区不是摇钱树

国内景区的门票价格总是涨了又涨。不用问，每一次涨价，理由都讲得冠冕堂皇。什么保护景区环境啦，控制旅游人数啦，用于旅游发展啦，管理成本过高啦等等，且不说这样的涨价程序是否合规、是否经过严格的听证，假定地方有关部门所陈述的理由都是合理的，那么，我们也需要请涨价部门，给公众拿出一个更硬的理由：把景区的财务公开。这样至少可以看一看其中的管理成本究竟是多少，用于景区环境保护以及相关公益事业的究竟是多少。当然我们也想看一看，其中与景区无关的特别是被挥霍浪费掉的是多少。然后，再确定，景区门票该不该涨。

风景名胜不是摇钱树。作为稀缺资源，说到底，在我国960万平方公里范围内的每一处风景名胜，都是国家资源，应该归国家全体公民所有。2007年国家发改委发布的《关于进一步做好当前游览参观点门票价格管理工作的通知》，明确提出门票价格应当充分体现公益性，在被称为“现代城市规划大纲”的《雅典宪章》中，游憩权被定义为公民的基本权利之一。但景区门票的逐年上涨，似乎与景区的公益性背道而驰，进一步讲，随着价格的任意攀升，祖国的大好风光可能将变成一部分富人的乐园，穷人将逐步被高昂的价格挡在门外。

当前一些人认识上存在的主要误区在于，以为风景名胜在当地，就理所当然地成为当地的垄断资源，因此，门票价格的多少也就理所当然地由当地说了算，并一厢情愿地将国家资源变成了地方资源，将公共利益当做了部门利益，照此逻辑推演，部门利益自然又变成了一些人的利益。否则，我们很难理解，为什么一到黄金周到来前夕，一些景区就开始了疯狂的涨价冲动。

说实在话，随着旅游热的不断兴起，一些景区门票价格连连上调，现在已经涨得越来越离谱，少则几十元，多则数百元，按照国民的平均收入水平，许多地区的门票价格已经接近我国人均 GDP 的 1%，这一比例甚至是欧美国家的 10 倍以上。也许有人会说，咱们国家国情不同，人口多，需求大，需要通过价格来进行调控。果然如此，作为消费者，既然自己掏的高价格是被调控而不得不做出的“贡献”，那么，问一问“被贡献”出来的高价钱到底用到了什么地方，总不算过分吧？

一个『吃』字何时休

如果没有提前半个月预订年夜饭，许多城市的高中档餐厅已经没有空位了。据说，许多城市，从正月初一到初五，餐厅都已经订满。据说，有的年夜饭价格高得惊人，有一桌10万元的，还有20万元的。我们是一个喜欢吃的民族，在吃的问题上，总是不断地花样翻新，但是一桌10万元、20万元的饭菜，究竟能够吃出什么花样，已经超乎我们的想象。

大年三十是中国人的团圆饭，辛苦一年，到外面吃一顿，图个高兴和省事，无可厚非。反过来说，这正是生活质量提高的重要标志。但是我们的节日如果总停留在吃的上面，那么这个节日究竟吸引我们的是什么呢？

不久前，圣诞节刚过，我问女儿，最喜欢哪个节日，女儿毫不犹豫地大声回答，当然是圣诞节。女儿的回答坚决而不容置疑。女儿今年7岁，我完全能够理解圣诞节给一个孩子带来的快乐。

每一个节日都有其物化的象征。圣诞老人、圣诞礼物、圣诞树是圣诞节的象征，在我国圣诞节虽然已经完全失去了它的宗教内涵，但是它给孩子们带来了一个色彩缤纷并充满想象力的童话世界。至少，在孩子看来，这个节日是美丽的，是别的节日不可取代的。和女儿这个年龄的孩子不同，我们过去最向往的节日是春节，因为春节能够让我们饿了一年的肚皮，放开吃饱。

我们有许多节日，似乎都和吃联系在一起。元宵节吃元宵，端午节吃粽子，中秋节吃月饼，立春吃春卷，等等。到了过节，大吃一顿似乎是天经地义的，是不假思索就会作出的选择。除此之外，人们也想不出什么更好的过节方式。但是，我们同时会发现，在一顿山珍海味的饱餐之后，许多人并没有体会到这一顿饭比过去艰苦年代的一顿猪肉炖粉条能够带来更多的快乐。人们甚至普遍地感到，这个年越来越没有意思了。为什么呢？因为在我们已经解决了吃的问题之后，我们需要在吃之外去寻找更高一层的快乐，也就是说，在我们的物质生活水平提高之后，我们需要从人的自然属性那一部分的感官快乐剥离出来，向精神的层面提升。不幸这种感觉，让从来没有体会过什么是饥饿的孩子们本能地捕捉到了。吃，对于孩子早就不是一个问题，他们的记忆，干净得连渴望吃的影子都没有，所以，将所有的节日放在一起，让孩子们选择，他们当然就选择了美丽快乐的圣诞节，而不是大吃大喝的春节。

与我们吃的节日相比，西方的许多节日更注重精神的层面，比如情人节，一支玫瑰，一盒巧克力，浪漫而甜蜜；愚人节，则是给了成人在一个特定的日子里，能够回到童年再一次恶作剧一把的假定和默许。

现代人的生活节奏越来越快，终于到了可以放下手上的工作，好好休息一下的时候，我们反而感叹这个节日过得很累——为吃而累，为送礼而累，为应酬而累。这不正是节日的异化吗？

传统节日，该从“吃”的文化中解放出来了。

遮羞墙做给谁看

好面子是我们这个社会的老毛病了。

一些欠发达地区，目前尚未完全摆脱贫困，有的村民连吃水难、行路难问题还没有解决。然而，这里的一些乡村热衷于建广场、立雕塑、修花坛、移大树，花费巨额资金“打造”新农村“示范村”，还有的乡村为了应付领导参观修遮羞墙、建仿古门，甚至毁良田、挖果园建新村。

新农村应当怎样搞，目前虽然还是一个需要在实践中不断探索的问题，但是立足现实，让农民得实惠，恐怕是其基本出发点，但是令人遗憾的是，一些地方，打着新农村的旗号，以新农村建设之名，干的却是完全背离现实的花拳绣腿。

可以说，我们对一切的所谓形象工程等形式主义早已司空见惯。只要中央出台一项利民的好政策，一些地方就会借此机会大搞一些沽名钓誉的所谓政绩工程。这种形形色色的形式主义为什么能够在我国长期存在，并且在某种程度上甚至长盛不衰呢？有人说，这样做主要是给上级领导看，只要领导高兴、满意，就能够得到提拔重用，反过来说，那些埋头苦干的干部领导往往看不见，所以，搞形象工程还是好处多的。

至少这样做个人不会损失什么。这样的说法，不一定完全正确，但也确实反映了部分的现实。的确，为了把所谓的政绩做给上级看，一些基层干部就采取一些投机的急功近利的形式主义做法。

显然，这个话题再说深了，就牵扯到干部的选拔任用体制，可是，如何才能够在基层真正杜绝这样的形式主义，而把这样的惠农政策落在实处，让农民得到实实在在的好处呢?

笔者认为，在不改变当前干部任用体制的前提下，应当充分考虑增加民意的内容，也就是说，新农村以及中央一系列的惠农政策，归根结底就是让农民得实惠，那么，基层干部的所作所为，是否反映农民的意志，农民最有发言权，打个比方，在农民的家门口，要不要修花坛、立雕塑，农民最有发言权，如果基层干部的任命一旦加上农民的一票，我们相信，一切与新农村建设无关的花拳绣腿、装腔作势都会自然消失。

也许一切遮羞墙式的形式主义可以糊弄一部分上级领导，却永远糊弄不了农村广大百姓。因为，农民是最实惠的，也最了解自己需求，没有人比农民更清楚遮羞墙后面遮的是什么。

LV包与驴

有一则笑话，说一个富家女和一个穷家小子在一起，富家女指着自己的LV包问穷家小子，你知道我背的什么包吗？穷家小子生气了，说，你以为俺没有学过拼音，那不是驴吗？

我相信这位富家女听了穷家小子的回答一定要背过气去。连这个世界名牌包都不认识，真是让人生气。

但我觉得这位学过拼音并念出驴字的穷家小子一定更生气。你这不是欺负人嘛，你这不是家里有了几个臭钱就瞧不起人了嘛，我还相信穷家小子一定为自己的多亏认识拼音没有被富家女考倒、愚弄而洋洋得意，你以为拼音写在包上换了花样俺就不认识了？我觉得这位穷小子一定是大声念出来的，这样子念出来大概比较解气。

生活中的笑话，好笑就好笑在这里。我们每个人都生活在自己的有限的知识里，我们每个人认为理所当然的事情，在别人看来也许完全不是这么回事。每个人都有自己的局限。富家女以为自己有钱，背上一个LV包自己就有了身份，有了地位，和别人不同，这不过是一种假象。LV包与身份应该没什么关系，不过现代时尚，明星效应、广告效应让有钱人背了LV包便觉得自己与一般人不同了，但是对于根本不知道LV包为何物的穷小子的眼里，LV包不过就是一个拼音为驴的包包而已。

LV包的法国供应商，大概没有想到这个所谓的世界品牌与中文拼音的巧合。听说，现在国内很多的有钱人都喜欢LV包，听说在香港等地买这样的名牌要比国内便宜许多，所以很多人出去，出手阔绰，要买上好几个 LV 包，有的拿去送人。听说东部沿海一带不少富裕起来的农民，都喜欢背上 LV 包，在各种场合出入。

我听一位颇喜欢时尚的女子抱怨，现在什么人都背 LV 包，LV 包都没有什么品位了。

我不知道什么是品位，不知道什么人应该背 LV 包。在我看来，LV 包不过就是一个包，而且，这两个字母排在一起，放在中文的拼音里，的确读驴。

一位法国老人的『愤怒』

没有精心的营销策划与包装，一本只有 30 多页纸，3 欧元，20 分钟就可以读完的小册子，最近在欧洲国家，被一版再版，翻译成多国文字，成为人们茶余饭后谈论的话题，这本书的名字叫《愤怒吧》。作者是一位名叫斯蒂凡那·埃塞尔的 94 岁的法国老人。

当今是一个图书出版泛滥的年代，当今也是一个缺乏好书可读的年代。在汗牛充栋的出版物当中，一本薄薄的小册子何以独领风骚，风靡欧洲?

我们不能不说，这本书对当今世界的强烈关注与批判的锋芒再度唤醒了物质消费主义下日趋冷漠麻木的社会良心。因此，有学者评论说，与其说这是一本热情洋溢的优美散文，不如说是一本充满批判精神的战斗檄文。

作者是一位有着丰富人生经历的反法西斯老战士。一生都在关注世界的风云变幻，即便走到人生的风烛残年，仍然没有放下手中思考的笔。这篇小册子便是他对人类进入 21 世纪头 10 年所表达的理性的愤怒。作者认为，20 世纪的头 10 年，世界的发展变化可以说是让人失望和失败的：金融资本对世界的垄断和其引发的经济危机，恶劣的石油掠夺，不停的局部战争，贫富差距的无限拉大，恐怖主义的威胁和对应，环境气候的恶化……而对于埃塞尔来讲，上面所提到的这些危机并不是最可怕的，可怕的是如今人们对政治的漠然，介入世界热情的丧失。

因此，他写作此书的目的并不在于向人们指出一条解决问题的方法，而在于唤醒大众的关注社会的激情：愤怒。作者进一步解释，这种愤怒是一种非暴力的和平的愤怒，只有人们有了这样的激情，才能够不被消费主义盛行的物质享受所困扰，进而将更多的热情投向人类所面临的空前危机。

当今世界是否像埃塞尔所表述的那样危言耸听已经不重要，重要的是它在欧洲社会大众中已经引起人们的广泛关注，该书的畅销已经证明这一点。从这个角度看，埃塞尔已经成功地将自己的愤怒情绪传达给了社会。

人类社会永远处在社会不同的矛盾当中，人类社会的发展史其实就是化解矛盾，又面临新的矛盾，再化解矛盾这样一个矛盾的波浪式、螺旋式运动的过程当中。而知识分子，作为社会的良心总是不满足于现实，他们往往看到的问题最多，发出的批评最多，有时甚至显得偏激和非理性。好在，94 岁的埃塞尔老人，愤怒了，但不偏激，是很令人钦佩的。

无冕之王华莱士走了

以采访重大新闻事件著称的美国新闻人华莱士先生近日去世了，他的死本身也成为了一则重要新闻。一个新闻人之死能引起全球关注，这本身说明了华莱士的影响力。

华莱士堪称一名真正的新闻人，是个名副其实的无冕之王。他从 20 岁出头投身新闻行业，直到 90 岁高龄，一直奋战在新闻第一线。在凭实力说话的竞争激烈的美国新闻界，他一生 21 次问鼎美国电视界最高奖——艾美奖以及获得多项新闻最高奖。他以无畏的采访风格而闻名，他擅长以怀疑的口气一问到底，他采访过无数大的事件，采访过无数世界级著名人物。

人们说，记者是无冕之王。要说真正的无冕之王大概只有如华莱士这样的记者才称得上。华莱士一生只干一件事，那就是采访。他的一生也只有一个头衔，那就是记者。世界上的任何职业，都没有高低之分，如果有，那要看，是谁在干。同样是新闻职业，有的人，写稿爬格子，无非是为了一碗饭吃，最多是为了吃得更好。而真正的记者，其使命永远是追问真相。在这个世界上，新闻每天都在发生，但对于公众而言，想知道的是新闻背后的真相是什么，因此，世界上便有了无冕之王——记者的诞生。

华莱士以提问尖锐著称，他用一句话总结了自己一生的采访经验："让我们问观众们心里可能也想问的问题。"读者想知道的，就是新闻记者应当提问、采访到的。

作为新闻从业者，华莱士令我们最为尊敬的地方还在于，他一直都活跃在新闻第一线，直到90岁高龄。他甚至风趣地说："等到脚指头朝上的那一天才退休。"现在，他的脚指头朝上了，真正退休了。在华莱士去世后的这几天，全世界的主要媒体都在发文纪念他，这是一个值得纪念的伟大记者。

真相就是角度加上事实

同样是报道非洲，同样是用英文直播非洲新闻与文化信息，但却得到不同的反响与效果。自从央视开播非洲英文直播节目后，与西方的非洲英文直播形成了鲜明对比，据来自外电的报道，虽然两家电台受众不同，但是，来自非洲的观众却表达了他们的真实感受。

一位肯尼亚籍工作人员称："欧美的媒体就只报道（非洲）的贫困与疾病，对非洲的报道一直都很片面。但是 CCTV 积极地对非洲的经济和充满希望的方面进行报道，这也给予了观众不同的选择。"

新闻讲究真实，换句话说，真实是新闻的生命。但是，真实是受主观意识支配的，是经过新闻报道者选择过了的真实。因此，可以说，任何真实、客观都是相对的。被一些人不断夸大的所谓真相，在本人看来，不过就是角度加上事实。

比如非洲，我们究竟是相信到处是贫穷、疾病的非洲呢，还是相信充满希望的非洲呢？可以说，两个真实都是客观存在的。关键在于，你以一个什么样的眼光，什么样的角度来观察。

由于对发展中国家长期抱着成见与优越感，因此，在他们的眼里，猎奇、凶杀、暴力、疾病、贫困往往成为新闻报道的不二选择。长期以来，媒体影响并培养了读者的阅读兴趣，读者的阅读习惯反过来又影响了媒体的选择。

这似乎成为一种既定的思维定式，你要写发展中国家，那你必须写他们的落后、贫困、疾病，反之，你的新闻就没有读者，没有读者就没有发行，没有发行就没有广告，这背后其实就是一系列的利益。

我们常常奇怪，尽管不断听到发展中国家对西方媒体的妖魔化提出抗议，但是，在西方媒体眼中，他们看到的多是阴暗面。

客观而言，既然是发展中国家，当然存在种种落后于发达国家的方方面面，但是，对于广大发展中国家而言，他们也有许多积极向上的新闻。落后是事实，贫困是事实，但是努力、奋斗、希望同样是事实。

如果只看到负面，而看不到正面，发展中国家的希望在哪里？人类的希望在哪里？

第七辑　第三只眼

阿尔卑斯山的早晨

阿尔卑斯山的早晨真是安静。一连几日，我们天天早起，沿着崎岖的山路，往山上走。

山路两旁，木质结构的别墅错落有致地分布于森林当中，若隐若现，仿佛置身于一个童话世界。

天色空濛。远处白雪覆盖的阿尔卑斯山与深灰的天空交融在一起，形成界限分明的银灰。亮了一夜的启明星，显得有点孤单，眨巴着眼，似乎不肯离去。

途经一个路口，这是我们每天都要散步经过的地方。我们来到山上住下的头一天晚上，我们曾经在这里仰望星空。从灯火通明的屋内出来，外边很黑。路旁两边的森林像黑色的幕布朝着天际延伸，而我们带着对陌生环境初来乍到的惊恐，突然仰头看到了令人眼花缭乱的星空。天蓝如洗，繁星迷离。久居北京，夜空总是灰蒙蒙的，这样的灿烂星空真是久违了。大家一时变得兴奋，指认北斗，仰望银河。早晨再到这里，才发现，夜色消退后的阿尔卑斯山是另外一种景致。

天空由灰而亮，阿尔卑斯山还没有醒，别墅里睡梦中的瑞士人还没有醒。我们生怕惊动了这里的安宁，我们走在山路上的脚步似乎也放得很慢，空气有点潮湿，昨晚好像下过一点小雨，我们偶尔踩在路旁的树叶上，在清晨潮湿的空气中，发出沉闷的沙沙声。

也许是我们脚步声或者是说话声惊动了睡梦中的小鸟，一只小鸟忽然发出一声尖叫，像弹簧一样在一棵大树上蹦起，在树梢上方，犹豫一下，扑棱着翅膀，飞到远处一棵大树上，落下。相邻的几只小鸟仿佛也受到了惊吓，条件反应似地，发出轻轻的鸟鸣，如睡梦中孩子的呓语，然后，又很快安静下来。森林便也渐渐恢复了安宁。

我们的脚步更轻了。没有声音，偶尔能听到秋叶飘落划过参差的树枝以及碰到地面落叶发出的轻响，这是树叶告别深秋的叹息。

树林里偶尔漾来几缕柔和的风，风里夹杂着森林里的清新甜味，这是阿尔卑斯山早晨的气息。我们都不说话，我们生怕打破了这里的宁静，我们贪婪地在深深呼吸阿尔卑斯山森林里传来的新鲜空气。

沿着平缓的山坡路，继续往山上走。途经几家别墅，门前不同的装饰体现着别墅主人的趣味，有的家窗外垂挂着花篮，有的挂着自己喜爱的饰品，大概准备过冬了，家家门前均堆着码放整齐的木材，尽管家里都有天然气取暖，但喜欢传统的瑞士人更愿意在家里点上壁炉。

绕过最高处的几栋别墅，我们拐进没有人烟的原始森林。瑞士人少，湿软的山路显然很少人走，多年的落叶层层积压，形成松软的便道，沿路两边高大的桦树林，有的树根露出土层，在空中像伸一个懒腰，又一头扎进深深的岩石缝中。

瑞士人起床晚，早起的，是遛狗人和赶往山下上学的孩子。我们返回住处的途中，遇到两个上学的孩子正准备和他们的父亲乘车下山。一个站在车边正在用法语招呼自己的兄弟，一会儿，从木屋房里跑出另一个背着书包的更小一点的孩子。在国内的山里遇到学生，一定是贫困人家的孩子，而这里，则完全是两样了。经过一个潺潺流水的石桥，一个男子牵出一条黑色油亮的大狗，见我们迎面走过来，男子立即用手将狗轻轻按在地上，仿佛在对狗轻轻耳语，我们经过的时候，向我们友好地问了早上好，静静地等我们经过，他才和狗朝树林子里一路狂跑起来。

一道金光从东边雪山一角射出强烈的光线，将雪山涂上一层金色，光线变化很快，天空很快又被涂上一大块金色。在柔和的阳光下，山林梢头，红黄两色，色彩鲜明。我们回来的路上，天已大亮，画家徐唯辛先生不停地拍照，感叹这里的光线变化太快。我们快到住处时，回头发现，身后的雪山半山腰，萦绕了长长一条洁白的轻纱，等用完早餐，轻纱不知被阳光蒸发到哪里去了。

在瑞士几日，早起散步的最早只有我和画家徐唯辛，后来画家忻东旺夫妇也加入进来。东旺先生大概在散步中尝到了甜头，每天晚上睡觉前，总是不忘叮嘱，早起叫醒他。

王飞先生最近通过电子邮件发来照片，称阿尔卑斯山的雪已经有半尺厚。我仔细地辨认着图片上的林海雪原，心想，在这样的雪山上散步，大概是别有情趣吧？

享受工作

麦斯先生来了。

每天早晨9点，麦斯先生总是像钟表一样准确，将车开到我们楼下，然后下车，和我们所有人热情地握手、问候，有时候还要加上一个拥抱，这几乎成了我们在瑞士期间每天早晨一天公务活动开始前的一个仪式。

麦斯先生总是精神饱满。我们在瑞士期间的所有公务活动，他都在场。作为马蒂尼市博物馆的馆长，他除了要安排好博物馆的一切工作之外，每天还与我们朝夕相处，同时义务担任了我们的专职司机、翻译（将法语翻译成英语）、导游。有时候，我们从一处搬到另一处，他又成了和我们一起抢着搬行李的搬运工，直到每天公务活动结束，他把我们送回住处，然后又和我们一一热情地握手、祝福、道别，连续10天，天天如此。

说实在的，麦斯先生的认真、热情有时弄得我们既感动，又不好意思。私下议论起来，国内同行的一位朋友半开玩笑说，人家麦斯馆长按职务算不上司局级，至少也是处级吧，国内现在有些干部，官不大，架子不小，出差只要有下级在，连个人的手提包都不会拿了，严重的官本位思想把国内一些官员，惯出了一身臭毛病。总之，对于麦斯先生的做事态度，大家感慨不已。

与麦斯混熟了，我们问麦斯，每天这样忙碌，累不累？麦斯先生一听，满脸堆笑，大声说，不累不累。他说，他每天非常开心，喜欢自己的工作，也非常享受自己的工作。麦斯先生身材不高，戴眼镜，下嘴唇像一弧弯月，看上去好像永远都在笑。他也爱笑，笑起来面部表情更显得生动丰富。当他连用几个非常来回答我们的时候，我们相信，他不是客气，他是真的在享受自己的工作。

麦斯先生原籍丹麦，年轻时在巴黎留学，认识了瑞士籍妻子，就“嫁”了过来。我们在麦斯先生家，见过他的笑起来像天使一般单纯美丽的妻子和女儿，以至于画家东旺兄花了两天时间，浓墨重彩地为麦斯先生的妻子专门画了一幅人物肖像。麦斯先生说，他喜欢艺术，这些天与幽默风趣的中国朋友们在一起，让他非常开心。不过，这些天确实非常累，等把中国朋友们送走后，他准备好好睡上几天。

不仅麦斯先生做事认真，与瑞士人相处，我们发现，瑞士人都特认真，不管男女老幼，每个人的身上似乎都有一股子认真劲儿。学习中国书法的沙赫利先生，好不容易见到了几位能写中国字的艺术家，把他收藏的、练习的书法都拿出来了，也不知道他从哪儿弄了那么多的中国字。负责拍摄中国艺术家活动的当地电视台记者亚历山大，大个子，一顿饭能够吃下两个人的饭量，扛起摄像机干活也是毫不含糊。连邻居家的小男孩进来和我们礼貌地打招呼，也像大人似的，一一握手、问好，有板有眼。

博物馆的职员维纳斯小姐，负责我们住在山上期间的晚餐。维纳斯的真实姓名我们问过，挺怪的，没记住，但她的热情、善良、单纯，让我们想起希腊神话中的女神维纳斯，所以我们干脆就叫她维纳斯。我们外出活动一天，每天晚上回来，她都为我们点上壁炉，准备好丰盛的晚餐。西方人说话很直，我们也入乡随俗，有什么需求，都直说。我们说想吃米饭，她就按她的理解，给我们做了一锅夹生的米饭；我们说，喜欢青菜，她就买来各种青菜，切碎，混在一起，撒一把盐，煮在一个大锅里；我们说，想喝稀的，她就给我们熬了一大锅奶油汤。她每天忐忑地看着我们用餐，我们虽然不太习惯，但装出吃得挺香，每每这时，她的笑容便像天使。我们私下里也议论，这么好的大米、青菜，做成这样，可惜了，商量着用同样的材料做一顿中国菜，给维纳斯小姐表演一把。

清华大学副校长汪劲松先生，四川人，烧得一手好菜。临别前夕，我们邀请博物馆的朋友一起到我们的住地用餐。年轻的汪校长是著名科学家，能画画，他以科学家的严谨，艺术家的想象力，从色、香、味等多方面制造了一顿丰盛的晚餐。维纳斯以及瑞士朋友为眼前的晚餐惊呆了，不断发出哇的赞叹声。我们趁机对瑞士朋友吹嘘说，这个水平在中国其实很一般。汪校长很谦虚，连连说，是，是。维纳斯大概想学，这边看看，那边看看，觉得挺神秘，自己不断摇头，笑，觉得不容易，也就算了。

在瑞士，无论问路、购物、交谈，等等，你总能感到瑞士人是一个一丝不苟，特别认真的民族。

一个国家是由无数国民构成的。瑞士不大，但是仔细想来，这是一个让人尊敬的国家。瑞士70%为山脉，面临着德、法、意、奥等欧洲列强的合围，在大国的夹缝里能够几百年傲然独立，并且至今保持世界人均首富的生活水平，特别是精密仪器、生物制药等技术领域在世界领先，这是不是与一个民族的性格有关呢。可惜，我没有这方面的研究，我写下的不过是个人的随想。随想者，随便想想而已。

与自然融为一体

到瑞士第一天，一早起床，宾馆外的景色把我们惊住了。

头天晚上下飞机，从日内瓦赶往马蒂尼市，一个多小时，行走于夜色中，只见公路两侧灿若星空的万家灯火，却看不见车窗外夜幕下的真实风景，早上起床才发现，外面景色如此惊艳。

楼前高高的白桦林残留着金黄的秋叶，草坪上、不同品种的树下，飘落一地红黄两色的落叶。落叶如此鲜艳，竟像水洗一般，因为太干净，倒让我们觉得仿佛是假的了。巍峨的阿尔卑斯山脉环绕四周，山顶白雪皑皑，半山腰下，则是层林尽染的红黄秋色。

满眼尽是景，到处都是画。同行的画家徐唯辛先生也是一早起床，在宾馆周边溜达多时。他手里端着相机，不停拍照，嘴里不时地啧啧称叹。

在瑞士连住几日，我们发现，这个国家干净整洁，仿佛就是一座大花园，没有污染，不见垃圾，以至于徐唯辛先生发出这样的感慨：其实瑞士人是没有幸福感的，因为他们天天生活在美景当中，觉得一切都是理所当然，已经麻木了，审美疲劳了，生在福中不知福了。于是他进一步得出结论说：或许只有对此有对比的人，才会发现，原来天这样蓝，水这样清，树这样绿，人类生存环境，可以保护得如此美丽。

反省我们这么多年的发展以及由此付出的代价，尽管我们现在已经认识到了保护环境的重要性，但也不得不承认，国内在保护环境方面，要做的工作还太多太多。

瑞士是个资源匮乏的国家，70% 国土面积为山脉，但是由于瑞士严格立法对自然环境进行保护，使得这里成为世界上最受欢迎的旅游目的地和最适宜人居的地方。

在瑞士，种树好比养孩子。早在多年前，瑞士就以立法的形式对国土面积做了严格的规划。比如耕地、工业用地、住房、森林等都做了详尽的划分，随便改变用途是不可以的。听当地朋友介绍，在瑞士种一棵树容易，但要砍树却难乎其难，好比养一个孩子，生孩子可以，但必须把这个孩子养大成人。所以，我们在瑞士街道的两侧，住家的窗前屋后，常常能看到动辄上百年的参天大树。

有山的地方，就有树，有树的地方，就有房。瑞士人似乎对住在山上情有独钟。一般中产阶级家庭，除了在城里有一套住房外，一般在山上还有一套别墅。

从人口数量的角度看，瑞士没有真正意义上的大城市。苏黎世为最大城市，35 万人，日内瓦为国际性城市，许多国际著名常设机构在这里，这里的人口 17 万人，我们到访的马蒂尼市，只有 2 万人。由于人口相对稀少，我们到过的瑞士的大小城市，印象中都十分安静，但喜欢安静、喜欢大自然的瑞士人似乎还觉得住在城市太闹，还要住到山上寻找安静。许多人到了周末，就全家住在山上。

我们在瑞士访问期间，为了让我们体会瑞士人的“山里人”生活，好客的东道主为我们安排的一半时间住在山上，我们一行 8 人就住在一所独栋的三层房子里。

山上基础设施完备，水气电一应俱全，通讯、交通、网络也十分方便。在我们住的一座山上，道路旁还有邮箱，邮局负责送报送信。连垃圾也经过分类，由相关部门一并拉走处理。在公共生活设施方面，山上山下，城里城外看不出什么区别。或许正是政府提供的这些公共服务，才让大家更愿意选择住在山上，晚上看星星，早晨听鸟叫，自由地享受大自然的无私馈赠吧。

住在『牛圈』里的瑞士人

与国内到处都在拆不同，在瑞士，老旧房子是不能随便拆的，连牛圈也不能随意拆。走在瑞士不同的城市和小镇，保护完好的古老建筑往往成为当地的一大特色，也正因为如此，这些古老建筑形成的城市历史、文化风貌，成为吸引世界各地游客到此观光的看点之一。

我们先后到过几位瑞士朋友家做客，巧合的是，主人告诉我们，他们的家都是牛圈改造的。这里需要交代一下，瑞士人对建筑是十分认真的，所以即便是建一个牛圈，也是很牛道主义地把牛圈当做一个像模像样的建筑来搞，而不是我们印象中的随便几间茅草屋。这些牛圈在外观上与居民住房没有什么差别，咖啡色或者黑灰色的尖形屋顶，白色的墙壁上开出几扇窗户，典型的欧洲民宅风格。瑞士人之所以这么严肃地保护旧建筑，大概就是因为建得严肃，所以拆也不能太随意。听朋友介绍，在瑞士想随便拆毁一处建筑，需要层层审批，几乎不可能。不能拆，就要好好利用，所以，将牛圈改造成住宅，成了瑞士一景。

我们参观了这些朋友住的“牛圈”，倒是别有风味。

沙赫利先生是一位建筑师，他热情地邀请我们参观了他的“牛圈”。牛圈被改造成了三层阁楼：一楼琴房、卧室，二楼客厅、厨房、餐厅，三楼书房、卧室。沙赫利先生不愧是建筑家，经过他的一番精心设计，真是妙手回春，房间采光充足，舒适宜人。三位国内去的大画家看了羡慕地说，在这里作画简直是天堂。特别精彩的设计在窗户位置的选择，在厨房做饭，抬头便能隔窗望见阿尔卑斯雪山，从书房开启的几扇窗户则分别能看到教堂、花园、雪山，睡在三层，如有雅兴，还可以舒服地躺在床上，透过天窗，仰望星空。

我们拜访过的博物馆馆长家、王飞先生家也都是这样的牛圈改造的。所不同的是，室内风格完全按照主人的趣味设计，各有个性。但有一个共同点，与国内当前流行的奢华装修风格相比，均显得简朴、实用。材料基本选用天然的木头，不用油漆，没有雕琢，粗看显得简陋，细看十分环保、实用。

瑞士人大概对自然、古旧的家具更为偏好。在他们的家里看不到现代家具，麦斯馆长家的一件五屉柜是一种很老式的家具，麦斯先生却骄傲地说，是从老家丹麦运过来的，是家里的祖传。王飞先生家 60 平方米的大厨房，可容纳将近 20 人的大餐桌，是由简易木头钉成的条案，亲切自然。沙赫利家里值钱的东西要算两架古旧的钢琴，他的夫人是一位音乐学院的钢琴教授，她就在一架钢琴上先是为我们演奏了天籁般的莫扎特，接着又演奏了难度极高的巴赫。仔细想来，这算是我们在“牛圈”里欣赏到的一次家庭音乐会。

沙赫利先生喜欢中国文化，正在跟在日内瓦大学任教的中国学者王飞先生学书法，刚学了几句半生不熟的中文，很显然，他写的比说的好。他的书桌上摆着他的书法习作，习作的边上还放着八大山人、石涛的书、画，书房一角悬挂了一幅启功先生的字：行文简浅显，做事诚平恒。启先生书法里表达的意思，放在这里，倒是贴切。

瑞士曾经是一个农牧业相当发达的国家，随着国家产业结构的转型，当前从事工业领域工作的人口占到 27%，从事服务业的人口占 69%，从事农业的人口已经减少到 4%。农业人口减少之后，一些牛圈开始闲置下来，对牛圈房进行改造，不仅保护了历史和文化，也大量节约了社会资源。

瑞士是世界人均首富国家，瑞士为什么能够成为世界首富？瑞士人的这种节俭文化，不能不说也起到了很重要的作用。在人的一生中，购置房产几乎成为普通人一生中主要的支出部分，财富是一代又一代人积累起来的，轻易地拆毁一座房，等于将一代人辛勤积累的财富化为乌有，这是十分可惜的。联想到北京四合院的大面积消失，以及国内一些城市的大规模拆迁改造，瑞士的朋友摇头叹息道，太可惜了，太可惜了。而在看了瑞士人家庭装修的简朴风格后，画家忻东旺先生从审美的角度批评道：当前国内像豪华宾馆式的装修，不仅造成大量浪费和污染，而且趣味不高，几近恶俗。

看来，趣味是用钱买不来的，恶俗倒是可以用钱堆起来。

附：王飞文章：《家住瑞士乡下》

看了苗福生先生撰写的瑞士采访札记特别是《住在“牛圈”里的瑞士人》一文后，颇有一点感触。瑞士人在保护环境，与自然和谐相处方面，的确有许多地方值得国内借鉴。下面写到的就是我住在瑞士乡下的生活经历。

我们的花园有近 2 000 平方米，其中 400 平方米属建筑用地，可以建房或车库，但要到镇建委申请，还要将图纸张贴出来，听取各方意见。如果邻居有异议，如视线、采光、噪音甚至窗户朝向等缘由，就要复议，直到大家都能接受的方案出炉才能开工。剩下的属于非建筑用地，可以莳花艺竹，可以踢足球，但不能有任何建筑。土地用途 100 多年前就通过立法定下来了，不能变更。我们的草坪与农田相连，想想陶潜平畴交远风的诗句，田园生活的确有都市人难以想象的韵致。至于私人田宅界限，除了界石，还由政府统一留档并进行管理，邻里很少为此发生纠纷。

院内原有两棵 106 岁的长松，霜皮溜雨四十围，黛色参天两千尺，于其下弈棋品茗，窃比桃花源中人家，可因向住房倾斜，始而每年请政府指定的相树专家评估风险并付相当于 1 000 元人民币的保险，以便一旦倒向住房最高可获 60 万元人民币的赔偿，专家每年都那句老话：一年内没问题。后终觉不踏实，便到镇政府递交了伐木申请，专家核实同意后，才有专业伐木工人前来执刑。落叶归根，草坪内榉树下的木墩便等着化作春泥更护花了。

法律规定，树木砍一种一，于是，朋友送了两颗树龄 25 载的日本黑松，前年夏天，两木檄前的小松树上忽然飞来了一只蜂后，转瞬间，千万只蜜蜂从天而降，顷刻酿造了一只蜂巢，孩子们马上给消防队打电话，消防队员全副武装地、雄赳赳气昂昂地赶到了，又小心翼翼地将蜂巢移进挖满细孔的纸箱，带到森林深处放生了。

夏天，每晚都有访客。20 点一刻，一只刺猬便来到园中，吃草坪里各种软体小虫，若给它一小块面包，它也不推辞，叼了就跑回麦田，慢慢享用，也不贪心，第二天再来。21点30分，一只狐狸按固定线路前来觅食，从不爽约。冬天，邻居家的车库里便有刺猬冬眠，孩子们给它身上放些干草，就不再打扰了。村里，狐狸在大雪之夜常常将头从猫门探进脑袋，享用猫食，据说，喝猫碗里牛奶的声音缺少绅士风度。

去春，小刺猬未能熬过严冬，再没醒来。晚上，孩子们都来了，带着锹铲，为小刺猬下葬，并在坟头点上了蜡烛，还唱了挽歌。

每年，来瑞士旅行的国人很多，却大多在城市景点照张相，其实，瑞士的乡村也是很值得体验的。（王飞，日内瓦大学教师）

受伤的鸽子

在德国，最常见的动物是鸽子和狗。鸽子是和平的象征，狗被当做人类的朋友。也许是德国人对发动那场不光彩的战争有着刻骨铭心的感受，所以才养了那么多的鸽子来强调自己对和平的热爱吧。几乎在德国每个城市的广场，都能看到成群的鸽子旁若无人、悠闲觅食的样子。

狗也是德国街头一景。常见人们牵着狗在街头散步，有各种各样的狗。西方人喜欢标新立异的个性在所养的宠物狗身上也得到了淋漓尽致的表现，有的狗娇小玲珑，有的狗凶猛强悍。在柏林街头，我们看到一位女士牵一头如黑熊一般大的狗，使与我们同行的一位小姐恐惧得“敬而远之”，而女主人则用微笑向我们表示友好。我们在为这头“黑熊”拍照时，它警觉地看着我们，又看看女主人的脸，当它看到女主人的脸上始终微笑着时，便打消了敌意，像一个矜持而傲慢的保镖，摇了摇尾巴，算是和我们打了招呼。

德国对保护动物有严格的法律规定。在柏林市区，有一大片森林。德国到处都是这种受到保护的大片森林，但是在一个如此喧哗的大都市内，却俨然矗立着这样一片一望无际的宁静的大森林，让我们惊讶不已。它一方面在向大都市提供着新鲜空气，另一方面也在对人类所谓的现代文明保持了高度的警惕。在城市中保留大森林的想法真是具有伟大的想象力。德国朋友告诉我们，森林里有野猪、狐狸、野兔等动物，但严禁捕猎。偶尔也有野猪跑到马路上的时候，人们发现以后，给有关部门打个电话，很快就把他们轰回森林里去了。井水不犯河水。

在慕尼黑，我们参观一座皇家花园。一群灰色鸟远远地点缀在草坪上，夕阳的余晖将巨大的草坪涂上了一层金黄色，忽然一个穿红衣的小男孩在夕阳的照射下像一团火球一样跑进鸟群，受惊的鸟群像一阵旋风一样，刮向天空，盘旋着，盘旋着，又落在别处。德国人告诉我们说，这是野鸭，我们走近这群野鸭时，它们正惊魂未定地对着我们哑哑哑地叫着，好像受了委屈的孩子，诉说着那个男孩的无礼。看着它们笨拙地摇晃着身体的样子，令人忍俊不禁。在法兰克福，我们看到一幅让人感动的画面。一只鸽子受伤了，一定是腿部受伤了。它蜷缩着身子，一副无助的样子，这时一对夫妻用面包屑喂它，它站立不起来了，便用翅膀支撑着身体向这对夫妻移过去。

不知为什么，一个弱小生命强烈的求生本能以及在最困难的时候对人类的信任给我留下深刻的印象。人类保护了动物，动物也美化了人类的生存空间。在莱茵河、易北河，在德国有河有湖的地方，就常能见到一种白色的水鸟，这些水鸟在蓝天绿水之间，成群结队，忽起忽落，自由飞翔，像一幅幅流动的画. 生活在这样一个人与动物和平相处的优美的环境里，我们会突然醒悟，人类保护动物，其实也是在保护人类自己。

说了这么多德国人喜欢动物的好话，国内的读者朋友一定会反驳说，喜欢动物其实是人类的共性，并且一定会举出每个人童年经验中，伴随着动物一起成长的曾经让你欢乐让你忧伤的故事。但是后来随着我们年龄的增长，动物为什么渐渐离我们远去了？为什么只要我们一想到广场上成群的鸽子，那一定是巴黎、伦敦、维也纳，柏林或者罗马、米兰、威尼斯，为什么不是北京或广州？我们曾听说某某城市广场驯养了一批鸽子的喜讯，但紧接着就是听到了鸽子在很快减少的坏消息，于是，我们只好表示遗憾；我们也曾听到国家三令五申严禁捕猎各类野生动物，但是这些动物还是成了某些人餐桌上的“佳肴”，于是，我们只好再表示遗憾。

但在遗憾之后，我们依然要说，我们生活的空间，草坪本该开阔，森林本该茂密，河流本该清澈，空气本该新鲜，动物本该和人类和平相处。

阿姆斯特丹的自行车

阿姆斯特丹的自行车真多。交通枢纽附近、繁华路段、大街小巷，到处都是自行车，有的地段，停车场有多层，密密麻麻，填满自行车。这让我们这些来自自行车大国的中国人既惊诧，又亲切。

荷兰是欧洲发达国家，作为首都的阿姆斯特丹有 71 万人口，这在欧洲已经是个大城市了。这里公共交通相当发达，然而，即便如此，自行车仍然扮演了城市交通工具中的重要角色。

荷兰人对自行车有一种偏爱。当地的朋友告诉我们，买汽车对于普通荷兰人来说，经济上根本不是问题，但是，许多人更喜欢骑自行车。于是，在古老的城市街道，在运河两岸，在蓝天白云下，在微风细雨中，到处可见那些骑车自由穿梭的人。

自行车在这里是平民，也是贵族。随便骑车到一个地方，找一块空地，便停放下来。在各种路段，自行车都有自己的特权：专用车道。初来乍到，我们起初不太习惯，以为走在人行道上，唰——一辆自行车飞驰而过，当地朋友赶忙提醒：别占了自行车道。唰——又一辆自行车过去了。有了经验，我们上路便认真地走在人行道上。

作为代步工具，荷兰人对自行车常常做一些更为实用的创新。有的在前轮与车座之间加上一个小车斗，孩子坐在里面，在大人的视线之内，舒适又安全；有的把车加长，一家三四口人，骑在一辆车上，同步蹬踏，惬意又温馨；有的在车的后座上，对称搭上带盖的布兜，方便又实用。但是不管怎么改造，自行车都必须装上前后灯，以确保夜间行车的安全。如果没有灯，被警察发现了，是要罚款的。在许多停车场，我们发现，荷兰人用的车锁，都是很粗的铁链，我们不禁哑然失笑，不用说，盗车贼一定十分猖獗。

汽车社会曾经是现代文明的一个重要标志，衡量一个社会平均多少家庭拥有一辆小轿车，似乎也是衡量一个社会发达程度的重要指标。但是，汽车社会所带来的一系列弊端正逐渐为人们所认识。所谓后现代，不妨可以看做是人们对环境保护、城市管理、人与自然等多方面有了足够的理性认识，并付诸行动的全民自觉选择。

我国的许多大中城市已经或正在迎来汽车社会的严峻考验。客观地说，我国许多城市是非常不适合发展家庭轿车的，但是，要重新回到自行车社会，迫切需要来自城市管理者富于远见的顶层设计：城市公交怎么样？空气质量、道路设计能否保障？自行车与公共交通之间的衔接能否更加人性化？等等。

骑车出行值得提倡，但是，给骑车人创造一个良好的环境，恐怕是当务之急。

德国街头看汽车

德国是个汽车社会。

爱车的朋友在国内马路上偶尔发现一辆好车，会突然眼睛一亮，赞叹不已，而走在德国的大街小巷，就会目不暇接，大饱眼福，因为到处都是好车，连出租车都是奔驰。套一句北京人爱开的玩笑模式：如果德国大马路上的一个电线杆子倒了，砸倒八辆车，有七辆就是奔驰。毕竟这里是奔驰汽车的故乡。我们从法兰克福机场乘车往市中心时，经过法兰克福体育场，那里正举行一场足球赛，场外便停满了造型各异、色彩缤纷的汽车。就这样随便地将汽车停放在场地外吗？德国朋友耸耸肩膀说，每次比赛都是这样。我不知道他理解了我的意思没有。我的意思是：这么好的车，就这样随意地停在场外吗？我忽然又觉得自己的好笑，不停在这里又应该放在什么地方呢。我是太喜欢这些车了，便有些杞人忧天。

初到德国，我们一见好车便激动不已，相机快门按个不停。但过不了几天，惊喜的目光便暗淡下来。满大街都是好车，你激动什么？就像北京满大街都是“面的”，我们也并不觉其破旧、污染环境一样。坐在里面任其颠簸还感觉良好，有时遭到蛮横拒载也无可奈何，都是因为习惯了。习惯让人麻木。但我们的目光却变得挑剔起来：一辆大奔驰开过来了，唉！怎么还是老样子；在德意志银行楼前，整齐地停满了崭新的银行职员的车，看过一遍，也不过如此。大饱眼福之后，我们仿佛成了阔老板。

德国没有旧车吗？有。一类是喜欢怀旧和标新立异的人开的一种像甲壳虫式的老式车，在大街上偶尔看到这种车，你会开心地一笑，在不和谐中体会到了另一种和谐，当然这种车也很便宜；另一类是原东德生产的轿车，我们在德累斯顿遇到过这样一辆车，又旧又破，原西德人脱口而出说，这是东德产的。这种口气的潜台词是：西德怎么会生产这种破车。尽管东西德统一已经好几年了，尽管在公开场合西德人很注意不去伤害东德人，但在私下．我们感觉西德人总是不放过挖苦嘲笑东德人的机会。那么东德人呢？他们更多的时候是保持了一种沉默。沉默后面就是人的尊严。什么都可以失去，就是不能失去尊严。有了尊严，就有了希望。

汽车是德国人的基本交通工具。不仅车好，路况也好，所以在大街小巷车都开得飞快，但交通秩序井然。很少有横穿马路或闯红灯的。行人过马路时，司机总是友好地等行人从容过去。有人说西方国家的司机很有教养、懂礼貌，我则不以为然．如果他们每天生活在交通堵塞、空气污染、行人乱穿马路的环境中。他们还能坐在车里，嚼着口香糖，幽雅地听着音乐，向行人送去一个又一个绅士般的微笑吗？谁信！

德国是世界上环保较好的国家。天蓝云白，树绿草青，到处浓浓的绿着，仿佛风都染成了绿色。刚下飞机，你会突然惊叹。天原来是这样蓝，树原来是这样绿。德国对汽车排放的尾气有严格的规定。由于污染小，德国的汽车顶棚一般都有一个推拉门，天气晴朗的时候，拉开顶门，沐浴在阳光之下，陶醉于清风之中，尽享大自然之恩赐。谁保护了自然，自然就回报于谁，这也是天经地义的事。

德国是个汽车大国，但未必人人喜欢汽车。一路陪同我们的德语翻译 STE-FAN 先生正在海德堡大学读博士，他说买一辆新车需要三万至五万马克，他是学生买不起，但他更喜欢自行车，骑车可以锻炼身体。买不起车说不喜欢车让人听起来总有一点酸葡萄心理。不过德国财政部的一位高级官员买一辆车应是不在话下了，但他天天骑车上下班。他说工作很忙，没有时间锻炼身体，骑车是一个好办法。波恩是德国最美的小城之一，骑车的人格外多，大抵是城市小的缘故吧。德国人骑的都是赛车，骑车速度很快，拼命骑，仿佛要与汽车赛跑。

在德国打车很难。打车一般要提前订，都非常准时。德国出租司机也有拒载的时候，有一天晚上我们要从旅馆到音乐厅，出租司机觉得距离太近，不愿意去。陪我们的德国朋友非常生气，我们则在“友邦惊诧”之余仿佛找到了一种心里平衡。我们还不太会生气。我们的脾气都特好。

小镇很安静

沿莱茵河逆流而上，两个小时就到 Linz 小镇了。

接待我们的导游，举了一把红伞，站在码头的人丛中，十分醒目，我们一眼便认出了他。小镇太小了。一条主要的街道，曾有一条清澈的小河从街心流过。小河消失了，当地人便在街道的砖面路上，划出一道弯弯曲曲的白线，仿佛让人伤感地想起一段逝去的美好时光。一座尖顶教堂，从教堂飘过来的钟声让小镇显得格外宁静。这天游人很少。天气晴朗。几片薄云像轻纱一样悠闲地停在蓝得发亮的天空。导游是当地人，他轻声细语地向我们介绍着小镇的建筑和历史，唯恐打破了小镇的宁静。他是个中等个，浓肩，深眼窝。看上去更像个希腊人或意大利人。

临街的窗口上，家家户户都种了鲜花，红的、黄的、白的，争奇斗妍。每幢建筑的墙上，都注明了建造的年代，不少建筑经过了修葺翻新，有的建筑保留了木建筑的外框结构，但里面却是钢筋水泥的。这种对建筑外形的炫耀，也使得当地人获得了一个“吹牛的 LINZ 人”的雅号。

善于思辨的德国人处处不愿放过这种表达自己的机会，在自家房子的墙上或门檐上，或调侃或充满哲理地写上几句。这可不是柏林或法兰克福大都市的街头涂鸦，这是很认真地镶刻在墙上的。这些句子很能看出房主人的气质和性格。一幢房子的墙上这样写道：“我为你准备了鲜花，在你高兴和悲伤的时候。”这一定是一个喜欢鲜花的主人了。

另一幢房子上写道："多亏死后下地狱不用花钱，否则的话，穷人还要替富人下地狱。"这家房主人又像一个肝胆侠义之士了。有一幢结构别致的三层小楼，导游对我们说，这幢楼建于1604年，房主人是个木匠，房子是纯木质结构，一根钉子未用。这个木匠大抵还是一个虔诚的基督徒，屋檐下镶嵌了这样一段话："这既是我的家，又不是我的家，与永恒相比，我只是短暂的借宿者。我将利用短暂的生命为大众服务。"房子建于三百多年前，这个善良的木匠当然早已化为尘烟，但是如果不是时间提醒我们，我们不依然相信一个普通而善良的生命的存在吗？望着不远处褐色的教堂尖顶，在空旷无垠的蓝天下静默无语，我仿佛忽然领悟了一种永恒的存在。

是的，超越于时空的永恒之外，还应当有另外一种永恒，那是人类的精神。Linz小镇坐落在莱茵河畔，小镇得益于莱茵河的天然滋养，但每年雨季，也常遭受洪水之灾，城墙的门洞上刻着数百年来历次洪水的最高水位。人们对付洪水有了经验，洪水来了，就从一楼搬上二楼；洪水大了，就从二楼搬上三楼。于是，整个雨季，小城便成了水城。家家备有船只，洪水期间，人们便从窗户出去，乘着小船，交通往来，潇洒自如。小镇人就这样，划着小船，晃晃悠悠地划出了几百年的历史。

小镇的人每天抬头不见低头见，进进出出都认识，导游一边向我们解说时，一边不时地向过往的人们打招呼。导游对因打招呼而中断对我们的讲解不好意思地说："都认识，不打招呼他们会不高兴"。我们正往前走时，一个小男孩蹑手蹑脚地走在导游后面，手里拿了一根棍子，他正准备戳导游时，被我发现了，他忽然躲了起来。问导游是否认识这个孩子，导游回头看了看，笑着说，是邻居家的孩子。

小镇有6 000人，每年吸引了大约75万的游客。

游客来自世界各地，每年这么多的游客到这里来寻找什么，没有人做过解释。但是每天都有从世界各地喧哗的闹市来了一批人，走了；又来了一批人，又走了。人们似乎失去了什么，人们似乎在寻找什么。人们找到了什么吗？小镇无语。我们离开小镇的时候，从教堂飘来了悠扬的钟声，伴随着徐徐的秋风，钟声一直飘过来、飘过去，仿佛飘到了蓝天，并凝固成了那几片轻纱一样的白云。

乘火车沿着莱茵河畔返回波恩的时候，我忽然体会到了在现代都市中久违了的一种宁静与安详。

一位捷克司机的工资

在国外问别人收入多少是不礼貌的，但是，在捷克给我们当翻译的北京小伙一路却表现出了北京人特有的热情和直爽。

他在捷克生活多年，精通当地的人情世故，对我们的问题有问必答，比如，当地人的工资收入，他以给我们开车的捷克司机为例介绍说，当地人的平均工资在每月 8 000 元人民币左右，司机的工作比较辛苦，加上他们的加班费，收入一般比平均工资高一些，大约在 10 000 元人民币左右。

他说，大家工资差距不大，除非自己创业当老板，否则，不管从事什么行业，平均收入都没有太大差别。相反，比较辛苦的行业，如医生、司机等职业，收入相对会高一些。

作为东欧中等收入国家，捷克有自己的国情。但是收入安排上的基本均等却让我们看到这样一种现象：只要你辛勤劳动，就可以获得过上基本体面生活的收入。因此，人们不管从事什么职业，都表现出一种尽职尽责的职业精神，比如一路为我们开车的司机，穿着体面，相貌堂堂，从为我们码放行李、搬运箱子到友好告别，始终兢兢业业，阳光灿烂，给人的感觉是他十分享受自己的工作。

收入预期事实上影响到社会的方方面面，特别是教育体系的设计，在捷克，全社会更加重视青少年德智体的全面发展，学校更加重视的是培养人，而不只是关注你考多少分。对于捷克的中学生而言，面向未来，选择职业技术学校，抑或到大学深造，似乎没什么区别，完全出于个人的兴趣。只要孩子能健康成长，父母们似乎也不担心孩子输在人生的起跑线上。因此，在捷克，你也许看不到大富大贵的人，但是，这个社会人们的整体精神面貌却显得从容、平和、友好。

我们中途在加油站休息的时候，北京小伙指着正在休息室喝咖啡，并始终微笑着与身边陌生人轻声聊天的捷克司机问我们，如果你不知道他是位司机，你们能看出他的职业吗？

于是，我们都把目光落在这位帅气的捷克小伙身上，一时无语。

犹太人纪念碑

正视历史，真诚悔罪，这是第二次世界大战结束以后，德国作为战争发动者与加害国留给世界的印象，也因此，德国赢得了受害国人民的宽恕与世界的信任。

德国的真诚，源于对那段不光彩历史的理性认识。因此，他们对待自己的历史，不仅不回避、不狡辩，而且敢于面对事实，甚至勇于自揭伤疤。在柏林，不仅完好地保留了当年签署波茨坦公告的旧址、苏联红军攻入柏林的纪念碑，而且在东西德统一之际，在首都柏林“政治心脏”的部位，建立了欧洲被害犹太人纪念碑。

纪念碑始建于 2005 年，地点选择在勃兰登堡门与波茨坦广场之间，与联邦议院、总理府比邻，从这个位置看，且不说这是个寸土寸金的黄金地段，仅就其政治意义而言，寓意已是不言而喻。

纪念碑占地足有 4 个足球场大，整个纪念碑由 2 711 块灰色长方形碑组成。碑身高低不平，高的 4.7 米，最低的不足半米，均由水泥浇筑而成，驻足望去，宛如灰色的海洋，似乎在讲述着犹太民族多灾多难的坎坷经历。纪念碑的下面，共有 4 个巨大的展室，分别记录了犹太人惨遭迫害的历史。

坦率地说，从建筑美学的角度而言，这个纪念碑建筑群与追求完美的德国人的建筑风格相比，显得十分不和谐，尤其是在首都政治中心地区，乍看上去就像打在一件新衣上的旧补丁。也许正是这种感觉上的“不和谐”，在提醒德国人尤其是每天都在此进出的政治家们，永远记住那段不光彩的历史教训吧？

德国是一个具有悠久哲学历史传统，善于思辨，勇于反思的国家。在犹太人纪念碑奠基仪式上，德国联邦议院议长蒂尔泽就对建立纪念碑说过这样一段意味深长的话：建立纪念碑，并不只是为了犹太人，更是为了我们自己。

是的，犯罪固然令人痛恨，然而，如果能够认真反省、认罪并以实际行动赎罪，这也是令人尊敬的。诚然，面对一些人类曾经犯过的错误，受害方应该有宽恕、原谅的胸怀，然而，宽恕一定是在犯罪者已经充分认识自己错误的基础上，正像第二次世界大战以后，德国做到的那样。当曾任西德总理的勃兰特代表整个德意志在波兰为灾难深重的犹太民族下跪的时候，全世界立刻意识到：下跪的是一个德国总理，站起来的却是德意志民族。

尊重历史、尊重事实，勇于认错、勇于担当，这无论对于个人还是某个民族、国家都是一种美德。可惜的是，有的国家做到了，有的国家至今还没有做到。比如日本，至今还有一些右翼分子在不断篡改历史、否认历史。站在柏林犹太人纪念碑前，我们很自然地会对 2 个曾经发动战争的国家进行比较。谁值得世人尊敬，谁至今仍然不能也不应该得到世界的原谅，答案很清楚。

抹不去的苦难记忆

——也是为了忘却的纪念

这几天网上一则“日本小伙求婚，中国岳父哭晕”的消息广为流传。这是一则带有喜剧色彩的苦涩消息。

确实有点苦涩。这本来是一个再普通不过的跨国爱情故事，中国改革开放将近40年，早已深深地融入世界，跨国婚姻当然也算不得什么新鲜事，但是，当这样一个普通人的爱情故事偏偏发生在中日两国年轻人身上，并且偏偏又发生在纪念抗日战争胜利70周年前夕的时候，这个故事不再是两个年轻人之间的爱情故事，它已经被赋予太多国与国之间的爱恨情仇，这是一个曾经饱受欺凌与遭受深重苦难民族的集体记忆。在这样一个大历史背景下，一个普通、美好的爱情故事可能因此变得沉重和苦涩。

我同情这位日本小伙，在某种程度上，我甚至十分地欣赏这位重情重义的日本小伙。他为了爱情，为了心仪的中国姑娘，专门从日本跑到中国求婚，并且答应女方家庭提出的各种苛刻的其实是在拒绝他的条件，这实在是一个执著、可爱的小伙子。如果这位小伙子不是日本人，不管他是哪国人，我们都会轻松地为他的求婚成功，鼓掌祝福。可是，偏偏他是日本人。

爱情是人类最美好的感情，她不仅属于个人私事，很多时候，也是不分国界的。在这样一个开放、包容，地球变得越来越小的世界里，只要是两情相悦，两厢情愿，我们都会不带偏见地，发自内心地祝福天下有情人终成眷属，但是，当我们准备祝福这对新人的时候，心里却不是那么舒服。

我得说句老实话，在中国老百姓心中，在中国的民间，在日本还没有真诚地向我们道歉之前，70 年前日本人给我们带来的深重苦难与刻骨铭心的感情伤害，并没有因为时间的流逝而消退，相反，每每在涉及中国人民感情敏感的关键时点与问题上，这种苦难记忆依然深深地影响着普通百姓对日本的基本感情。

中国人不是一个记仇的民族，但是，只要日本不断做出伤害我们的事情，那种苦难记忆就会涌上心头，所以，尽管 70 年过去了，但仅仅从民间的角度看，直到今天，我们仍然不喜欢日本人，这几乎是本能的反应，也许，作为单个的日本人，这个小伙子也许很优秀，也许很无辜，可是，谁让你是日本人呢？谁让你是日本鬼子的后代呢？谁会甘心情愿地把自己的女儿嫁给日本人呢？那位中国岳父说的话不是没有道理，“千万不要上日本鬼子的当”，不要以为这位父亲的话可笑，偏激，他其实代表了大多数中国父母的心声。

中国人其实是一个爱憎分明的民族，谁帮助过我们，我们就会感恩谁；谁伤害过我们，我们也会没齿难忘。人类的感情、记忆的确是一个奇怪的东西，感恩与仇恨，它就像种子一样会不断地生根发芽，有时候他就像一种遗传密码，代代相传。日本前首相中曾根康弘不久前曾说过这样一段意味深长的话：侵略战争给受害国带来的伤害，往往需要三代人、上百年的时间才可能慢慢抹平。这是一个对人性有着深刻洞察力的有远见的政治家才能说出来的话。可是，日本现在在台上的所谓的政治家们就是不明白或者装作不明白，他们不仅不能够诚实地面对历史，而且总是喜欢在受害者国家老百姓的伤口上时不时地再撒点盐。

这些年，我时常注意到一些日本的民间机构或者媒体公布的中日韩等国家的民意调查，一个基本结论是，日本国民对中韩两国的印象普遍持负面印象，而中韩国民对日本的印象也是持负面的居多。抛开造成这种原因的多种因素不说，我们相信，中韩对日本普遍持负面印象的主要原因是 70 年前那场战争给中韩等国人民造成的严重伤害以及至今不悔罪、不道歉分不开。

改革开放初期，我在北京就见证过发生在身边的一个故事，也是一位日本小伙追求一位北京姑娘，后来这位姑娘的父母尤其是爷爷坚决反对，才让这位姑娘打消了远嫁日本的念头。爷爷的理由很简单，谁都能嫁，就是不能嫁给小日本。20 世纪 80 年代，中日生活差距非常大，能到日本去生活，那应该是不错的选择，但是，这位中国爷爷、父母为什么不同意呢？我们也只能说，是日本鬼子当年在中国给老百姓造成的伤害太刻骨铭心了。

我出生在60年代，没有经历过那场战争，但是我从小生活的环境处处都有日本鬼子留下的战争阴影。我的老家是豫西北太行山脚下一个普普通通的小山村，那场战争带来的伤害是留在老百姓的日常语言与记忆中的，比如我们那里的村民，说日本都不说日本，直到现在还是用小日本、老日本来蔑称这个国家或日本人，用狼来了和鬼子来了吓唬不听话的小孩，我们那里，家家都有被日本人烧杀掠抢的记忆，当年村民听说日本鬼子来了，跑不及的年轻女人，都往脸上抹上锅灰，青壮年男人只要被日本鬼子抓住，基本都是死路一条，所以反正也是一死，他们不少人都参加了抗击日本人的活动。

我的姥姥就因为小脚没有逃走，多亏藏在二楼大梁上面的一块木板上，躲过了日本鬼子搜查时捅向楼板的刺刀。在我们那里的方言中，形容一个人坏到了极点，就用孬种来表达，老人们一提到日本鬼子，几乎都会异口同声地用孬种来表达愤怒。我们村子里有一位老大娘，当年因为受到日本飞机轰炸的惊吓，直到后半生，听到飞机声音就浑身哆嗦，尿裤子。

我的父亲就是在那个时候参加八路军的。我的岳母，当年生活在沦陷区北平，有一天她和弟弟在回家的路上，经过一个胡同口，突然被一个手拿尖刀的日本小孩追了过来，他们在前面飞跑，日本小孩在后面紧追不舍，多亏胡同口出来一个中国老大爷大吼一声，日本小孩在惊慌的一瞬间停顿下来，他们姐弟两个才算逃出危险，岳母说，当了亡国奴，日本的小孩都可以随便杀中国人，中国的大人、小孩，只能忍气吞声，哪有尊严。

经历过70年前那段历史的中国人，都有一个一生难忘的苦难记忆，而把这些记忆汇集起来，就构成了中国人的集体记忆。这样的记忆是不会轻易忘却的。有时候，我们也想，那场战争毕竟已经过去70年了，老是计较于历史上的恩恩怨怨挺没劲的，应该宽恕与原谅那些曾经伤害过我们的侵略者，然而，当日本的一些政客们每每在靖国神社、南京大屠杀、慰安妇、钓鱼岛等中日关系的敏感问题上，不断刺激我们的时候，这种民间的记忆就会重新被唤醒，被激发，我们真是不清楚，日本政客们真的是想和解呢，还是希望仇恨的记忆代代相传呢？

就在本人在写这篇文章的时候，正好看到手头上一篇来自《参考消息》的德国《世界报》的文章，这位德国人写道："再没有哪个国家比中国受到日本人这种种族主义的荼毒更深。最迟自1942年起，日本在中国推行三光政策。据日本史学家姬田光义调查，杀光、烧光、抢光造成 270 多万中国人死亡。

中国人大批死于日本人发动的生化武器。战略轰炸令武汉和重庆成为焦土；从 1938 年到 1943 年，日本空袭中国城市 5 000 多次，炸死的人估计在 26 万人到 35.1 万人之间。

而谁要是想知道为何中日关系在战后 70 年仍然紧张且充满猜忌，那他也用不了多久就能找到答案。这主要是因为日本多届政府不遗余力地否认中日战争是侵略战争。”

真是旁观者清，这位德国人把问题说得再明白不过。

今年是中国人民抗日战争胜利暨世界反法西斯战争胜利 70 周年，世界许多国家都在以多种形式庆祝这个胜利与正义的日子，在这样一个重要的历史时刻，我们刊发这些文章，就是既要提醒那些日本政客们，来自民间的家仇国恨记忆是很难抹去的，同时也是由衷地呼吁，只有真诚的道歉才能赢得亚洲邻国的原谅与和解。

为了面向未来，和平相处，我们重温往事，正是为了忘却这段特殊的历史。所以，我们的纪念也希望是为了忘却的纪念吧。

汉语应当传递什么？

瑞典教育大臣最近宣布，该国未来 10 年内将在每一所小学普及汉语课。与世界上越来越多的国家开始重视汉语学习的理由大致相同，瑞典这位教育大臣说的很清楚：“并非每一个商人都说英语。一些门槛甚高的活动正从欧洲转移到中国，从经济角度看，汉语将比法语或西班牙语重要得多。”

语言是人类交流的基本工具，即便从最实用、最商业的角度来考虑，随着中国影响力的不断扩大，汉语成为世界通用的基本语言之一，恐怕是迟早的事。

但是，如果将汉语仅仅定位于一般的经济往来的语言沟通显然不够。语言的背后是文化，文化的背后是价值观。近 100 多年来，随着西方语言尤其是英语的广为普及，其最终带来的其实是西方世界价值观的渗透、推广与普及。

今天一些人所说的所谓的普世价值，其实就是西方社会所倡导的价值，具体地说就是西方社会所不断强调的自由、民主、博爱、人权等价值观。客观地说，这种发轫于欧洲启蒙运动时期的价值观尽管至今只有几百年的历史，但是它却是代表了当时欧洲的先进文化，至今也仍然可以看做人类文明的一个重要组成部分，但是，这肯定不是人类社会先进文化的全部。如果说一定有普世价值，那么，创造了人类灿烂文明的中华民族理应加入这种普世价值的标准重建当中。

我们不反对民主、自由、博爱、人权这样一些人类的基本价值，但我们认为仅有这些价值是不够的，而且尤其当一些国家将此当做唯一的人类价值标准对他国不惜以战争等暴力手段而强力推广自己的价值观时，我们认为，这种行为本身就是与自己的价值观相违背的，事实上，近几百年的历史，就是这些价值观的标榜者不断征战掠夺殖民弱国的历史，这至少说明，在丰富多元的世界多元文化中，西方的所谓普世价值肯定是有所缺失的，这样的文明标准正是需要反思、补充与重建的。

我们应当理直气壮地提出我们的普世价值。在世界文明的不断演化与进程中，中华文明之所以能够生生不息，延续至今，一定有其科学合理的伟大价值。

首先，我们是一个热爱和平，反对侵略的民族。和为贵，四海之内皆兄弟，体现出来的就是和平的思想。长城可以看做是一个最好的注脚，从秦始皇到明朝，几千年下来，我们修长城，就是为了保卫家园。郑和船队当年是世界最为强大的海上力量，7 下西洋，所经之处也从没有占过别人的一寸土地。

其次，我们是一个不走极端的民族。我们的基本哲学思想是中庸之道。中庸之道不是没有原则，中庸是追求矛盾的最终圆满解决。中庸是从思维方式到行为举止都不走极端。中庸强调换位思考，主张己所不欲勿施于人，中庸是一种承认文化多元，存异求同的包容文化。在当今动辄诉诸武力的强权文化当中，和为贵，中庸之道是能够促进世界和平的强有力的文化。我们优秀的传统文化中还有许多可以总结。总之，在汉语走向世界的时候，我们应当宣传我们的文化，推出我们的价值观，丰富当今的普世价值。

当不同肤色的各国中小学生，在课堂上用优美汉语言发出“有朋自远方来，不亦乐乎”这样的朗朗书声时，我相信，他们不仅学习了汉语，也在不自觉中接受了五千年华夏文明的熏染了。

美国式贫困

美国有多少穷人？美联社最新发布的一项统计数字显示，美国官方统计的2011年贫困率将高于前一年的15.1%，最高可达15.7%，根据美国人口普查局去年发布的数据，2010年美国贫困人口为4 620万人，贫困率达到1965年以来的最高水平。也就说有1/6以上的美国人民正生活在水深火热之中。说实话，看了这个数据，出于国际主义精神，我们本来是动了恻隐之心，很想伸出援手，但是，看了另一个数据之后，我们便哑然失笑了。

什么是贫困呢？在我的成长经历和贫困留下的刻骨铭心的记忆里，我以为饥寒交迫是贫困，缺医少药是贫困，上不起学是贫困，衣衫褴褛是贫困，但是，在富裕惯了的美国人看来，2010年他们确定的贫困标准为：一个4口之家税前年收入低于22 314美元，或者个人年收入低于11 139美元算贫困。

4口之家年收入22 314美元，相当于14万元人民币。14万元人民币在中国是一个什么概念呢？至少是中等收入以上家庭。要是放在更多落后的发展中国家，绝对算得上富裕家庭，要是放在至今还在发誓让人民吃米饭、喝肉汤的我们某个邻国身上，这个收入就算是天堂一般的日子了。看来，贫困，不过是一种感觉，一个相对的概念。

由于对贫困理解之不同，对生活的要求便不同。比如不久前，在电视上看到，美国的“穷人”在占领华尔街的时候，他们游行的口号其中一条为：不要光让我们吃纳豆和米饭。本人大惑不解，政府免费提供的纳豆和米饭有什么不好？现在看到了他们的贫困标准之后，才知道，原来我们对贫困理解不同，对贫困细节的体验与感受更是不同。至少我知道，吃纳豆、米饭绝对不是贫困。我还知道，在很长一段时期内，中国人见面打招呼的第一句话是：吃了吗？在贫困的年代，吃了就是幸福，不管吃什么，吃饱就是幸福，何况还有米饭，还有纳豆。

穷画家与富产业

受穷一生的天才画家梵高，绝不会想到，他死后留下的诸多作品，不仅成就了阿姆斯特丹大名鼎鼎的梵高博物馆，而且由于每天到此参观的游客络绎不绝，为了满足人们纪念这位大画家的愿望，他的作品经过深加工，被开发成各式各样的纪念品，由此形成了一个蔚为壮观的“梵高产业”，还真解决了不少人的就业问题。

到阿姆斯特丹，一般都要到梵高博物馆参观。阿姆斯特丹作为欧洲的一个著名水上城市——欧洲北方威尼斯，因为有了这位世界级画家的博物馆，让这座古老城市有了更加鲜明的文化内涵，何况梵高的画本来就是那样富有色彩与生命力。其实，梵高的著名代表作大多不在这个博物馆，但是由于这里收藏了梵高的200多幅油画、近500幅素描、4本速写以及800封梵高信件而成为了解、研究梵高最丰富、最专业的一个博物馆。

喜爱梵高和慕名而来的人很多。每天早上9点开门，一大早，博物馆门口就排起了长长的队伍。有时候，真佩服欧洲人排队的耐心，不管队伍有多长，人们都很安静。梵高的画分布在博物馆的三层，一层的一侧，是一个很大的纪念品商店，梵高的画被制成丰富多样的纪念品：原画大小的复制品、明信片、杯子、T恤、铅笔、台历、挂历、便签、领带、窗帘、围裙、冰箱贴，等等，琳琅满目，大约有数百种，人们购买最多的要数梵高的画册了。画册被翻译成各国文字，画册内收藏了该博物馆中梵高的主要作品，每册定价 15 欧元，约 120 元人民币。由于中国游客的增多，中文画册摆放在十分醒目的位置。

仔细观察这些设计精美的纪念品，不禁感叹，每一个小纪念品的背后，其实都是一个长长的产业链，这些产品从创意、设计、加工、生产、运输到最后销售，这后面是多么大的一个就业队伍？

100 多年前，青年梵高在几次失业就连父母也对他失望的时候，拿起画笔决定从事自己梦想已久的绘画生涯。尽管他的弟弟充分认识到了他的才能，并且不断在经济上接济他，但是，在画家短暂的 37 岁生命中，伴随他的基本上是贫困、病痛与营养不良，但他的画作今天却为他的家乡人民不仅带来了财富，也带来了巨大的声誉。从这个角度看，也许，那些才能卓著、禀赋异常的天才人物，他们的价值，总是在多少年后，才为后人所认识。不能不说，这是天才的悲哀。

第八辑　历史无语

唐太宗肺腑之言劝勿贪

劝大臣们好好做官，不要贪腐，唐朝开国皇帝李世明与大臣们的几次聊天，可谓苦口婆心、肺腑之言，这是我看到的皇上与大臣们关于反腐的最轻松的谈话，但也颇有警醒意义。

这次谈话，记录在《贞观政要》的一篇《戒贪鄙》短文里。那是唐太宗刚当上皇上的头几年，就像历朝历代的开国皇帝一样，他们颇想有一番作为，也对打下天下之后官员们在和平年代可能产生的贪腐之风保持了相当的警觉。

因为他们清楚，他们能够从上一个朝代夺取政权，是因为官僚体制导致的腐败让一个王朝历经若干年后慢慢烂掉了。他要做到的，就是要汲取这些历史教训。

翻阅《戒贪鄙》一文，能感觉到唐太宗刚当上皇帝那会，虽然话题比较严肃，但心态还是比较放松的，一方面是他谈话打招呼的对象是和他一起打下天下的老哥们，众爱卿，大家是一起从苦难环境中过来的，生活作风还比较艰苦朴素，另一方面，新王朝还处于百废待兴阶段，腐败还不是什么问题。所以，整个聊天基本上也就是提醒提醒，打打招呼，因此口气显得和风细雨，而不是等到大案要案出来之后，惹得皇上龙颜大怒，剑拔弩张。

这篇短文不长，几百字，但文章实在是好，寥寥数语，就把当时谈话的环境，人物的语气、神态，要表达的意思都传递出来了。

唐太宗在谈话中，用了两个比喻，浅显易懂，耐人回味。贞观初年，他对身边的大臣们说，明珠是很珍贵的东西，谁都知道用明珠打鸟不值。人的性命与明珠相比那个更贵重呢？当然是人的性命，可是有人却因为贪财拿自己的性命去触碰国家的刑法，这不值呀。

贞观二年，他和大臣们聊起爱财的话题，他说，有些人爱财，却不知道爱财的道理。接着，他分析说，比如像你们这些五品以上的官员，国家给你们的薪水已经不少了，足够你过上体面日子了，可是，你还嫌不够，还想着贪财受贿，可是，一旦被发现，你原有的财产、官位、待遇不也没有了吗？相比而言，你们这是爱财吗？到了贞观四年，唐太宗直接引用古语说：贤者多财损其志，愚者多财生其过。要官员们深以为戒。

唐太宗是中国历史上一位颇有作为的君王，从他和大臣们的聊天中，能感受到他多么想保住他的李家王朝。就像历朝历代的英明君王一样，可是，读完这篇短文，我们不能不掩卷唏嘘，发出一声长叹。

唐太宗今何在？贞观盛世今何在？在它之后历史又经历了多少朝代更迭？宋元明清今又何在？呜呼，唐太宗若九泉有知，他会思考那个不断葬送掉一个又一个王朝的正是那个他们想反却反不掉的必然滋生腐败的封建专制制度本身吗？

武则天处置告密者

在封建专制社会，皇上是喜欢告密者的，不仅喜欢，而且要安排这样的专门机构和培植专业的告密队伍，因为这样才好掌握各级官员的动向，确保皇权的安全。至于内心是不是真正喜欢这样的人，则要另说。武则天就处置过一个告密者，从这件事可以看出，武则天作为一个皇后，尤其是作为一个女人，她大概是很看不上这样出卖朋友的告密者的。

关于这件事，《资治通鉴》里有过一段记述。大致内容是，信奉佛教的武则天下令，这一年的五月，禁止天下屠杀牲畜和捕鱼虾，有一位右拾遗张德，家里喜添男丁，生男三日，在家私杀一只羊，请来同事一起庆贺，但同事中有一位补阙杜肃，当天就把这件事向武则天告密了。第二天上朝的时候，《资治通鉴》里的记录如下：

明日，太后对仗，谓德曰："闻卿生男，甚喜。"德拜谢。太后曰："何从得肉？"德叩头服罪。太后曰："朕禁屠宰，吉凶不预。然卿自今召客，亦须择人。"出肃表示之。肃大惭，举朝欲唾其面。

看过这段文字，我不禁对武则天有了好感，而且对传说中的盛唐气象有了真切的感受，何为盛唐气象，就是雍容华贵，包容大度，第一，有事当庭对证，把事放在明处，堂堂正正，光明磊落。第二，由此至少说明，武则天是一个通情达理的人，虽然下属违反了律令，但这是人之常情，又是私下场合，在通情达理的前提下，武则天传达了两个重要信息：其一，不准屠杀牲畜又没有说红白喜事不行，很给下属面子，也给自己留足面子；其二，很重要的是，武则天还顺便表达了做人的标准，她说，你私下请客要选准人，看准人，别找那些可能随时告密的小人。这既是忠告张德，也是警告杜肃这等小人们。

其实，更让人感动的是，盛唐之下，那个良好的社会氛围，你看，当武则天当场把告密者杜肃的表出示给大家看的时候，谜底揭开了，原来告密的这个小人就是杜肃，就在眼前，所以“举朝欲唾其面”，这是触碰了一个公认的道德底线才可能爆发的群情激奋。

从这则故事我们基本可以得出一个结论，武则天作为一个女人，能够有这样一群虎虎生气、正义凛然的男人做大臣，为其守护江山，这样的江山必然差不到哪去。

重温《朋党论》

重读近千年前北宋大文豪欧阳修撰写的名作《朋党论》，我就想，假如欧阳修老先生活到今天，他会怎样看待这篇作品，会不会重写一篇“朋党论”呢？

不可否认，从修辞学的角度看，该文仍不失为一篇脍炙人口的古文名篇，每每读之，都有一种回肠荡气、酣畅淋漓的感觉。从文章阐述的观点看，我们也不得不承认，他对“朋党”在政坛影响的危害认识还是相当深刻的。

在他看来，所谓朋党，用今天的话说，就是所谓的“小圈子”、“小兄弟”、利益集团，不过就是一批互相拉拢，互相利用的小集团。他们之间没有友谊，并非朋友，因此，欧阳修老人家一概地将他们列入小人行列。

在儒家文化里，尤其是在官场上常常把人分为君子、小人。一个人一旦被列入小人行列，那就等于在道德法庭上打入地狱。

中国文化习惯对人做道德评价，君子、小人便是其中重要的概念。一部《论语》，里面多次提到君子、小人，如：君子周而不比，小人比而不周；君子和而不同，小人同而不和；君子成人之美，不成人之恶，小人反是；君子坦荡荡，小人长戚戚，等等。

也许，作为官场人物，欧阳修深受小人之苦，所以，在他上书给皇上的奏折里，他对朋党之流做了深刻的剖析：“小人所好者禄利也，所贪者财货也。当其同利之时，暂相党引以为朋者，伪也；及其见利而争先，或利尽而交疏，则反相贼害，虽其兄弟亲戚，不能自保。”

今天看来，该文对小人人品低劣、祸国殃民的认识仍然具有振聋发聩的警示意义，这恐怕也是后世一代又一代善良的读书人，在内心里高度认可这篇文章并百读不厌的深层原因之一吧？但是，令人遗憾的是，中国历朝历代虽然深受小人祸害之苦，对小人的认识也入木三分，但对小人产生的文化土壤、体制机制却缺乏足够的理性自觉。

即便是欧阳修的这篇《朋党论》，也仅仅是把识别小人、根除小人的责任与希望一股脑地推给了皇上，尽管恭维皇上无所不能的口吻让皇上看了很是舒服，但是，实际上也是给皇上出了一个几乎是无解的难题。如果换位思考，我都替皇上为难，小人的脸上并没有写字，而且在很多时候，所谓小人，不过是政治对立面的一种心理感受，双方可能都会指责对方为小人，而作为利益局外之人，皇上怎么来辨别君子、小人呢？

事实上，从现代对人的研究发现，人从根本上看是一个利益的动物，君子、小人并不是天生的，某种程度上是制度的产物，好的制度，会让小人争做君子；坏的制度，则让君子也变小人。反思中国历朝历代，之所以党争不断，各利益集团纷纷上演你方唱罢我登场的闹剧，说穿了就是没有一个制约“小人”的国家治理体系，从而给了小人营造“小圈子”、“小兄弟”提供了丰厚的社会土壤。这是欧阳修没有看到的，而需要警醒的是，至今这样的封建文化遗毒仍然阴魂未散。

痛骂朋党，固然让人痛快，但并不能解决实际问题。重温《朋党论》，有助于我们从制度层面进行深入思考与改革。

包拯的『幼稚』奏折

包拯给皇上写了一份奏折，叫《乞不用赃吏疏》，这个标题一看就明白，是请求皇上不要用贪官的。刚看这个标题，我颇感诧异。不用贪官，这不是常识吗？谁会用贪官呢？包拯，这位包青天大人，为什么要向皇上写这样一份幼稚可笑的奏折呢？

不过，了解一下当时的历史背景，对包拯的这篇奏折就会有新的理解。宋朝是中国历史上官员俸禄比较丰厚的朝代之一，但高薪并没有取得养廉的效果，相反，吏治腐败，贪赃贿赂之风已经渗透到这个王朝的方方面面。在这个贪腐成风的社会里，所有人办事都要花钱，与包拯生活在同一时期的大文豪苏东坡在一篇进策《决壅蔽》中，对当朝时弊有过这样的描述："天下有不幸，而诉其冤，如诉之于天。""故凡贿赂先至者，朝请而夕得；徒手而来者，终年而不获。"拿钱办事，用钱打通关节，已经成为这个社会办事的基本规则。

以北宋王朝为背景的小说《水浒传》写的基本上就是官逼民反的吏治腐败，其中宋江的妻子阎婆惜就曾用 8 个字来形容官员的贪腐：公人见钱，如蝇见血。这个比喻虽然粗鄙，却入木三分，一针见血。

包拯作为监察御史，他对当时的社会风气一定深有感触。问题在于，当时的贪腐不是哪个部门、哪个行业、哪一部分人，而在于拜金主义已经深深渗透进这个王朝的行事规则、价值观乃至血液当中。以至于面对这个官僚机构，你不能说谁是贪官，谁不是贪官，几乎可以说，都是贪官，只要掌握一点公权，哪怕是一个打杂的小卒，也都会把权力用到极致，即便吃不到肉，至少也要喝到肉汤。然而，关键的症结在于，由于腐败已经成为一种社会的普遍现象，即便每天有人被揭发检举，但处理起来，都是大事化小，小事化了，乃至不了了之，换句话说，假如被检举者拿钱打点，所有的事都能摆平。其结果无非是，处理贪腐的过程恰恰制造了更多的贪腐。官府、司法已经失去公信力，正如包拯在奏折里所言“虽有重律，仅同空文，贪猥之徒，殊无畏惮。”

一心要铁腕治吏的包拯，其实也没有向仁宗皇帝表达多么深刻的思想，更没有多么独特的办法，他的建议非常简单，核心意思也就一个，法律的权威在于实施。他在文中列举汉唐时期一旦发现官员贪腐永不叙用甚至子孙也受影响为例，劝皇上要动真格的，要严厉处理贪官，要让他们有所畏惧，以此起到警示、震慑的作用。

如今再读包拯这封奏折，你能感觉到受君臣礼仪的约束与公文文体本身的限制，文章看上去显得中规合矩，四平八稳。但是，细细品读，至今仍然能够深深体会到包拯那种悲愤至深、沉痛至极的心情。

文字真是好东西。有时候你真是庆幸我们悠久的中华文库里留下了那么多那么好的文字。今天，当我在自己的书房，在灯下细细品读包拯的这篇不过 200 多字的短文时，我忽然感觉这些故纸堆里的白纸黑字，有了心跳、有了呼吸、有了生命，穿越千年历史，像火苗一样跳跃起来、燃烧起来。那是忍着怒、压着火、深藏着雷霆万钧的浩然正气吧？那是这个多灾多难的民族在一次又一次的凤凰涅槃中仍然能够迎来生机的希望的火种吧？

打铁还需自身硬

——再说包拯

包拯在中国官场是一个奇特现象。他不仅一生仕途顺利，没受到什么政治迫害，而且，在他死后的千百年来，经过艺术加工与历史发酵，他一直是老百姓心目中公正廉洁的好官代名词，以至于后世的老百姓遇到什么冤屈与不平，总在呼吁包青天的出现。

我之所以说包拯是一个奇特现象，是因为在中国封建专制社会的官场，政治生态极其险恶，好官、清官结局一般不太好，他们不少人是在被迫害致死后才逐渐为后人所认识的，这些人物的命运多少带点政治悲情。

包拯在宋朝官场上基本上是顺风顺水，如果我们联想到北宋时期的一些著名人物像苏轼、欧阳修、范仲淹、王安石等诸多人物政治命运的波云诡谲，我们就越发该庆幸包拯在官场上的善始善终是多么地难得，本来，以包拯的刚毅性格，他在官场上是很容易吃亏的，但是，他在多次政治争斗中，他都安全挺过来了，直到 64 岁那年，病死在工作岗位上。死亡，正是到了盖棺定论的时候，但是中国官场的险恶在于即便此刻，那些政敌们同样会制造麻烦，往死者身上泼脏水，可是，包拯还是躲过了最后的一劫，他获得了仁宗皇上的高度评价，死后获赠礼部尚书，谥号孝肃。至此，包拯总算为自己一生的为官之路画上了圆满的句号。这是一个古代官员的最好结局。

包拯在官场上得罪过许多人，也可以说树了许多政敌，对于一位政治家而言，这是官场大忌，也是政治不成熟的表现，但是，包拯似乎不在乎这些，他几乎是以眼里揉不进沙子的剑走偏锋的方式，在履行一个天朝官员的职责。他的弹劾是出了名的，他看不得那些贪官庸官在位子上作威作福，他的一生似乎是专门和这些人过不去的，他也不管你是谁，天王老子也不行，他看不惯就要弹劾，他的弹劾又岂止是红红脸，出出汗，他是真刀真枪地干。

有一位叫张方平的官员任三司使时，因为买了土豪的财产，包拯知道了，你的钱哪来的？中间有没有权钱交易？包拯上章将其弹劾免官。他不管转运使王逵朝内有多大背景，他 7 次弹劾王逵苛政暴敛，直到把他拉下马。有污点的官员，他弹劾，平庸不作为的官员他照样不放过，他认为皇帝的亲戚张尧佐占据要位不干事，他也不管皇上的脸色好看不好看，他多次弹劾张尧佐，直至此人被免职。

包拯敢于和当朝官员过招，并且能够立于不败之地，除了他遇到了一位比较开明的皇帝宋仁宗之外，更主要的是他具有这样几个过硬条件：一是清正廉洁，比如他在端州当地方官的时候，这地方出一种名砚叫端砚，端砚每年要向朝廷进贡。由于当地官员和豪绅等层层加码克扣，成为当地百姓沉重负担。包拯去了以后，下令不得贪污。而他自己，直到离开端州，也没有拿过一方端砚。二是光明磊落，他在开封府任职时，作出规定，要求衙门大开正门，凡是告状的，都可以直接进去见官，任何人不得阻拦刁难。三是没有私心、私利，《宋史》云：“拯立朝刚毅，贵戚宦官，为之敛手，闻者惮之。”四是不结党营私，不搞团团伙伙。要知道，抱团取暖，找政治靠山，用自己的人，这几乎是中国古代官场的一条潜规则，可是包拯“平居无私书，故人亲党皆绝之”。

包拯不仅严格要求自己做一个清官，而且对后代子孙也提出这样的要求，他在《戒廉家训》中写道：“后世子孙仕宦，有犯赃滥者，不得放归本家，亡佚之后不得葬入大茔之中，不从吾志非吾子孙。”

打铁还需自身硬，包拯做到了。

做个清官不容易

——三说包拯

写了两篇谈论包拯的文章，引起了读者、微信圈朋友们的一番热议，这颇有点出乎我的预料。我虽然和朋友们很轻松地说，写这些文章，不过是玩的，但我也很清楚，从头至尾，我并没有得到半点娱乐自己的意思。事实上，有的时候，写着写着心情便沉重起来。写出的文章能引起读者朋友们的讨论，这很好。写文章，本来就是为了交流，如果文章发表出来，无声无息，反倒失去了写作的意义，这才是真正的无趣。

包拯作为一个妇孺皆知的历史人物，我相信，他一直是作为一个有生命的文化符号活着的，正如一位诗人说的那样：有的人虽然活着，却已经死去；有的人死了，却还活着。包拯就是活在中国人的文化记忆里的。不过，在今天这样一个多元的舆论环境里，人们对他已经出现了多角度的解读，这让我想起克罗齐说过的那句话：任何历史都是当代史。人们为什么对一位逝去千年的历史人物依然发生兴趣？为什么还津津有味地谈论他、议论他乃至非议他、批判他？因为他在某种程度上仍然活在当下，仍然和今天老百姓对官员的评价发生着某种联系。

在各种议论包拯的观点里，我的一位多年朋友，在微信里发来的一段文字与我讨论，他说，在一个贪腐成风的封建专制社会里，做一个清官太难了，因此，基于这样的判断，他以为：第一，他非常怀疑包拯作为清官的真实性，他说，史书上的记载，也是不可靠的，因为史书话语权在官方手中，中国历来统治者，出于道德说教等的需要，关于包拯的历史记载，难免有夸大、拔高的成分；第二，在贪腐成风的大环境下，包拯作为清官，他怀疑包拯能够真正地存活下来，你不贪，你想做一位清官，周边的环境会想方设法抹黑你，恶搞你，找茬把你拿下；第三，即便包拯的一切记载都是真实的，那也只是个别现象，特殊现象。

因为要做一个清官，其成本太高了。你几乎要做成一个完人，甚至上是一个感情上的畸形人，比如，包拯几乎和所有的亲戚朋友断绝了往来，私人信件也很少。我必须承认，在一个道德上提倡清官，但在贪腐成风有着肥沃土壤的社会环境里，清官确实要付出巨大的代价。

因此，在中国历朝历代，我们几乎可以看到一个普遍现象：清官总是少数，而贪官却是多数。这也就从一个侧面可以看出，为什么在封建社会，人们把当官当做最高的人生理想，这也是为什么官本位能够深深扎根中国文化人日常价值当中。相比于当一个清官，做一个普通官员得到的好处实在太多了。因此，反贪官，必须反封建。

反贪还要治庸

管理一个庞大的吏治队伍，历代朝廷都面临两大难题：一是贪腐，二是慵懒。二者几乎是官员很容易患上的通病，所以，直到今天，在官员的贪腐与慵懒的问题上，如果一定要让老百姓选其一的话，我们常常会听到百姓宁可要能干事的贪官，也不要碌碌无为的昏官。

可见，昏庸，混事，站着茅坑不拉屎的官员更不受老百姓欢迎。不过，我们也发现一个问题，历朝历代反贪腐比较严厉，而在处罚庸政、懒政方面，朝廷的办法好像不太多。

当清军挥鞭入关，以摧枯拉朽之势迅速灭掉经营了将近 300 年的朱家王朝，并且还没有来得及庆贺的时候，他们发现，自己接手的其实是一个满目疮痍的烂摊子，收拾旧山河，迫切需要一个精干、廉洁的吏治队伍，但是，10 年过去了，明朝留下的贪腐与慵懒吏治积弊仍然在侵蚀着这个新王朝的肌体。

这时候，有一位在吏部任职的官员林启龙给顺治帝写了一份用语犀利，见解独到的奏折叫:《请严饬守令重处贪庸疏》。文章至今读来仍能感受到年轻气盛的林启龙文章中所流淌出的逼人锐气，把一篇论事的公文，能写得如此荡气回肠，从另一个角度也说明，庸政、懒政有时候比贪腐还要让人生气。

历来书生文章，往往大道理讲得多，接地气不够，林启龙这篇文章最可贵之处，在于对基层情况比较了解，对知府、县令这些地方官的职能定位看得十分精准，所以，他提出在一个王朝中守令是吏治管理中一个非常关键的环节，而根据这些地方官的职责，林启龙共列出了 15 项考核指标：招流亡、垦荒芜、巡阡陌、劝树艺、稽户口、均赋税、轻徭役、除盗贼、抑豪强、惩衙蠹、赈灾患、济孤寡、修浚沟池、平治桥梁、兴办学校。今天看来，这 15 项仍然是基层工作中非常重要的内容，林启龙的直谏，得到顺治帝的嘉许，他也因提出这十五事而闻名于世。

林启龙不愧是组织部门管干部的，他进一步以此 15 条为依据，对这些官员们提出了一个比较好操作的考核办法，凡是完成上述 15 项的，算优秀，建议上级单位提拔使用；凡是完成一般的，算合格，提出整改要求，继续使用；凡是达不到一半水平的，算不合格，不合格就是庸官懒官。林启龙对这批人不客气了，提出了非常严厉的制裁措施，直接下岗回家，别干了。

按照过去惯例，朝廷大概觉得，这些官员，虽然没有功劳，但有苦劳，因此处理起来比较手软，一般是把他们贬到比较偏远的地方去继续做官，算是皇恩，林启龙认为这样可不行，他为了让皇上痛下决心，处理这批昏官，林启龙语气坚决地说了两个理由：第一，这些人较贪吏虽未得财，但误国殃民，为害更大；第二，把他们贬到偏远地区，不是继续耽误事为害一方百姓吗？况且发达地区的老百姓是你皇上的子民，落后偏远地区的就不是你的子民了吗？

到此，林启龙话还没说完，他为了让皇上痛下决心，他更加重了语气：况天下之大，何患无才，必欲姑息如此也！看到这里，我不仅惊叹，这个林启龙，真是厉害。

林启龙在顺治三年考上进士，从吏部一个小干部干起，到顺治十七年，他已经做到了兵部尚书、漕运总督等职。

具有讽刺意味的是，林启龙晚年于漕运总督任内，因运丁携货物滞漕运事，被总河卢崇峻举报，致仕回籍。在相互倾轧的封建官场，这样一个结局，也还算不错。

历史如尘，往事如烟，300 多年过去，今天人们也许不知道林启龙是谁，做过多大官，但他对治理庸政懒政写下的檄文，至今读来，仍具有重要的启迪意义。

一个贪官的『行为艺术』

在家读闲书，偶然翻到一位佛学大师在其专著里提到的一个名叫王黼的北宋贪官，其中一个细节很是好玩，引起我的兴趣，便查阅了《宋史》中关于这个人的相关记载，当然主要还是要核对一下这个细节的真实性。这是后话。

先说故事中的细节。说是北宋宋徽宗时期的右丞相王黼生活极其奢华糜烂，最终，就和历史上许多贪官的下场一样，贪腐行为败露，不过，就在他被处死前，他对自己一生的贪腐行为幡然醒悟，交代家人一定要在他死后，在他的棺材两侧，各开一个小窗口，把他摊开的两只手从窗口伸出，以此警示后人，一切财富都是身外之物，生带不来，死带不走。他，王黼，一个机关算尽太聪明的人，就是这样两手空空地来，又两手空空地走，最后什么也没带走。

古往今来，老百姓骂贪官，恨贪官，提到贪官，人们一般都是恨得咬牙切齿，但是当读了大师笔下王黼的这个故事时，我相信，人们肯定气也消了不少，恨也解了不少，没准还会为王黼的颇具哲理的精彩表演发出轻松一笑呢。

王黼真是太有想象力了，此举简直就是一个现代版的行为艺术。而且，在我看来，王黼的行为艺术至今无人超越。现代人的所谓行为艺术，虽然有种种奇思妙想，虽然用身体玩出许多荒诞举动，但是，有谁拿自己的死亡来玩一个惊世骇俗？况且，王黼的举动不还带有十分积极的警示意义吗？

不过，故事归故事，当我读到这个故事的时候，我还是十分怀疑它的真实性。

历史上确有王黼其人。而且，在当时，还是一个很有名的人物，他是北宋臭名昭著的“六贼”之一。

史书上关于王黼，记载的很清楚。《宋史》说，王黼风姿俊美，善于逢迎，中过进士，从基层干起，大概在 1119 年，从通议大夫到右宰相，连跳八级，坐着火箭上去的，提拔速度之快，乃大宋开国以来第一人。从上述记载，大抵可以看出，此人聪明之极。但历史经验也告诉我们，人太聪明，权力又很大，再加上权力不受约束，久而久之，聪明加上失控的权力，此人离罪恶的深渊已经不远了，如果再加上个人欲望膨胀，正如俗话说的，上帝要让谁灭亡，首先让谁疯狂。上帝大概真是看上王黼了。

导致王黼灭亡的罪状大致有三：第一，贪污巨大，肆无忌惮，利用权势广求子女玉帛，苛取四方水陆珍异之物，据为己有。第二，卖官鬻爵，到了疯狂地步，各级官位，什么价格，基本上到了明码标价的程度，当时京师童谣说：“三百贯，曰通判；五百索，直秘阁。”第三，拉帮结派，结党营私，先是助蔡京复相，骤升至御史中丞，后勾结宦官梁师成，以父事之。上述三条，在封建社会，条条都是死罪。

宋钦宗即位后，没打算杀他，只是做出籍没其家，流放永州的处理决定。但朝廷把发落他的权利交给了与他有故隙的尹聂山，尹聂山面对落水狗也就不客气了，私下派武士悄悄跟随，在距开封不远的地方就把他杀了。这一年，王黼 46 岁。

从史料上的真实记载看，王黼属于被暗杀，算是暴死。这样看来，他大概还来不及对自己的死做出安排。我不知道大师的这个故事从何处得来，但我想也许大师是出于弘扬佛法的善意，借此故事警示后来的贪官吧。

今天看来，这个故事的真伪已经不重要了，重要的是对财富的理解——生带不来，死带不去，这个道理却是发人深省的。

不过，把这样一个精彩故事放在北宋六贼之一的王黼身上，我想，还真是抬举了他。

海瑞拒收土特产

海瑞刚到淳安当知县的时候，发现一个现象，当地的粮长、里长这样一些基层干部，经常给县衙门送薪送菜等土特产，海瑞觉得不妥，想制止，但禁不能止，这些基层干部和县衙门当差的都理由十足地说了，这是旧习，已经成习惯了，不能改。海瑞一听，急了，什么旧习，什么不能改，全是扯淡！这可是关乎官风民风干群关系的一件大事。因此，海瑞专门发了一篇措辞严厉的禁令。禁令全长200来字，名曰《禁馈送告示》。

海瑞不让基层干部给县衙门领导馈送土特产，并不是一时心血来潮，其实这是明律里明确禁止的，但是，中国的历朝历代，法律条文是一回事，执不执行则是另一回事。事实上，在封建社会，许多所谓禁令不过是形同虚设，又何况得到好处的是这些官员，执行政策和监督的也是官员，只要没有太过分，大家睁一只眼闭一只眼，时间久了，就成了惯例、旧习，习惯成自然。就像前几年各级官员的公款消费，谁都知道，这样做不对，但没人认真去抓，大家也就习以为常了，时间一久，还真以为，纳税人的钱就是单位部门的钱，单位部门的钱就是自己的钱，吃点喝点不算什么，花点送点没什么了不起。

海瑞偏偏是个较真的人，加上初来乍到，对这些不仅“旧习”没有麻木不仁、习以为常，而且看得很清楚。在告示里海瑞一针见血地指出，什么“旧习”，你们这些基层干部不就是想和上级领导拉拢拉拢关系，混个脸熟，落个人情，一旦有事好有人说情或者找个保护伞吗？海瑞分析说，在县衙门上班的官员，已经拿了国家的俸禄，再收这些土特产，就是受贿，受贿就是犯罪。你们基层干部如果真是这么善良，富有同情心，为什么不把这些土特产送给那些困难群众呢？

海瑞有很丰富的基层工作经验，在海瑞看来，这些基层小官，打着给上级领导送土特产的旗号，一方面是想和上级领导搞好关系，另一方面也借机给自己捞一把。其结果是加重当地老百姓负担，让老百姓更加仇官恨官，制造社会矛盾，败坏社会风气。

为了改变这种旧习，海瑞制定了三条惩罚措施：一是收土特产的打四十大板，二是送土特产的打四十大板，三是衙门的门卫没有仔细检查，放他们进来也要挨打。现在看来，以上三点虽然简单粗暴，就像新加坡用抽鞭子等办法治理不文明习惯一样，也能很快取得立竿见影的效果。据说，海瑞到哪儿做官，哪里的官场一般都风清气正。但地方官们并不欢迎他的到来，他来了，大家的好处就没有了。所以，大家都希望上面尽快把他提拔调走。

中国封建社会，人治大于法治，虽然法令、制度也很多，但大多数执行不到位，随着官员的变动，往往是人亡政息，带有很强的人治色彩和随意性。纵观中国封建专制历史，既是一个贪腐成风、腐败横行的历史，也是一个与腐败不断较量、斗争的历史，别说一个小小的县令海瑞，就算是朱元璋当年对治理官场腐败下了多大的决心，也几乎是行使了恐怕是人类历史上最残暴的手段，最终怎么样？这个明王朝还不是最终毁在吏治腐败上？所以，在我翻阅明史的相关资料时，常常看到后人评价明朝吏治腐败，贿赂馈送成风这样的社会现象，我就想，大贪大腐往往是从最初的馈送土特产等小贪小腐开始的。几千年的中国历史怎么就从来没有改变这么一个馈送之风呢？

馈送之风能从中国官场彻底消失吗？

对付馈送之风，我们能从制度、法律层面解决吗？

我们还能想出什么制度创新的办法吗？

中国官场能永久告别馈送之风吗？

《岳阳楼记》与公款招待

凭一张图纸写成的千古名篇《岳阳楼记》，不仅让范仲淹名垂青史，而且让后人记住了文中提到的重修岳阳楼的岳州知府滕子京。

出于对文章的喜爱以及被其中忧国忧民的情怀所打动，以至于后人在该文涉及滕子京的相关注解中，均对其被贬谪的命运表示出同情，一般提到他的文字都说，他是遭到当朝王拱辰等官员的排挤打压。

尤其是我们习惯于用忠臣奸臣来臧否历史人物的时候，我们后人很容易就把滕子京划分到忠臣的行列，而打压他的人自然就被列入奸臣的名单。事实上，历史的真相往往并不是这么回事，当我们试图还原历史真相的时候，我们得出的结论可能要比想象中的复杂得多。

滕子京为什么被贬？《宋史》里落墨有痕。简单地说，就是滕子京在泾州任职期间，用公款招待，花费过高，“费公钱 16 万贯”，此事被负责纪律检查部门的监察御史揭露后，宋仁宗派员前往查勘，滕子京得到信息后，“恐连逮者众，因焚其籍以灭姓名”，这就很恶劣了，把账本都烧了。后来多亏得到在朝廷内任高官的范仲淹的力救，才得以只是降官一级，贬谪岳州。

滕子京与范仲淹两人关系非同一般，不仅是同年进士，而且私下脾气相投，主张相同，滕子京被左丞相王拱辰一次又一次弹劾，被贬岳州，这其中虽然不能完全排除政治斗争、帮派之争的因素，但是滕子京最终被弹劾，至少说明，首先，在宋朝，公款招待是有标准的，滕子京“费公钱 16 万贯”肯定是远远超标准了。其次，宋朝对官员的弹劾制度还是发挥了作用，不管你是谁，不管你政治上有没有靠山，不管朝内有多大的官员做庇护，只要你廉政上出了问题，你就要遭到处罚。

从《宋史》的相关记录来看，滕子京这个人应该是一个热情豪爽，重义气好交友的性情中人，他在泾州任上所花掉的 16 万贯，大抵用在了三个方面：一是分给了“诸部属羌”，二是馈遗游士故人，三是主要用在请朋友喝酒吃肉上了。范仲淹力保他，大概是觉得比较了解他，同时也认为他没有把钱装进自己的口袋，吃喝这点事不算什么。所以，范仲淹在接到老友重修岳阳楼的图纸后，便借题发挥，里面很有替老友说情的意思，什么“政通人和，百废俱兴”，什么“不以物喜，不以己悲”，用今天的话说，颇有一点吹嘘政绩工程的意思。

不过，也许滕子京确实干得不错，也许这篇文章发挥了重要作用，滕子京在岳州干了三年，被重新重用调任苏州。遗憾的是，滕子京到任 3 个多月，在苏州任所病逝，享年 56 岁。

滕子京虽然在公款招待的问题上栽了跟头，但他一生确实并不贪财，《宋史》评价他说：“好施与，及卒，无余财。”

一个王朝的制度败局

——读《万历十五年》

一部严肃的历史学著作，译成中文在国内出版发行了近 30 年，至今仍为读者、特别是学术圈以外的读者所津津乐道，并一再被推荐阅读，其中必有其独特之处。我大约是在 10 多年前读到这本书的，如今再读，仍有当年初读时的那种醍醐灌顶、痛快淋漓之感。

按说，读史，非有对某朝某代怀有大兴趣，面对刻板沉闷的陈年往事，难以卒读；而时下流行的对历史的演义与戏说，又离真实的历史事实太远，有点太不靠谱。本书既有历史研究成果大众化的趣味性，又极具史学的严肃性与思想性。可以说，就明史研究的成果而言，本书在趣味性与思想性方面均达到了极高的水准。这也是它这些年广受读者好评的原因吧。

《万历十五年》是很好看的。虽为历史，却可当做一部文学作品来读。本书采取记传体的铺叙方式，精选了万历十五年在明朝历史上产生重要影响的人物，全书共分七章，分别是万历皇帝、首辅申时行、世间已无张居正、活着的祖宗、海瑞——古怪的模范官僚、戚继光——孤独的将领、李贽——自相冲突的哲学家，书中所记人物，作者一律将他们重新还原到当时特定的历史环境下，以精确的细节，对他们做了活灵活现的再现。

通常，在我们的历史教科书中，这些人物基本已经概念化、脸谱化了，但在这部书中，经过作者的妙笔生花，我们看到的是一个个活生生的、有血有肉的人，是人，我们就看到了一切人性的优劣点，同时，人作为社会关系的总和，我们也感同身受地体会着他们作为一个时代的产物，他们除每个人身上所共有的时代烙印。这部书似乎具有这样一种魔力，让你在阅读中，不知不觉进入人物的当时处境，为他们的痛苦而痛苦，为他们的无奈而无奈，为他们的叹息而叹息。

你看，在一种特定的制度环境下，起初一心要励精图治的万历皇帝也不得不一次又一次地向这个王朝制度妥协，最终选择不理朝政、沉湎酒色来达到没有赢家的对抗，让人觉得即便贵为皇上也不过是一个活着的祖宗，在某些方面可以一言九鼎，享有至高无上的个人权威，让臣死臣不得不死，但在某些方面，也无能为力，一筹莫展。

你看张居正，一生兢兢业业，为朱家王朝兴盛堪称鞠躬尽瘁，死而后已，但即便如此，也难逃历史上许多名臣的悲剧下场，让我们看后不能不脊背发凉，手心冒汗，不寒而栗，喟叹伴君如伴虎。

看到抗倭大英雄戚继光也想方设法行贿当朝首辅大臣张居正，我们也会会心地一笑。看到被后人看做大清官的海瑞，又联想到文革时期那段著名的历史公案，你觉得这位海瑞实在是可爱又好笑。而放在当时的历史背景之下，你觉得海瑞这样的人物只能遭到劣币淘汰良币的下场。

阅读《万历十五年》，心情是轻松的，也是沉重的。作品中围绕的重要人物以及与事件相关的次要人物，林林总总，几十人，总的印象，这些历史上的皇帝、精英、大人物、小人物，考察他们的一生，似乎个个生活在痛苦当中，你觉得活在那样的年代，实在是人生的大不幸。书写历史的书，读到这里也就罢了，但是，掩卷深思，我们发现，作者并没有将笔墨停留于历史的热闹处，而是在热闹深处，引发一系列的思考。故，作者将书写的热闹，只是要好看，好看，才能更引起读者的驻足，停留，然后和作者一起思考。仔细品味，作者选取的这段历史，是大有讲究的。它是将一个个人的大失败引向对历史的追问。所有的人都生活在痛苦当中，不是哪个人的错误，一定是这个王朝在制度设计上出问题了。那么，这个王朝的问题究竟出在哪儿?

黄仁宇先生（1918~2000 年），祖籍湖南长沙，早年在美国研习历史，这本书是其花费七年时间用英文写就，最早在英国剑桥大学出版的历史学专著，该书一出，立即轰动学界。书的原名直译过来应该叫“1587年，无关紧要的一年”。我以为，直译过来的书名更能体现作者的意图，或者说更能传达本书的要旨。中国历史上的1587年，也就是万历十五年，这一年看似无关紧要，看似发生了一系列的偶然的无关紧要的事，但是，以历史的眼光来看，把这些无关紧要的事穿起来看，无关紧要，恰恰十分紧要，所有的个人悲剧可以说都是制度的悲剧。正如黄仁宇先生自己所言：这种情形，断非个人的原因所得以解释，而是当时的制度已至山穷水尽，上自天子，下至庶民，无不成为牺牲品而遭殃受祸。

一个王朝的悲哀莫过于制度的悲哀，这个制度从一开始的设计上便体现出了它的先天不足，正如黄仁宇先生在该书序中所言：中国两千年来，以道德代替法制，至明代而极，这就是一切问题的症结。作者也毫不讳言地指出，写作本书的目的，也就在说明这一看法。

这个道德是指儒家经典和以忠孝为基础所形成的礼教约束。在我国历史上，稳定停滞的时期与动乱不安的时期常常交替出现，在又经历了一场民不聊生的大动乱之后，明王朝取代了短暂的元朝。

明朝意在恢复以礼教为核心的理想主义社会，退回到中国传统上简单朴素的农业社会，洪武皇帝在大明王朝的建立初期，在恢复科举考试中，便坚持将读书人从儒家经典中学到的道德文章作为王朝的取仕标准，同时，将这些录取的官员俸禄降到历代王朝的最低。

这个制度的缺陷在于，到了明王朝建立200多年以后的万历十五年，一代又一代读书人所获得的知识结构几乎封闭在儒家经典的道德文章当中，这样就形成了几乎人人两张皮的虚假人格：

一方面，由于每个人的成长史均伴随着儒家经典的刻苦学习，因此，人人都觉得自己的熟读经书，便都掌握了至高无上的真理，自己都觉得自己是道德的化身，同时，由于缺乏法治的基础，每个人都在这个制度的空隙当中寻找个人利益的最大化，利用权力寻租成为整个官场的潜规则。因此，从正面理解，儒家经典的熏陶让这些掌握国家大权的文官集团在道德上能够严于律己，同时更以道德为标杆，动辄对政敌予以弹劾。

另一方面，微薄的俸禄使部分官员必然通过自己手中的权力进行寻租，在王朝刚建立的初期，由于当朝吏治的严酷以及国家从大动乱中刚刚起来，官吏即便贪污腐败也相当小心收敛，但随着利益集团的形成以及社会经济的发展，官吏贪腐的手段便花样百出，行贿受贿成为社会的普遍风气，在这样的背景之下，任何制度上的苛责、调整都会带来整个利益集团的强烈反弹。而这种反弹往往是在道德的名义下进行的。

这样的例子比比皆是，典型的例子如张居正，由于他做事的一丝不苟和雷厉风行作风，特别在推行一条鞭法的过程中，他得罪了利益集团，死后便遭遇变本加厉的清算，而其罪名也无非是专制社会常用的所谓结党营私、妄图把持朝廷大权、居心叵测等等道德评价用语。

清算张居正，应该说他的确有把柄在政敌的手上，事实上，身居高位，他的私生活极其奢侈，他积聚了许多珠玉玩好，书画名迹，还需养了许多绝色佳人。在中国历朝历代，一个大权在握的官员，估计想廉洁都很难，能做到的几乎是圣人了，但即便如此，这种表里如一的圣人、清官，很快也会被这个制度以同样道德的名义淘汰。

海瑞便是一例。如果严格按照道德的标准，海瑞堪称一代清官，直到现代，包公、海瑞之所以仍然为后人所称道，就在于他们的秉公办事和廉洁。海瑞是一个真正言行一致的人，他官至二品，死的时候仅仅留下白银十余两，不够殓葬之资。他的一生体现了一个有教养的读书人牺牲自我服务公众的精神，但这种道德上的楷模于实际至为微薄。在整个文官集团看来，海瑞不过是一个不合时宜的怪物，他的命运也是在不断地被弹劾、被排挤当中完成的。哲学家李贽是那个时代的清醒者、自觉者，也是一个逃离者，但是即便削发出家，也没有走出被弹劾的命运。

一项制度设计的失败，正如将一群人关进一座铁屋子，每一个人纵有百般能耐，关进了这样的制度铁屋子里，无论如何都将演就一场个人的大败局，静观这样的大败局，终归是历史的大败局。正如黄仁宇先生所总结的：在这样的制度环境下，统治者是尽职尽责，还是嬉戏怠政，官僚们是诚实清廉，还是贪污腐败，这一切都不再重要了。

任何历史都是当代史，读史，我们不过是为了更好地总结经验，避免重蹈历史的覆辙，纵观今天的企业、单位、地区、国家，当生活在这个环境里的人，人人感觉不舒服的时候，一定是这里的制度出了问题。好在，人类文明已经提供了足够多的经验，让我们可以进行理性选择。万历十五年，就让我们翻过这折磨人的历史一页吧。

皇帝为什么短寿？

中国古代皇帝的平均寿命是多少？看了一组统计数字还真是吓了一跳：从秦始皇算起，直到1911年清末代皇帝溥仪，其间2 100余年，共有皇帝335人，平均寿命只有41岁。

人生七十古来稀，放在今天，活到70岁，实在不算什么，我的一位同事，其父70多岁刚刚去世，谈到父亲的去世，他眼泪汪汪地说，老人家，刚过70岁，太年轻，太可惜了，但放在过去，这还真是高寿，平头百姓，我们不知道平均年龄多少，但即便贵如皇帝，活过70岁的，是少之又少。

数据显示，在2 100年间，皇帝活到70岁以上的是6人：汉武帝刘彻70岁，吴大帝孙权71岁，唐高祖李渊70岁，唐玄宗李隆基78岁，辽道宗耶律洪基70岁，明太祖朱元璋71岁；80岁以上的也是6人：梁武帝萧衍86岁，唐女皇武则天82岁，五代吴越王钱谬81岁，宋高宗赵构81岁，元世祖忽必烈80岁，清高宗弘历89岁。

如果说，普通百姓短寿，倒也情有可原，因为中国历史上，老百姓能够过上衣食无忧的好日子，屈指可数，而灾荒不断、战乱频仍、草菅人命、滥杀无辜的时代，反而是经常赶上，加上医疗落后、医药短缺、营养不良，寿命短也就短了，可是，皇上如此短寿，乍听起来，却有点反常。

按说，皇帝应该长寿。虽说生死有命富贵在天，但再说生死有命，也不至于平均活到 41 岁吧？因为作为泱泱大国的皇帝，他们可是占有了整个国家的最优质资源：医疗、保健、饮食、安全，一应俱全，可是，中国历朝皇帝为什么短寿呢？

二

以本人浅见，一个根本原因，就是医疗水平落后。以现代医学来看，历史上的许多不治之症，在今天不过小病而已，比如天花、伤寒、霍乱、肺结核等，但在过去，是不得了的，只要染上，都是很要命的，以至于得一场伤风感冒就可能丢了性命，这在皇帝也概莫能外，尤其是后来在宫中长大的小皇帝，更是娇生惯养，耐不得风寒，动辄夭折，这也从另一个角度说明，中医在漫长的中国历史上，虽然在抵御疾病方面也发挥过一定的作用，积累了一定的养生经验，但真正为人类健康长寿作出重大贡献或者说根本改变人类命运的应该还是西方医学，所以，当我们在《人民日报》讣告栏上经常看到，那些省部级以上官员现在的基本寿命都在 90 多岁，100 岁以上也不奇怪的时候，我们应当清楚，他们的长寿并不是因为他们官大了，寿命也比普通百姓长，归根结底还是因为他们享受了当下中国最好的医疗条件，而这些条件基本上是以西医为主要治疗手段的。

我这样评价西医，并不是因此要贬损中医，出于民族感情与自尊心，肯定不能把中医说的一钱不值，但如果轻易相信那些把中医吹得神乎其神的人，那只能说明我们缺乏基本的医学常识。我这样说的意思是，我们可以把中医当做现代医学的一种积极补充手段，也应当承认中医在多年的实践中积累下来的丰富经验，甚至在某个领域，在治疗某个疾病方面，可能还具有西方不可替代的优势，但一定要相信科学。

如果过于听信那些所谓的祖传秘方、宫廷妙药，那么，拥有全国最优质资源的古代皇帝的平均寿命为什么没有超过 41 岁？古代的那些所谓的名医、太医、神医是怎么给皇上看病的，我不清楚，但通过文学作品，我们还是可以看出一点端倪，比如《红楼梦》中，被请进大观园看病的都是当时所谓的京城名医，但秦可卿的妇科病、林黛玉的咳嗽（肺结核）、秦钟的风寒感冒，等等，他们的年轻生命都没能被名医挽留，这说明什么？说明如果我们的医疗水平一直沿着中医这条路径走下去，今天中国人的寿命肯定长不到哪去。但相对于今天的西方人而言，中国人在保健养生治病方面，肯定又比他们多了一个选项。这又要感谢中医。

二

话扯远了，还是回到皇帝短寿的话题上。本人以为皇帝短寿的另一个主要原因是，精神压力太大。现代医学证明，压力过大是健康的重要杀手。

中国历朝历代的皇帝压力真是太大了。你想呢，中国历史上每一个朝代的开国皇帝，其江山都是凭借武力打下来的，所谓打江山难，守江山更难，为什么难呢？因为你觉得天下是你打下来的，就想把天下归于一己之下，所谓普天之下莫非王土，率土之滨莫非王臣，尽管你找出很多理由，说明你拥有天下的合理合法性，但是，再找多少理由都不能改变谁的拳头硬天下就归谁这样一个简单事实和道理，那你皇帝就得时时处处设防着，在天下的某一处正有人琢磨着用更年轻坚硬的拳头篡夺你的天下，因此，当上皇帝后的历朝帝王们，不管用尽多少血腥、告密、杀戮的手段，江山依旧在，几度夕阳红，秦始皇想保住秦家的天下，第二代就完蛋了，刘邦征战一生，想保住刘氏王朝，西汉变了东汉，最后还是让王莽篡了位，王莽也没保住，江山分成了魏蜀吴三国，魏蜀吴相争不下，又打了多少年，曹操总算机关算尽，可是，眨眼之间，天下又输给了司马家族，多灾多难的中国历史，以此类推，分分合合，合合分分，有了唐、有了宋、有了元明清，哪一代皇帝拿下天下刚坐天下的不是信誓旦旦，要保住自家天下，结果呢？后来呢？

也许，中国历朝历代的皇帝们，至死也不明白或者说由于个人贪心不愿意明白：天下归公这样一个基本道理。

你老想将天下死死攥在自家手里，你的压力能不大吗？朱元璋到了晚年，说过一段话，就很能说明他所承受的非常人的巨大压力，大概意思是，天不明就起来批阅文件，很晚才睡觉，半夜常常为地方的各种灾荒、暴动等所惊醒，我记得我看到这一段话的时候，我就笑了，我发现，皇帝的活儿真不是人干的。可是，假如朱元璋死后有知，当他看到他的后人朱由检也就是崇祯皇帝吊死在景山一棵树上，天下很快为满人所有，他将作何感想呢？当然，满人也不能高兴太早，几百年后，天下再一次被外族坚船利炮打碎，他们家族的命运与历朝历代也没什么差别。

无数历史经验已经告诉我们，帝王们如果能够静下心来，好好在制度上进行创新，让天下百姓共享江山，共同治理天下，也许，压力就没那么大了，生命也不至于如此短暂。拿自己的生命，硬去苦撑一个本不属于自己一家一姓的江山，你不短寿谁短寿？

三

皇帝短寿与食色也有关。

孔子说过，食色性也。但万事均有一个度，要讲平衡。比如吃饭，老百姓说得好，人是铁，饭是钢，一顿不吃心发慌。人不能不吃饭，但也不能胡吃海塞，吃得太饱、太好都不好。

皇帝的吃饭就是一个问题。食不厌精，脍不厌细，但是，太精太细也是麻烦。从现代保健的角度看，人还是要吃点五谷杂粮，需要粗细搭配，荤素也需合理。相对于老百姓，皇上吃饭真是太讲究了，人要是偶尔山珍海味吃一顿，也罢，要是顿顿如此，不仅肠胃吃不消，就是食欲也没了。

本来，人嘛，吃饭不过一日三餐，但是，你既然当上了皇帝，你得尽享人间的荣华富贵，那你吃饭就不能和普通人一样，你得吃出皇家的排场，你得有个庞大的膳食团队，变着法儿为你精心准备，一旦有了团队，有了专门职业的人为你准备饭菜，那麻烦也来了，他们得体现出专业水平啊，所以，可以想见，哪怕是一道普通的炒白菜、烧茄子、炖萝卜，也得弄出千般花样来，否则，这些人的绝活、手艺、技能、专业素养怎么体现呢？因此，在围绕皇上吃的问题上，你闭上眼都能够想象出，这些人，成天挖空心思琢磨一个吃字。《红楼梦》里，刘姥姥第一次吃到贾府里的茄子，便对其制作的复杂程序十分吃惊，一个富人家里姑且如此，宫廷里面呢，这还用想象吗？当然，他的意外好处是，大大丰富了中国人美食菜谱，但巨大的副作用是，让皇上面对无论什么人间美味，终于没有了胃口，也没了念头。更重要的是，很可能肠胃系统、心血管系统、内分泌系统通通处于亚健康。

我注意过慈禧太后的食谱，每顿饭都是上百道菜肴，据记载，每顿饭老太太也就是动动筷子，有的恐怕看也懒得看一眼。我相信，即便是健壮的小伙子，如果天天让他这么吃，恐怕过不了几天，就没了食欲。什么是健康？本人以为，至少保持较强的食欲和良好的胃口应该是健康的标志之一。你看，《红楼梦》里，养尊处优的贾母胃口就要比长她几岁的刘姥姥差很多，所以，一桌美食上来，贾母尝一口就过去了，可是，刘姥姥却是大快朵颐，真是胃口好，吃么么香。所以，你看，在大观园里，任王熙凤们如何戏弄刘姥姥，刘姥姥依然是硬硬朗朗的，让贾母羡慕不已，连刘姥姥在院子里摔一跤，刘姥姥都不当回事，说庄稼人那天还不摔上几跤。要是贾母摔这么一下呢，估计早骨折了。你说，什么是幸福呢？你有没有注意，虽然贾母拥有一切，但她其实是一直羡慕刘姥姥的，因为刘姥姥有她所没有的硬朗与健康。

皇帝纵欲过度可能是导致其短寿的重要原因。我们这个民族，在性的问题上虽然有时候表现出一定的假正经，但是在皇帝那儿，从来都不是问题，他们接触性不仅过早，而且过多过滥。且不说佳丽三千在后宫，即便是十个八个皇帝也吃不消啊，更何况在满足皇上的性需求上，也有专业团队——尤其是比较变态的太监们的专职服务，这让皇上也是很辛苦。就不要说皇上，你看就是商人西门庆弄了几个妻妾在家，都直喊很累很累。我举这个例子，是因为我看到过一个著名作家在看到西门庆喊累的时候，很是同情地写过一段旁批：世人只道是饱汉不知饿汉饥，谁又知饥汉不知饱汉饱啊。我觉得这个点评是很好玩的，体现了换位思考。

男人好色这没什么奇怪的，这是人之天性，或者说是雄性动物的天性，关键在于，皇上作为雄性，太容易获得天下美色，又不加约束地沉溺于女色，他们不短寿谁短寿？

综上所述，医疗落后、压力过大、食色无度是中国皇帝短寿的几个主要原因。除此之外，不知道还能找出什么原因。

清官是怎样『炼』成的？

——『天下廉吏第一』于成龙的启示

在一个权力不受约束或者约束不力的政治体制环境里，贪官污吏的大面积出现几乎是制度的必然产物，这是历朝历代的吏治腐败已经证明了的一个基本规律，但令人不解的是，在相同的一个人治制度环境里，即便是在贪腐之风最盛行的朝代，也仍然有一些高风亮节、出污泥而不染的伟大清官，这种众人皆贪唯我独清的“反常”现象常常让我们陷入一种困惑：是什么造就了这些清官？这些过着清教徒式生活的清官们，他们内心幸福吗？带着这样的疑问，近日阅读了300多年前被康熙皇帝称作“天下廉吏第一”的于成龙的相关史料，希望对清官现象有进一步的体认。

就像历史上的包拯、海瑞这样的清官一样，于成龙确实非常了不起，尤其是通过阅读史料，对他了解越多，就越是肃然起敬，钦佩有加。

于成龙从45岁开始离开山西老家到广西做县令，先后做过知州、知府、道员、按察使、布政使等各级官员，直至做到两江总督这样的封疆大吏，在23年的做官履历中，他身上自始至终保持了清官所具有的多种优秀品质，概括起来说，他办事公道，为政清廉，政绩突出，生活简朴，严于律己，善待百姓，嫉恶如仇，对家人、身边人管束极严，直到他68岁去世，他没有留下一点财产，除了破旧衣物以及一些生活必需品之外，四壁萧然，别无长物，见者无不泪下。

像于成龙这样的官员，无论放到古今中外，都堪称一位杰出的官员，放在今天，我们也可以称之为一个伟大的“无产者”。

关于于成龙的精彩故事、感人事迹，史料、传记、电视剧都有详细的记载与演绎，这里不再赘述，我关心的是，究竟是什么造就了他这样的清官人格？用现代人的话说就是，他的心路历程是怎样形成的？封建专制社会为什么也能造就这样的优秀官员？

观念决定行动，有什么样的人生观、价值观就有什么样的道路选择。人类其实是一种很奇怪的动物，追逐利益，贪图享受固然是人的动物本能，但是出于对某种更高的精神追求，人类有时候会自觉放弃物质的诱惑与享受，每个时代，总有那么一些人，在外人看来几乎过着清教徒般的生活，但他们不仅不觉得清苦，而且还能够在艰难困苦中获得某种幸福感、成就感、荣誉感，并孜孜以求，乐此不疲。清官清官，清苦为官——中国历代清官，其人格特征似乎均体现出了这样的集体特质。

那么，为什么清官是这样的特质而不是别的特质呢？本人以为，影响中国人价值观的是儒家思想，而在中国清官人格形成与塑造的漫长历史过程中，儒家思想发挥了无可替代的、至关重要的作用。人们普遍认为，中国没有宗教信仰，不错，儒家思想重视的是实践理性，但是，它在对中国人心理结构的塑造上事实上起到了半宗教、准宗教的作用。

儒家思想的核心之一是强调从小对自我道德的约束、修炼完成对自我人格的塑造，所谓正心、修身、齐家、治国、平天下，要做一个对社会、对国家有用的人才，首先是从平心、修身开始的，在漫长的自我人格塑造过程中，要从内心自觉地接受各种现实苦难的磨炼，因此有：故天将降大任于是人也，必先苦其心志，劳其筋骨，饿其体肤；一箪食，一瓢饮，在陋巷，人不堪其忧，回也不改其乐；富贵不能淫，贫贱不能移，威武不能屈，等等的励志警言。

自汉代开始，儒家便处于“罢黜百家、独尊儒术”的至高无上的地位，隋唐以后的1 000多年里，科举考试又将儒家思想作为唯一的正统思想在中华大地进行了一代又一代的推广与普及，发扬与光大，直到它成为中国人内心深处的价值规范。历朝历代类似的名言警句俯拾即是：为天地立心，为生民立命，为往圣继绝学，为万世开太平；先天下之忧而忧，后天下之乐而乐；苟利国家生死以，岂因祸福避趋之；穷则独善其身，达则兼善天下……

李泽厚先生对儒家思想对中国人人格的形成做出过这样的评价：它执著地追求人生意义，有对超道德、伦理的天地境界的体认、追求和启悟，从而在现实生活中，儒学的这种品德和功能，可以成为人们安身立命、精神皈依的归宿。

儒家思想重在实践。于成龙以及中国历史上的许多清官就是儒家思想的具体实践者。于成龙曾经这样说过：学者苟识得道理，埋头去做，不患不到圣贤地位。他正是用自己的一生实践着儒家教义，最终完成人格的塑造。

诗人余光中说得好：我到哪，中国就在哪。今天，作为华夏子孙，不管你愿不愿意，承不承认，只要你是中国人，你身上就必然深深烙着以儒家文化为核心的中华文明的痕迹。作为现代人，我们不否认，儒家文化存在的种种弊端，但是也必须承认，经过历史的积淀，它在人格修养完善、社会关系处理等多方面所具有的独特价值。

官吏制度是国家治理的一个关键环节，如何打造一支高效廉洁的官吏队伍，是一个十分复杂的问题，今天看来，儒家所倡导的一些重要思想对官员的从政道德建设仍然具有十分积极的意义，但是，要从根本上解决问题，恐怕还要从法治、监督等制度层面上下功夫。否则，再伟大的道德说教，在巨大的利益诱惑面前，权力一旦失去控制，清官的“炼”成几乎只能是钢铁般意志的少数人。换句话说，一个风清气正理想社会的形成，必须是德治与法治的双管齐下，二者缺一不可。

吴波留下的精神财富

吴波在 99 岁高龄去世，至今已经有 10 多年了，而从他卸任财政部部长的职务算起，距他离开财政部机关的时间更是有几十年之久了，尽管他生前十分低调，从不让宣传自己，尤其是他自离开工作岗位之日起，主动从人们的视线淡出，过着几近隐居的生活，但是，这么多年过去了，关于他的故事，他的处事风格，今天听起来仍然新鲜、新奇、亲切，乃至会在心灵深处受到一次次震撼和洗礼。

这么多年来，我们对吴波既陌生又熟悉。陌生，是因为他的许多故事鲜为人知；熟悉，是因为即便他离开财政部多年，但我们在许多场合，有许多次机会，听到人们仍然在提到他、评价他、怀念他。

至今在财政部机关，无论是认识不认识，见过没见过他的人，只要谈到他，我们都会发现这样一个现象，人们都会自觉不自觉地尊称他为吴老，以至于在财政部机关已经形成一种习惯，或者是约定俗成，只要说吴老，那一定就是特指吴波老部长。在一位长者姓氏的后面加上一个“老”字，在我们传统文化里，包含了很深的敬意在里面，那是发自肺腑的崇敬，那是来自民意的公认，那是特指德高望重的人。

如果说一个家庭有其家风、家规的话，那么，一个国家机关是不是也有一个在自己长期运行过程中，逐步形成的一种部风和部规呢？这种部风或部规，也许从来就没有留下白纸黑字，也许谁也说不清道不明，但它真真切切地存在着，像缕缕春风，像丝丝细雨，像无处不在的空气，在潜移默化地、润物无声地规范着、影响着、塑造着一个部门的作风、行风，最后就体现在一个部门每个人的举手投足、言谈举止、做事态度、接人待物之上。而这种良好作风的形成，往往和那些德高望重者的影响有关。我们通常会说，这就是文化积淀与传承的力量。

今天，当我们重温吴老的故事，尤其是当我们沿着他的人生轨迹，走近他鲜为人知的生活，了解了更多关于他的工作生活细节，我们发现，对吴老了解越多，崇敬就越多，直到我们忽然发现，我们面对的其实是一座人格的高山，一个精神的天空，一个情感的大海。

吴老，以他一生的坚守与实践，给我们留下了一个异常宝贵的精神财富，可是，当我们试图打开这个精神宝藏，并试图用求真务实、勤俭节约、勇于担当、清正廉洁、严于律己、宽以待人、大公无私，等等这些词汇来总结、提炼吴老精神的时候，我们才真正发现，与一个人无比精彩无比丰富的人生经历与精神世界相比，语言显得是那样的苍白无力。

就比如说求真务实吧，这个词说起来很容易，谁都知道，求真务实应当是做人的良知与本分，但是，在现实面前，在某个特殊的历史时期和特定的环境下，当你发现求真务实可能是要付出代价的时候，你能坚守吗？具体联系到我们日常的财政工作，你能确保你报上来的反映当地的财政数据是求真务实的吗？甚至联系到我们千千万万财会人员，你能确保你的财务报表没做假账吗？你能不给某个数据失真甚至有意作假找那么多主客观理由而坚持做一次求真务实吗？当我们与现实联系到一起，也许，我们就能真正地理解，一个人，无论在什么环境下，都能够坚持求真务实，这需要多么大的勇气，又需要多么大的担当，而当我们设身处地的进入到他所处的具体环境时，我们才能真正认识这样一个人格的力量。

再比如，我们讲到清正廉洁，在如此讲人情讲关系的中国大环境下，在你的迎来送往中，你真的能够做到公私分明、锱铢必较吗？你能把单位给你的福利哪怕是一斤肉、一斤鸡蛋自己掏腰包，把钱退回去吗？而吴老尽自己的最大努力，几乎是以决绝的姿态，不讲情面的方式做到绝不占公家一分钱便宜。

吴老走过99岁的人生历程，吴老的故事真是太多了。而这些故事以及构成故事的细节里正深藏着丰富的精神宝藏。

吴老身上的品质是有传承的。走进这个宝藏，我们会发现，在他身上积淀了中华文明的优秀内涵，我们细细品味，会发现，这里有“吾日叁而省乎己”的自我修炼；有“富贵不能淫，威武不能屈”的浩然正气；有“先天下之忧而忧，后天下之乐而乐”的家国情怀；有“朝闻道夕死可矣”的对理想信念的执著求索……

这里有光明磊落，坦坦荡荡；这里有虚怀若谷，谦虚谨慎；这里有两袖清风，刚正不阿；这里有大公无私，大爱无疆……不妨说，走进吴老，我们总会联想到中华民族历史上那些廉吏清官，可是，仅仅是这些，又显然是不够的。

当然不够，事实上，当我们走进吴老精神世界的时候，我们还会更多地会想起像周恩来总理等老一辈无产阶级革命家，那一代人的整体风格与作风，那种矢志不渝地用自己的一生去实践一个无产者崇高信仰的庄严承诺。

事实上，因为多年工作关系，吴老与周恩来总理接触很多，在他心中，正是以周总理等老一代革命家为楷模的。在吴老简陋的客厅里，多年一直悬挂着陈云手书的一个条幅：实践是检验真理的唯一标准。吴老为什么一直挂着这个条幅，为什么只挂这个条幅？

吴老也许用他 99 年的生命实践在给出自己的答案吧？

跋 坐看云起时

——写给知天命的自己

收集在这本集子里的，是这些年我陆续写出来的一些文章，其中一部分发表过，一部分未曾发表。有的文章见诸报刊后，又借助互联网、微信圈的传播再传播，受到读者的好评。

我的生活态度通常是顺其自然，对于出书一直没有太当个事儿，这样的性格，往好了说是做事不太功利，往坏处想，就是有点漫不经心，不求上进，少了读书人的意气风发与精神气。

一

写作，说到底就是有话要说。

我以为，写作的最高境界，就是你写对了。事实上是，写对了，很难。

人从出生那一天起，都在每天的吃喝拉撒中，长大、成熟、变老、死掉，一个人的生命，从出生到死亡，就像一个抛物线，谁也跳不出这个宿命。

可是，人不甘心于动物那样，仅仅满足于吃喝那点事，人总想弄明白自己是怎么回事，生命是怎么回事，人生的意义是怎么回事，世界是怎么回事，社会是怎么回事，人和人之间是怎么回事，人和社会以及和自己的内心是怎么回事，等等。

人是什么？人作为高级动物，有时候是不是又人为地把生活搞复杂了？从这个角度说，人真的就比动物更聪明吗？或者说，更幸福吗？写到这里，我就不自觉地侧头看了看我家的窗外，寒冬季节，万木萧条，可是，天这么冷，外面的麻雀、喜鹊什么的，活的还是好好的，它们每天都要在我家窗外对面栅栏边的台子上，落下、飞起，叽叽喳喳，看到它们，你就想，你自己还有你周边的那些生活在困局中的人亲戚朋友，大家本来也都可以活得挺好，可是，人的欲望、念头、想法什么的太多，把自己搞得苦不堪言。

作为精神的人，人总想跳出来，跳出自己的局限。总想对世界、对自己的生活环境说点什么，哪怕有的时候读者只有自己一个人，那也要坚持说给自己听。于是，便有了写作。

收集在这本集子里的将近 100 文章，是我这些年写于不同时期不同心境下的作品，是我不同时间、不同心绪的记录。我写下的所有的人与事，说白了，写下的都是我自己。

二

《坐看云起时》特别契合我当下的一种心态。

“坐看云起时”的前面一句是，“行到水穷处”，过去很长一段时间，我一直以为“行到水穷处”是在暗喻人生的走投无路，现在看来，前面一句并不是前提，两个句子，并不构成因果，她们是一种并列的关系，都是一种随心所欲、顺其自然的一种生活状态。你走进大山里，你沿着清清山泉的山间小道，逆水而上，也许是顺水而下？走着走着，山泉消失了，水流到哪里去了？管它流到哪里去了呢？你沿着水流而走，本来就没什么目的，那就坐下来歇一歇吧，你刚坐下来，就看到了一团云雾慢慢升起。这是一种非常放松的生活状态。你可以求什么，也可以不求什么，一切都顺其自然。

五十知天命。知天命是什么？知天命不就是一种坐看云起时的生活状态吗？

50 岁之前，你经历过很多，看到过很多，困惑过很多，计较过很多，较劲过很多，忧虑过很多，可是，过了 50 岁，你忽然看开了很多，放下了很多。

尤其是，当你看到你的同龄人，体检查出这个病那个病，或者突然死去，你发现，一个人健康地活到50岁其实是一件挺不容易的事，其实是一件挺值得庆幸的事。

什么是醍醐灌顶？什么是豁然开朗？什么是茅塞顿开？什么是眼前一亮？什么是幡然醒悟？

到了50岁，你会突然明白，许多东西都不过身外之物，人的需求，其实很少。

50岁，需要学习的就是与自己的内心讲和。与自己讲和了，就可以与生活讲和，与周边环境讲和，与整个世界讲和。

讲和了，人也放松了。

三

人的一生，是个不断修行的过程。

每个人都是自己的工匠。假如你是一块璞，修行就是终其一生将自己雕刻成玉的过程。

但修行，是一种自觉自为的过程。许多人，一生都生活在浑浑噩噩当中，按自然人的原生态，直至终老。我就认识这样一个人，从小就性情暴躁，火气十足，稍有不满就大发雷霆，多少年过去了，还是这样，不过又增加了嗜酒的毛病，一有不痛快就喝酒，一喝酒就打电话诉说不满，我有时候电话里劝导他，但他始终不知道自我反省，直到最近，不到50周岁，脑中风，半身不遂，说不动，骂不动，喝不动，走不动了，才整个人蔫了下来。这是他的宿命。

我们许多人都生活在自己的迷局当中，每个人都有自己的认知盲点。当局者迷，旁观者清，为什么当局者迷呢？因为当局者纠缠于自我的狭小空间里，跳不出小我的利益格局。从某种程度上说，农村老太太为一个鸡蛋的归属争吵与高官们的权力争夺本质上没什么差别，你有时候，很奇怪，那些贪官们贪那么多的钱干什么？但是，人类的贪婪本性就是很难管住这颗迷局中的心。

因此，修行，就是闭门思过，就是吾日三省吾身，就是认识自己、反省自己、管住自己。

四

我非常庆幸自己读大学的那个年代，还不是那么功利。我甚至非常庆幸自己选择了中文系。山东大学中文系四年，不仅养成了我手不释卷的阅读习惯，而且为我构建了一个无限扩张的知识架构，它让我在不断地有机会接触经典、翻阅经典、体味经典，哪怕最初只是囫囵吞枣，对经典的领悟只是云里雾里、一知半解，但她总是能够在我人生的不同阶段，对我指点迷津。

经典其实就是一直搁在那儿的，静静地躺在那儿的，只是你有没有机缘巧合。道家、儒家、佛家，每一家虽然主张不同、风格不同，但是，每一家都是博大精深，都是一个无穷浩大的精神世界，他们的理论与实践，其实都是殊途同归：直指人心。

越是有了一定的人生阅历，越是觉得这些伟大的经典离自己的内心越来越近，并让自己逐步变得平静、单纯、向善、和蔼、欢喜。

我也要感谢写作。写作是一个从喧哗的世界重新回归内心的过程。这也是一个修行的美好的妙不可言的过程。每一天，不管你多忙，只要你静静地坐在书桌前，摊开笔记或者打开电脑，哪怕记录下的只是一个瞬间灵感，一个人生感悟，一个读书心得，哪怕你什么也没写，就只是沏上一杯茶，静静待一会，你便身居闹市，心却已远离了车马喧哗，你安静下来了，你慢慢睁开了写作的眼睛，你忘却了周边，你渐渐进入你的内心世界。这时候，你只有自己，但你拥有全世界。

写作，那是一个多么美妙的过程。

五

这本书的出版，我要感谢我的同事、文友宁新路先生。是他不断提醒我要把自己的文章整理出来，这至少加速了我的第一本文学作品集的出版，当然，这也让我花更多的时间坐到书桌前，重新进入写作状态。

我要特别感谢著名作家石英老师。石英老师是散文大家，文学前辈，在他看了我的部分作品后，欣然应允为我的这本集子作序，并且在80高龄然仍亲自动手一笔一画用手写体为我写下3 000多字的序言，在这个寒冷的冬天里，看到这篇序，让我感动不已，并且倍感温暖。我在石英老师身上看到了一个写作者的应有姿态，积极、达观、健朗，生命不息，笔耕不辍，永保积极向上的人生态度，石英老师说过一句话让我印象深刻：死亡是一件耻辱的事。这句话在我看来，比说出要扼住命运的咽喉还能体现出生命力的强悍与自信。

我也要感谢曾经的同事、多年的好友刘树勇先生，他的“老树画画”深受读者欢迎，为了我这部专集的封面设计，他精心挑选了与“坐看云起时”主题相一致的几幅作品供我选用。

我还要感谢经济科学出版社以及所有为本书的出版付出努力的家人、朋友、同事。这些年，我出版过学术类的个人专著，文学作品集还是第一部，第一部作品总有自己的不满意与瑕疵，但我相信，这肯定只是一个开头，我后面还将有更满意一点的作品陆续推出。